Arena-Taschenbuch
Band 51110

Weitere Bücher von Anna Ruhe im Arena Verlag:
*Die Duftapotheke (1) – Ein Geheimnis liegt in der Luft*
*Die Duftapotheke (2) – Das Rätsel der schwarzen Blume*
*Die Duftapotheke (3) – Das falsche Spiel der Meisterin*
*Die Duftapotheke (4) – Das Turnier der tausend Talente*
*Die Duftapotheke (5) – Die Stadt der verlorenen Zeit*

*Anna Ruhe*, geboren 1977, verdiente sich ihr Grafikdesignstudium als Fotoassistentin. Seitdem arbeitet sie als Corporate Designerin. Spannende Geschichten hatte sie schon immer im Kopf, mit dem Schreiben begann sie nach der Geburt ihrer zwei Kinder. Mit ihrer Familie lebt sie in Berlin.
*www.annaruhe.de*

*Max Meinzold*, geboren 1987, ist freischaffender Grafikdesigner und Illustrator. Seine Schwerpunkte liegen in den Bereichen Science-Fiction, Fantasy und der Kinder- und Jugendliteratur. Für seine moderne, innovative Buchgestaltung wurde er bereits für zahlreiche Preise nominiert. Er lebt und arbeitet in München.

Anna Ruhe

# MOUNT CARAVAN

## Die fantastische Fahrt im Nimmerzeit-Express

Mit Illustrationen von Max Meinzold

Arena

*Für Luk & Milo*

FSC
www.fsc.org
MIX
Papier aus verantwortungsvollen Quellen
FSC® C110508

3. Auflage im Arena-Taschenbuch 2021

Rottendorfer Str. 16, 97074 Würzburg

Cover und Illustrationen: Max Meinzold
Zitat S. 5: Diesen Ausspruch hat Astrid Lindgren anlässlich der Verleihung des H.C. Andersen Preises gemacht. Nachzulesen in: Steine auf dem Küchenbord, © Verlag Friedrich Oetinger, Hamburg 2000.
Umschlagtypografie: KCS GmbH · Verlagsservice & Medienproduktion, Stelle/Hamburg
Gesamtherstellung: Westermann Druck Zwickau GmbH
ISSN 0518-4002
ISBN 978-3-401-51110-8

Besuche uns unter:
*www.arena-verlag.de*
*www.twitter.com/arenaverlag*
*www.facebook.com/arenaverlagfans*

*»Wie die Welt von morgen aussehen wird,*
*hängt in großem Maß von der Einbildungskraft*
*jener ab, die gerade jetzt lesen lernen.«*

Astrid Lindgren

Liebe Leser,

zum Glück glaubt heutzutage keiner mehr an Märchen. Niemand sucht noch nach wundersamen Schätzen, warnt vor unheilvollen Flüchen oder glaubt an etwas wie Bücher, in denen die Zukunft geschrieben steht. Und das ist auch gut so. Gut für uns. Früher, als sich solche Geschichten hinter vorgehaltener Hand zugeflüstert wurden, waren wir ständig auf der Flucht. Heute brauchen wir uns glücklicherweise keine Sorgen mehr zu machen. Oder fast keine mehr.
Lest also ruhig weiter und glaubt nicht an Märchen. Dann existieren keine wundersamen Schätze oder bösen Flüche und ganz bestimmt auch keine Schule, die Mount Caravan genannt wird. Denn Schulen, in denen man lernt, etwas in einem Buch zu lesen, das sonst niemand lesen kann, die gibt es nicht. Geheimnisse, Rätsel, Dinge aus der Zukunft ... Das wäre ja ausgedachter Unsinn! Was hier erzählt wird, ist erfunden und erlogen. Ganz sicher.
Mit den besten Grüßen,

Mrs Dana Claus

Schulleiterin von Mount Caravan
Anzutreffen auf den altbekannten und wechselnden Schulgeländen

# 1

Die Neonlampe an der Decke surrte vertraut gegen die Stille des Flures an. Jake lehnte an der Wand neben der Klassenzimmertür, aber sosehr er auch die Ohren spitzte, er hörte nicht das leiseste Wort dahinter. Zwei seiner Mitschüler saßen stillschweigend auf den Stühlen neben ihm. Nervös schaute Jake aus dem Fenster, das ihm gegenüberlag. Draußen verwandelte die diesige Luft die Welt in einen alten Schwarz-Weiß-Film – und genau so fühlte sich hier drinnen auch alles an.

Mit einem Seitenblick zu Tyron-»Ich stecke gerne Dinge in Brand«-McShane und dem achtjährigen Mädchen, das seit letztem Monat alle nur noch »Colabomben-Klara« nannten, ließ sich Jake auf einen der unbequemen Holzstühle fallen. Auch wenn ihm keiner gesagt hatte, warum die Heimleitung sie alle ausgerechnet hier vor den völlig verstaubten Leseraum zitiert hatte, lag die Sache auf der Hand: Sie würden Jake rausschmeißen. Ihn, Tyron und Klara, die offiziell größten Problemkinder in St. August.

Dabei hatte er diese Woche nicht mal was angestellt.

Jake seufzte, zog den Reißverschluss seines grauen Kapuzenpullovers bis zum Kinn hoch und rieb sich die Arme. Selbst wenn die Heizungen maximal aufgedreht waren, hier fröstelte man trotzdem ständig. Von überallher schien sich der Wind durch die Ritzen ins Gebäude hineinzudrücken.

Rausschmiss hin oder her, er hasste es zu warten. Sein gesamtes bescheuertes Leben wartete er schon. Immer in der Hoffnung, dass sich endlich etwas ändern würde. Und mit *etwas* meinte er: am besten gleich alles auf einmal.

Seit einem Jahr wohnte er in St. August, der Sorte Heim, in das man kam, wenn alle anderen Kinderheime Englands einen nicht mehr wollten. Okay, St. August war weder wirklich besser noch schlechter als die anderen Heime davor – auch hier gab es ätzende Betreuer, durchgelegene Matratzen und Essen wie Pappe. Nur dass eben die meisten Kinder entweder Schlägertypen waren, Sachen abfackelten oder in ihrer Freizeit dreißig Colaflaschen auf einmal zum Platzen brachten. Wenn man mal eine Woche ohne Abreibung in irgendeiner Form verbringen wollte, musste man sich schon ziemlich schlau anstellen.

Und jetzt wurde er sogar *hier* rausgeworfen.

Was soll's, dachte Jake missmutig. Er war mittlerweile sowieso davon überzeugt, nirgends richtig hineinzupassen. Deshalb gab er sich auch keine große Mühe mehr, Freunde zu finden oder sich einzureden, dass das nächste Heim jetzt sein neues Zuhause sein würde.

Inzwischen sprachen ihn die Lehrer schon gar nicht mehr auf seine vielen Heimwechsel an und Jake versuchte auch nicht, es zu erklären. Er hatte eben seine Schwierigkeiten damit, das zu tun, was von ihm erwartet wurde. Wahrscheinlich lag es daran, dass ihm meistens genau die Bemerkungen herausrutschten, die niemand hören wollte. In jedes Fettnäpfchen, in das er treten konnte, trat er hundertprozentig.

Irgendwann kam der Zeitpunkt, an dem jede Einrichtung

ihn wieder loswerden wollte. Und dann zog er um. Er konnte die Uhr danach stellen: Im Einjahrestakt ging es von Heim zu Heim und in St. August war er nun schon fast zehn Monate gewesen.

Tyron glotzte ihn gehässig von der Seite an. »Was guckst du denn so, Roberts? War doch klar, dass deine komische Nummer mit Trottel-Dave noch Folgen hat.«

Jake drehte sich langsam zu Tyron um. Wie er diesen Typen hasste. »Mann, ihr habt ihn einfach angelogen, damit ihr ihn ins Wasser schubsen könnt. Dabei weiß jeder, dass Dave nicht schwimmen kann!«

Tyron zuckte nur die Schulter und grinste. »Der wär schon nicht abgesoffen. Wegen deiner idiotischen Aktion hat er jetzt aber eine fette Beule am Kopf.«

»Ja, ist ganz toll, wenn ein anderer den Ärger kassiert für den Mist, den man selbst verzapft hat. Ich wollte nur helfen ...«

Tyron grunzte zufrieden.

»Und wofür schmeißen sie *dich* wohl raus, hm?« Jake drehte sich genervt weg. »Dafür, dass du die St.-Martins-Laternen der Drittklässler abgefackelt hast? Tolle Leistung.«

Tyrons selbstgefällige Miene verpuffte. »Ach, halt doch die Klappe, Jakielein.«

Klara hatte die ganze Zeit über nichts gesagt. Leise nuschelte sie in ihre Wasserflasche: »Ich will nicht rausfliegen. Das mit der Cola war doch nur ein Versehen, echt ...«

Hinter der Tür vom Leseraum drückte jemand die Klinke hinunter. Knarrend schob sie sich auf und ein Mädchen lief sichtlich irritiert heraus. Jake hatte sie schon ein paar Mal hier gesehen. Normalerweise machte sich nach Gesprächen mit der Heimleitung immer ein überlegenes Schmunzeln in ihrem Gesicht breit, aber jetzt wirkte sie nicht so wie sonst, wenn sie eine Abmahnung kassiert hatte. Ganz im Gegenteil, heute sah sie sichtlich mitgenommen aus. Anscheinend nahm St. August gleich Abschied von mehreren Schülern.

»Viel Spaß mit den Verrückten«, murmelte das Mädchen und verschwand in Richtung Aula.

Direkt dahinter erschien eine Frau in einem schwarzen Kostüm, die Jake noch nie zuvor gesehen hatte. Sie winkte ihn näher.

»Jake Roberts?« Während sie ihn musterte, kringelten sich um ihre grünen Augen unzählige Fältchen. Ihr blondes kinnlanges Haar lag so glatt um ihren Kopf, als hätte sie es gebügelt. Genau so, dachte Jake, sah eine Geheimagentin aus ... oder die Chefin irgendeiner riesigen Firma.

Er nickte steif und folgte ihr in den Raum hinein. Das Erste, was ihm auffiel, war, dass Mrs Stacy, die Heimleitung von St. August, nirgends zu sehen war. Seltsam. Was sollte das Ganze?

»Mrs Stacy war so nett, für dich heute einen Termin mit uns zu vereinbaren. Ich bin Mrs Dana Claus, die Schulleiterin des Mount Caravan Internats.« Sie schüttelte Jake die Hand und winkte ihn weiter zu einem Tisch, der in der Mitte des Raumes stand.

Jake glaubte, sich verhört zu haben. Internat? Warum ein Internat?

»Mr Brookstone und Lady Honoray freuen sich sehr mit mir, dich heute kennenzulernen.« Mrs Claus zeigte mit einer raschen Handbewegung hinter sich in den Raum, in dem eine faltige Frau mit einem Berg voller weißer Locken auf dem Kopf und ein hochgewachsener Mann in Steppweste und ausgebeulten Cordhosen auf zwei Stühlen saßen und ihm neugierige Blicke zuwarfen. Jake fühlte sich plötzlich wie auf einer Theaterbühne.

Mrs Claus' breiter Mund verzog sich zu einem Lächeln. »Wir würden heute sehr gerne einen Aufnahmetest für unsere Schule mit dir machen.«

»Einen … Aufnahmetest?«, wiederholte Jake ungläubig. »Ich soll an Ihre Schule? Ich dachte, ich bin wegen der Sache mit Dave hier …«

Mrs Claus lächelte immer noch. »Ganz genau.« Sie wirkte fast amüsiert. »Mrs Stacy hat uns viel über dich erzählt. Und wir glauben, dass du ganz wunderbar in unsere Schule passen könntest.«

Oh Gott, das konnte nur bedeuten: Die Leute wollten ihn in eins dieser *Schwererziehbaren-Internate* verfrachten.

»Ich bin aber gar nicht vorbereitet.«

»Vorbereitung ist in diesem Fall auch nicht nötig«, gab Mrs Claus zurück. »Der Test wird nicht lange dauern. Alles, worum wir dich bitten, ist, uns vorzulesen, was in diesem Buch steht.«

Erst jetzt fiel Jake das überdimensionierte Samtkissen auf, das vor ihm auf dem Tisch lag, und halb darin versunken ein Buch. Es wirkte abgegriffen und viel zu groß. Auf dem ledernen Einband waren zwischen ein paar kryptischen Zeichen ein goldenes »S« und ein »F« eingeprägt. Den Buchdeckel umrahmten fein gearbeitete Goldbeschläge. Mit einem Klack öffnete Mrs Claus die große Schnalle, die es verschlossen hielt. Leise raschelten die vergilbten Seiten vor Jake, während die Frau darin vor- und zurückblätterte. Schließlich schlug sie eine Seite auf und bat ihn näher heran.

Jake überlegte für einen kurzen Moment, ob er richtig gehört hatte. Was für ein Test war das denn? Eine Seite vorlesen? Ernsthaft? Aber Mrs Claus nickte ihm nur aufmunternd zu und zeigte wieder auf das Buch. Ungläubig beugte Jake sich darüber. Das Papier war an den Rändern ganz speckig und roch nach einer längst vergangenen Zeit. Er schüttelte die Fragen aus seinem Kopf und begann, die ersten Wörter laut vorzulesen:

D...as Buc...h
be...g...lei...t...et d...ich
u...nd füh...rt ...

Bevor er den Satz zu Ende lesen konnte, verschwamm plötzlich die Tinte vor seinen Augen. Jake rieb sich die Stirn und versuchte, sich erneut auf das Geschriebene zu konzentrieren. Obwohl er die Augen weit aufriss, erkannte er rein gar nichts mehr auf dem Papier. Es war, als würde er durch Wasser blicken, das alles zu einem unscharfen Brei verlaufen ließ. Kurz hob Jake den Kopf und bemerkte, dass nicht nur Mrs Claus, sondern auch die übrigen Lehrer die Luft anhielten. Er spürte erwartungsvolle Blicke auf sich. Vor allem die alte Frau mit den weißen Locken, die bei näherem Hinsehen irgendwie gruselig aussah, war von ihrem Platz aufgestanden und musterte ihn jetzt mit bohrendem Blick.

Das war ein neues Gefühl. Noch nie hatte ihn irgendjemand mit großer Erwartung angesehen. Jake fühlte, wie ihn das total durcheinanderbrachte. Zum ersten Mal in seinem Leben wollte er einen Test nicht verbocken. Er begriff zwar nicht, warum es ihm auf einmal so wichtig war, aber er wollte diese Sache unbedingt gut machen. Immerhin war das hier der erste Aufnahmetest, an dem er je teilnehmen durfte.

Jake beugte sich wieder über das Buch und versuchte weiterzulesen, doch die Buchstaben verschwammen inzwischen nicht nur unscharf auf dem Papier, sie dehnten sich aus, zogen sich zusammen und verschmolzen miteinander. Jake spürte, wie ihm von dem Wirrwarr übel wurde. Seine Knie fühlten sich plötzlich weich an und er griff zur Tischkante, um sich an ihr festzuhalten.

Was war hier eigentlich los? Da waren *Bilder.* Verlor er jetzt völlig den Verstand? Die Buchstaben verschwammen zu seltsamen Zeichnungen und stiegen vor ihm auf wie Wasserdampf aus einem Kessel. Ein steiler Felsen wuchs aus den Seiten empor, immer höher und höher, bis Jake einen Schritt zurücktrat, um daran hinaufsehen zu können. Der Felsen breitete sich im ganzen Zimmer aus. Jake entdeckte zwei Menschen, die daran emporkletterten. Seltsam vertraut kamen sie ihm vor. Kannte er die beiden von irgendwoher? Sie riefen ihm etwas zu. Er verstand es zwar nicht, aber er hatte das Gefühl, dass es etwas Wichtiges war. Sein Herz pochte plötzlich wild in seiner Brust. Langsam trat er näher heran und auf einmal *hörte* er die Worte auf dem Papier. Fassungslos sah er zu Mrs Claus und den zwei anderen hinüber, aber keiner von ihnen hatte etwas gesagt.

»Was ist das für ein komisches Buch?«, fragte Jake mit heiserer Stimme.

Mrs Claus lächelte. »Das besprechen wir später, mein Junge. Lies einfach weiter.«

Das sagt sie so leicht, dachte Jake und sah den Buchstaben zu, wie sie sich von den Seiten erhoben und genau wie der Felsen vor ihm aufstiegen.

»Das Buch kann dir erklären, was du wissen möchtest«, rief die Stimme wieder und diesmal waren ihre Worte laut und glasklar. »Glaub nicht alles, was du siehst und, vertraue immer dir selbst!«

Die letzten Worte glommen so schwach in der Luft, dass Jake unsicher war, ob er sie richtig gelesen hatte. Was war bloß mit diesem Buch los? Für einen Moment schloss er seine Augen. Als er sie wieder öffnete, verpuffte der Felsen vor ihm und verschwand genauso schnell, wie er aufgetaucht war. Jetzt flirrten nur noch die Buchstaben auf dem Papier wie heiße Luft.

»Ich … ich kann Ihnen nichts vorlesen«, haspelte Jake. »Da ist nur wirres Zeug und ich erkenne die Buchstaben nicht mehr.« Ein kalter Schauer zog über seinen Rücken und ihm wurde schwarz vor Augen. Alles begann sich zu drehen. Jake griff wieder nach der Tischkante, doch schon taumelte er. Dann sackten seine Knie ein. Im nächsten Moment war alles dunkel und still.

*

Als Jake die Augen öffnete, blickte er in die begeisterten Gesichter der zwei Lehrer, die zuvor noch stillschweigend im hinteren Teil des Raumes gesessen hatten. Er lag auf dem Rücken am Boden. Kurz schloss Jake die Augen. War das *peinlich.* War er gerade ernsthaft in Ohnmacht gefallen?

Der Kopf von Mrs Claus schob sich ebenfalls in sein Sichtfeld. »Mein Junge, wir, das Lehrpersonal von Mount Caravan, freuen uns, dir zur bestandenen Aufnahmeprüfung zu gratulieren!« Sie lächelte und reichte ihm ihre Hand, um ihm beim Aufstehen zu helfen. »Wir würden uns sehr freuen, dich zum neuen Schuljahr bei uns begrüßen zu dürfen! Ich werde Mrs Stacy alle wichtigen Unterlagen zukommen lassen.«

Verdattert rappelte Jake sich hoch und starrte Mrs Claus an, die ihm freudestrahlend zunickte. Hatte er sich verhört? Wie konnte er eine Prüfung bestanden haben, wenn er ohnmächtig auf dem Boden lag?

Die alte Frau mit den weißen Locken musterte ihn immer noch mit seltsam strengem Blick. Nicht für eine einzige Sekunde ließ sie ihn aus den Augen und sah dabei aus wie eine Katze auf der Lauer.

# 2

Was hatte Jake sich da nur eingebrockt. Die Aussicht, in ein Internat für Schwererziehbare umziehen zu müssen, hatte die vergangenen zwei Wochen in St. August wie im Fluge vergehen lassen. Entweder war er damit beschäftigt gewesen, bei Mrs Stacy darum zu betteln, hierbleiben zu dürfen, oder er hatte erfolglos versucht, etwas über dieses seltsame Internat herauszufinden, das noch nicht mal eine Internetseite hatte. Und nun war es so weit.

Jake schloss die Zimmertür hinter sich und trat hinaus auf den Flur. Seit Jahren empfing ihn dieselbe morgendliche Dunstwolke aus beißendem Putzmittel – ein Geruch, der vielen englischen Heimkindern vertraut war. Heute empfand er den Geruch zum ersten Mal nicht so scheußlich wie sonst immer.

Auf Jakes Schulter hing das Gewicht seiner gepackten Reisetasche. Irgendwie hatte ihn die Vorstellung immer beruhigt, dass sein ganzer Besitz in eine einzige Tasche passte. Wer kein richtiges Zuhause hatte, reiste besser mit leichtem Gepäck.

Eilig flogen seine Füße über den abgetretenen Linoleumboden des Flures, als ihm die Stimmen von Tyron und seinen zwei Kumpels Harvey und Cliff entgegendrangen. Na super, die hatten ihm jetzt gerade noch gefehlt. Mit Tyron allein wurde Jake meistens noch fertig. Ihm fiel es leicht vorauszusehen, was der Typ im Schilde führte. In Tyrons Gesicht konnte Jake lesen wie in einem Buch. Aber immer, wenn er zusammen mit seinen zwei Lakaien aufkreuzte, passierten schlimme Dinge.

Jake atmete scharf ein und überlegte, wo er sich auf die Schnelle verstecken konnte. Aber es war zu spät. Im nächsten Moment schwang die Tür zum Treppenhaus auf und die drei standen ihm gegenüber.

Breitbeinig, das Kinn zur Brust geneigt und mit einem fiesen Grinsen im Gesicht baute sich Tyron mitten im Gang auf. Hinter ihm standen die zwei anderen und feixten blöd, als sie ihn entdeckten. Jake schob die Schultern zurück und ging weiter, seinen Blick Richtung Linoleumboden gerichtet. Wegrennen machte jetzt keinen Sinn mehr. Er konnte nur hoffen, dass er dieses Treffen einigermaßen überstand. Irgendwie musste er es schaffen, an ihnen vorbeizukommen.

»Jakielein, wohin denn so eilig?«, spöttelte Tyron und drehte sich Beifall heischend zu seinen Kumpels um.

Jake blieb stehen und hob den Kopf. Tyron war zwar muskulöser als alle anderen, dafür aber auch viel kleiner. Wahrscheinlich hatte er gerade deswegen Jake so auf dem Kieker. Jake überragte Tyron um eine ganze Kopflänge und musste somit immer zu ihm hinuntersehen. Nur leider half das gar nichts, wenn es drei gegen einen stand.

Cliff lächelte schief. »Kommst du jetzt in deine Schule für hoffnungslose Fälle?«

»Heute schon?«, fragte Tyron und kam näher. Im nächsten Moment zogen sich seine Augen zu Schlitzen zusammen. Jake erkannte sofort, dass Ärger der schlimmeren Sorte auf ihn wartete. Ein winziger Seitenblick von Tyron zu Cliff ließ Jake instinktiv ausweichen, noch bevor Cliff mit dem Fuß ausholen konnte. Der Tritt ging ins Leere. Im nächsten Moment kam Harvey zögerlich näher und klimperte dabei nervös mit den Augenlidern. Es war so *einfach* zu sehen, was diese Idioten vorhatten. Harvey zuckte nervös mit den Mundwinkeln und hielt dabei die Luft an und das bedeutete, dass er ihm gleich eine reinhauen würde.

Jake duckte sich und Harvey boxte in die Luft. Leider stand es immer noch drei gegen einen und Jake konnte unmöglich alle gleichzeitig im Auge behalten. Und so fand er sich im nächsten Moment eingeklemmt zwischen Cliff und Tyron wieder.

»Na komm, Jakielein, wir müssen für dich doch noch eine Abschiedsparty feiern!«, grölte Tyron und zog ihn den Flur entlang. Jake wusste, dass jeder Widerstand die drei nur noch mehr anstachelte. Das kannte er schon zur Genüge. Besser, man wartete auf einen günstigen Augenblick und machte sich dann schleunigst aus dem Staub. Vielleicht war er ein hoffnungsloser Fall, aber wenigstens sah er die Typen heute zum letzten Mal.

Sie bugsierten ihn die Treppe hinunter ins Untergeschoss. Dort versetzte Tyron ihm einen so heftigen Stoß, dass Jake stolperte und auf den Boden fiel. Wie beabsichtigt landete er dabei direkt neben der Abstellkammer des Hausmeisters. Jake schwante, was ihm gleich blühte.

Cliff grapschte sich seine Reisetasche, zog den Reisverschluss auf und kippte unter dem Jubel der anderen den gesamten Inhalt auf den Boden. Grölend trampelte Harvey auf den Klamotten und Büchern herum, als wären es Kakerlaken, die er erwischen wollte. Als Jake sein Handy knacken hörte, schloss er kurz die Augen. Verdammter Mist. Seine gesamten Ersparnisse hatte er dafür ausgegeben und jetzt das.

Jake betete, dass den dreien ihre Spielchen bald langweilig

werden würden. Tatsächlich tippte Tyron kurz darauf auf sein eigenes Handy. »Oh, leider fällt mir ein, dass ich heute doch keine Zeit für deine kleine Party habe. Du musst leider ohne uns feiern.«

Bevor Jake irgendetwas tun konnte, riss Tyron die Tür der Abstellkammer auf und rief: »Rein mit ihm!«

Sofort zerrten ihn Harvey und Cliff hoch und stießen ihn in die Kammer. Mit dem Fuß kickte Tyron die ausgekippten Sachen zu Jake, dann schlug er die Tür zu und verriegelte sie von außen. »Glaub bloß nicht, dass du vor mir hier rauskommst, du Waschlappen!«

Jake saß im Dunklen. Nur durch die Ritzen fiel schwach das Licht. Er tastete die Wand nach dem Lichtschalter ab. Wie sollte er jetzt wieder hier rauskommen? Dabei hatte er längst seinen Termin bei Mrs Stacy und danach sollte ihn jemand abholen und nach Mount Caravan fahren.

Seine Hand fuhr über den Lichtschalter. Er lauschte auf die Schritte und Stimmen der drei, bis sie verhallten, dann knipste er das Licht an.

Die Metalltür der Kammer reflektierte wie ein Spiegel und so stand Jake einer blassen Version von sich selbst gegenüber. Er strich sich durch sein blondes wirres Haar und stellte fest, dass er dringend mal wieder zum Friseur musste. Um seine leuchtend blauen Augen lagen heute müde Schatten und nicht zum ersten Mal wünschte er sich, er hätte ein bisschen mehr Muskeln abbekommen.

Egal. Mit aller Kraft warf er sich gegen die Tür. Nichts. Sie wackelte nicht einmal. Panik und Wut stiegen gleichzeitig in ihm auf. Das war jetzt schon das zweite Mal, dass die drei ihn in die Abstellkammer einsperrten. Er trommelte gegen die Tür, aber nichts passierte. Klar, er saß ja auch im Untergeschoss fest.

Außer dem Hausmeister, der ihn das letzte Mal aus dieser Lage befreit hatte, kam hier nie jemand vorbei.

Wie schrecklich auch immer diese neue Schule werden würde, im Moment war alles besser, als hierzubleiben. Ärgerlich suchte Jake seine verstreuten Sachen zusammen. Das Display seines Handys war natürlich zerbrochen. Er hob es auf und schaltete es ein. Der Monitor glomm schwach, dann flackerte er schwarz. Jake stöhnte. »Na toll.«

Ratlos stopfte er die restlichen Pullover, Hemden und Bücher zurück in seine Tasche und strich sich Haare und Klamotten glatt. Das war ja wohl der mieseste Start in ein neues Leben, den er sich vorstellen konnte. Wenn er in diesem Aufzug in der neuen Schule ankam, war er sowieso gleich wieder der Blödmann vom Dienst. Der Heimjunge mit dem zerbrochenen Handy. Vorausgesetzt, er schaffte es überhaupt noch nach Mount Caravan.

Jake kniff die Lippen aufeinander und suchte die Kammer nach etwas ab, das ihm hier raushelfen konnte. Zwischen Besen, Eimern und Putzmittelkartons entdeckte er nach einigen Minuten eine Kiste mit Schraubenziehern. Jakes Augen wanderten am Türrahmen entlang. Vielleicht könnte er die Scharniere der Tür abschrauben? Es war nicht leicht und er ächzte. Manche von ihnen saßen so fest, dass er schon aufgeben wollte, doch dann endlich löste sich die Tür von der Wand und kippte ihm entgegen.

Hastig warf sich Jake mit seinem ganzen Gewicht dagegen und landete mit einem lauten Rums im Flur. Oh verdammt, das tat weh. Egal, er hatte jetzt keine Zeit, sich zu ärgern. Hauptsache, er war raus aus der Kammer. Also griff Jake nach seiner Reisetasche und rannte los.

Erst vor dem Büro von Mrs Stacy streifte er sich eilig seinen Parka über, klopfte und öffnete die Tür. Er war viel zu spät. Mrs

Stacy thronte kerzengerade hinter ihrem Schreibtisch und blätterte in einem Frauenmagazin. Wie immer gab sie statt einer Begrüßung nur ein dumpfes »Hmhm?« von sich.

»Mal wieder die Zeit vergessen, Mr Roberts?« Sie räusperte sich gekünstelt und griff nach einem der Hefter auf dem Stapel vor sich. »Glücklicherweise zählt das ab heute nicht mehr zu meinen Sorgen. Sollen sich diese komischen Mount-irgendwas-Leute mit dir rumärgern. Die sollen ja ganz besonders auf solche Problemfälle wie dich spezialisiert sein. Du bist übrigens der Einzige, den sie uns abnehmen.« Mrs Stacy plapperte wie gewohnt, als würde sie nur mit sich selbst reden. Sie zupfte an ihrer steif gesprühten Altdamenfrisur herum, die auf ihrem Kopf wie ein unbeweglicher Hut saß, und verdrehte die Augen. »Nun gut, schauen wir mal: Jake Roberts, 12 Jahre, Eltern unbekannt, mittelmäßige schulische Leistungen, mehrere Verweise und Rekordhalter im Zuspätkommen.« Sie las stakkatoartig Jakes Daten vor und unterzeichnete die Papiere.

»Mein Zimmernachbar hat immer wieder meinen Wecker ausgestellt …«, murmelte Jake und gab sich alle Mühe, unbekümmert oder zumindest desinteressiert zu wirken.

Mrs Stacy lehnte sich zurück. »Wie auch immer. Hast du dem Ganzen noch etwas hinzuzufügen?« Ihr Gesicht und ihre Haltung waren ebenso unbeweglich wie ihre verklebte Frisur. Kein Wunder, dass sie alle immer nur »Salzsäule« nannten.

Jake schüttelte den Kopf.

Im gleichen Moment begann Mrs Stacys linker Nasenflügel, leicht zu wackeln. Jake seufzte innerlich. Immer dann, wenn sie sich eine ihrer Gemeinheiten zurechtlegte, setzte ihr Nasenzucken ein und er konnte sich schon denken, was jetzt kam. Für gewöhnlich versuchte Jake, ihrem Gezeter schon vorbeugend etwas entgegenzusetzen – noch bevor sie irgendetwas aussprechen konnte. Allerdings handelte er sich damit meistens nur Schwierigkeiten ein und die konnte er heute wirklich nicht gebrauchen.

»Es ist natürlich *äußerst bedauerlich,* dass du nun schon wieder umziehen musst«, sagte sie mit spitzer Stimme. »Aber wenn wir beide mal ganz ehrlich sind, ist dieses Mount Caravan wohl deine letzte Möglichkeit, noch irgendetwas im Leben zu erreichen. Ich würde dir daher raten, junger Mann, dir in Zukunft lieber die Zunge abzubeißen, als einen weiteren Rauswurf zu riskieren. Niemand bekommt endlos viele Chancen im Leben. Vergiss das nicht.«

Jake atmete tief ein und biss sich so fest, wie er nur konnte, auf die Unterlippe, um nichts zu sagen. Egal, was Mount Caravan für eine Schule war – es war gut, dass *dieses* Kapitel seines Lebens zu Ende ging. Auf keinen Fall durfte ihm jetzt etwas herausrutschen, das die alte Schreckschraube verärgerte. Zuerst brauchte er seine Abmeldepapiere.

Mrs Stacy verzog krampfartig den Mund. Das war ihre Art zu lächeln. Jake wusste mittlerweile, dass sie damit das Ende ihres Gespräches einleitete. Sie schob ihm die Papiere hin und nickte Richtung Tür.

Jake griff eilig zu und stand auf. »Mach's gut, Salzsäule«, murmelte er, bevor die Tür hinter ihm zufiel. Ein ärgerliches Schnauben war das Letzte, was Jake von Mrs Stacy zu hören bekam.

# 3

Draußen am Haupteingang von St. August empfing Jake ein kühler Wind. Er streifte sich seine Wollmütze über den Kopf und zog tief die Luft ein, als plötzlich ein Hupen ertönte.

Unter den Stufen des Gebäudes parkte ein Taxi. Ein Mann Mitte vierzig stieg aus und schlurfte auf ihn zu. Jake ging ihm ebenfalls entgegen, unsicher, ob der Taxifahrer wirklich ihn suchte. *Man würde ihn abholen und nach Mount Caravan fahren*, mehr Informationen hatte er von seiner neuen Schule nicht bekommen. Diese Leute verhielten sich wirklich seltsam. Allein dieser schräge Aufnahmetest … Jake wusste immer noch nicht, was da eigentlich passiert war. All diese Bilder und Zeichen und dann war er einfach *umgefallen.* Peinlicher ging's gar nicht.

Jake rieb sich die Arme und stieg die Stufen hinunter, dem Taxi entgegen. Hätte er nicht schon etliche Umzüge hinter sich, wäre er jetzt wahrscheinlich verunsichert und aufgeregt. Aber er war es gewohnt, der Neue zu sein und von vorne anfangen zu müssen. Was sollte dieses Mal schon groß anders sein? Immerhin gab es die winzige Hoffnung auf ein paar weniger bescheuerte Mitschüler und Lehrer.

Der Taxifahrer ging zielstrebig auf ihn zu und tippte zur Begrüßung an sein viel zu breites Basecap. In der Hand hielt er einen Zettel, von dem er etwas ablas.

»J...Jake R...Roberts?«, stotterte er.

Jake nickte, woraufhin der Mann nach seiner Reisetasche griff und ihn hinter sich her zum Wagen winkte. Er öffnete die Tür zur Rückbank und platzierte danach die Tasche im Kofferraum.

»D...D...Dann mal a...anschnallen. Ich soll dich nach M... Mount Caravan fahren.« Er wartete, bis Jake eingestiegen war, dann schloss er die Autotür und nahm auf dem Fahrersitz Platz. Durch den Rückspiegel beobachtete er, wie Jake sich anschnallte, bevor er sich auf die Straße konzentrierte und Gas gab.

»Sind Sie der Chauffeur in Mount Caravan?«, fragte Jake nach einer Weile.

»Wie b...bitte?«, lachte der Mann ungläubig. »I...Ich arbeite für dieses T...Taxiunternehmen.« Er tippte am Armaturenbrett auf seine Fahrerlizenz. Darauf stand *Scotts Racing Cab.* Offensichtlich nicht an einem weiteren Gespräch interessiert, stellte er das Radio an. Jake lehnte sich in seinen Sitz zurück und sah aus dem Fenster, während irgendein nerviger uralter Popsong plärrte. Routiniert bog der Fahrer auf die Landstraße ein, die Jake aus seinem alten Zuhause fortbrachte. Das Taxi fuhr schnell, aber das sollte Jake nur recht sein.

Bald verblassten die bunten Lichter der Stadt und hinter der Fensterscheibe sauste die Landschaft vorbei. Jake sah hinaus auf das grüne Land unter dem grauen Himmel und fragte sich, wohin er nun kommen würde.

Eine Adresse hatte es nicht auf dem Briefbogen des Internates gegeben. Jake wusste nur, dass es mitten in den Schottischen Highlands lag, irgendwo im Nirgendwo. Sie würden also noch eine Weile fahren und nervige Oldies hören.

Alles wäre heute sicher ganz anders abgelaufen, wenn er wie

die meisten anderen Eltern hätte. Dann würde sich niemand trauen, ihn einfach in ein Taxi zu stecken und ihn ohne weitere Erklärung irgendwohin zu verfrachten. Leider wusste Jake nicht mal, wo oder wer seine Eltern überhaupt waren. Die beiden galten offiziell als vermisst, verschollen, was auch immer. Sie waren einfach verschwunden, als er drei Jahre alt war. Er hatte keine Ahnung, ob sie etwas gut oder schlecht in ihrem Leben gemacht hatten oder ob er einmal so werden wollte wie sie. Wusste man nicht, woher man kam, fiel es einem auch schwerer zu entscheiden, wohin man gehören wollte.

Als Jake noch klein war, hatte er eine Weile bei seiner Oma Edith gewohnt. Seiner kleinen schusseligen Oma, die am liebsten Witze erzählte und dabei immer das Ende vergaß. In beinahe jeder Erinnerung mit ihr sah er sich mit einem Buch auf ihrem Schoß sitzen. Vielleicht hatte sie ihm damals, als sie noch lebte, von seinen Eltern erzählt? Sicher hatte sie gewusst, wohin sie verschwunden waren oder zumindest, warum sie ihn bei ihr zurückgelassen hatten. Aber er war so jung gewesen, dass er sich heute an keinen Satz zu seinen Eltern erinnern konnte.

Jake lehnte den Kopf an die Fensterscheibe. Ob er wohl diesmal ein eigenes Zimmer bekommen würde? Er drückte sich selbst die Daumen und kramte ein Sandwich aus seiner Jackentasche, das er sich am Morgen vorsorglich eingepackt hatte. Er biss hinein und schloss die Augen.

*

Es war bereits dunkel, als Jake aufwachte. Er rieb sich die Augen und schaute auf die Straße hinaus. Rechts und links ragten hohe Bäume in den Abendhimmel hinauf.

»Wo sind wir hier?«, fragte Jake und streckte seine müden Glieder. Der Taxifahrer hatte anscheinend das Radio ausgestellt und fuhr langsamer.

»W...Wir sind gleich d...da«, antwortete er und lächelte ihn durch den Rückspiegel an. »Noch fünfzig Meter.«

Auf dem dunklen Asphalt leuchteten kreisrund die Scheinwerfer. Rechts und links der Landstraße befand sich ein Wald. Ein dichter dunkler Wald. Egal, in welche Richtung Jake sich drehte, er sah Bäume, Bäume und noch mehr Bäume. Er starrte ungläubig aus dem Fenster und ließ die Dunkelheit an sich vorbeiziehen. Hier war doch aber gar nichts. Was für eine Schule sollte hier sein?

Doch dann erhaschte Jake aus dem Augenwinkel einen Schatten am Waldrand und zuckte zusammen. Stand da jemand? Ruckartig bremste der Taxifahrer, der sich genau wie Jake erschreckt hatte. Er drehte sich zu ihm um und sah durch die Rückscheibe hinaus. »H...Hier ist es. S...Sie h...haben gesagt, dass du an der L...Landstraße abgeholt wirst.« Der Taxifahrer legte den Rückwärtsgang ein und fuhr zu der Stelle, an der sie die dunkle Person gesehen hatten.

Auf der gesamten Straße gab es keine Laterne, kein Schild, geschweige denn einen Weg oder ein Tor, das zu einem Gebäude führte. Jake spähte durchs dichte Gestrüpp. Der Mann musste sich geirrt haben. Warum passierte eigentlich immer nur ihm dieser ganze verrückte Mist?

»Das kann nicht sein«, erklärte Jake entnervt. »Hier ist doch gar kein Internat. Sind Sie sicher, dass Sie zur richtigen Adresse gefahren sind? Mount Caravan ist eine Schule, kein Nationalpark.«

»D...Doch, hier m...muss es sein.« Der Taxifahrer nickte und schaute gemeinsam mit Jake durchs Fenster. Neben dem Wagen stand nun eine kleine Gestalt und klopfte an die Seitenscheibe.

Ein Mädchen mit schwarzen Haaren schaute zu ihnen in den

Wagen hinein. Der Fahrer nickte ihr zu und zog einen Zettel aus seiner Hemdtasche, den er auseinanderfaltete und prüfend überflog. »Die K...Kilometeranzahl stimmt«, murmelte er. »Ich s...soll dich hier a...absetzen, das w...war der Sch...Sch...Schulleiterin sehr wichtig.« Zum ersten Mal lächelte der Taxifahrer und klopfte ihm aufmunternd auf die Schulter. Dann stieg er aus und begrüßte das Mädchen, indem er sich erneut an sein Basecap tippte. »Wartest du auf Jake R...Roberts?«, fragte er.

Das Mädchen nickte, ohne ein Wort zu sagen, und sah noch einmal prüfend zu Jake, bevor sie ein paar Geldscheine aus ihrer Jackentasche zog, die sie dem Mann reichte. Jake schnallte sich ebenfalls ab und öffnete die Wagentür. Er folgte dem Fahrer um das Auto herum zum Kofferraum.

Echt nicht zu fassen, dachte er, während er auf die endlosen Baumreihen neben der Straße starrte. Wie dunkle Wände ragten sie vor ihm auf. Selbst in einiger Entfernung konnte er keinen Weg entdecken, der zu einem Haus führte.

Der Taxifahrer lächelte ein zweites Mal und drückte ihm seine Tasche in die Arme. »M...mach's gut, J...Junge!« Er griff erneut an sein Basecap. Diesmal zum Abschied.

Jake hielt seine Tasche vor sich und sah ihm zu, wie er wieder einstieg und den Motor startete. Das Geräusch erschien ihm jetzt fast ohrenbetäubend, so still und einsam wirkte alles ringsherum. Fassungslos sah er zu, wie das Taxi und die Lichter der Scheinwerfer hinter der nächsten Kurve verschwanden. War das ein schlechter Witz?

Verdattert stand Jake auf der Landstraße und sah zu dem schweigsamen Mädchen hinüber. Sie trug keine Schuluniform, sondern Jeans und Turnschuhe und darüber einen dunkelblauen Anorak. Immerhin sah sie ziemlich normal aus, was schon mal ein gutes Zeichen war.

Sie knipste eine Taschenlampe an und lief damit in seine Richtung. Ihr schwarzer Pferdeschwanz wippte beim Gehen von einer Seite zur anderen. Erst jetzt bemerkte Jake den Hund, der neben dem Mädchen herging. Er war so groß, dass er ihr bis zu den Oberschenkeln reichte, und sein Fell so schwarz, dass Jake ihn in der Dunkelheit erst gar nicht gesehen hatte. Er knurrte leise und Jake machte instinktiv einen Schritt rückwärts.

»Hallo Neuer«, ertönte da endlich ihre Stimme. »Willkommen in Mount Caravan. Ich bin Ava und das hier ist Ruby.« Sie zeigte auf das knurrende Vieh. »Keine Sorge, Ruby mag Fremde nicht so gerne. Sie beißt aber nur, wenn ich es ihr sage.« Ein kleines Grinsen zog sich über Avas Gesicht und sie winkte ihn zu sich.

Jake lächelte verkrampft zurück und machte vorsichtige Schritte auf die beiden zu. Ava war viel kleiner als er, trotzdem vermutete er, dass sie im gleichen Alter waren.

Es war kalt und mittlerweile schienen die Geräusche wieder wie ausgeschaltet, zumindest wenn man das Knurren von diesem Monsterhund nicht mitzählte. Jake warf sich seine Tasche über die Schulter und zog den Reißverschluss seines Parkas hoch.

»Und hier ist wirklich Mount Caravan?«, fragte er. »Hier im Wald?«

»Ja«, gab Ava zurück. »Da wundert sich jeder am Anfang drüber. Komm einfach mit, dann wirst du es sehen. Ich bring dich zu Mrs Claus.«

Sie winkte ihn durch die Bäume hindurch. Jake achtete darauf, hinter dem Hund zu gehen, so ganz geheuer war ihm das Tier nämlich immer noch nicht …

… genauso wie dieses Mädchen, der stockdüstere Wald und überhaupt alles an diesem seltsamen Mount Caravan.

# 4

Der Wald schien kein Ende zu nehmen und es sah nicht so aus, als ob sich hier ein Förster um umgekippte Baumstämme oder Ähnliches kümmern würde. Durch kniehohes Geäst stiegen sie immer tiefer zwischen den Stämmen in die Dunkelheit hinein.

Jake strengte sich an, mit Ava Schritt zu halten. »Wieso gibt es hier keine Straße, die zur Schule führt?« Oder Schilder oder Zäune oder überhaupt *irgendetwas,* das an Zivilisation erinnerte.

»Es gibt so einen rumpligen Sandweg, aber durch den Wald geht es schneller. Außerdem möchte Mrs Claus nicht, dass die Taxifahrer da langfahren.«

Jake runzelte die Stirn. »Wieso nicht?«

»Wart's einfach ab«, antwortete Ava nur. »Man braucht ein paar Tage, bis man es versteht.«

Was war das denn für eine Antwort? Das klang ja fast so, als wären sie auf dem Weg in eine geschlossene Anstalt, von der niemand etwas wusste und zu der nicht mal die Taxen vorfuhren. In Jakes Kopf fingen langsam, aber sicher die Warnsignale an zu läuten, aber was sollte er schon machen?

Er konzentrierte sich auf seine Schritte, um nicht über Äste zu stolpern oder in Erdlöchern zu versinken. Doch bevor er weiter darüber nachgrübeln konnte, gelangten sie zu einer Lichtung.

Endlich leuchteten ihnen Lichter durch die Bäume entgegen. Ava blieb stehen und wartete darauf, dass Jake sie einholte. Neben ihr knurrte Ruby und sah ebenfalls zu ihm nach hinten.

»Na dann: willkommen! Nach Ihnen, Mr Roberts.« In Avas Blick lag etwas Amüsiertes, während Jake nur ungläubig die weitläufige Umgebung fixierte und stehen blieb.

Waren das ... *Wohnwagen?* Das Licht, das er gesehen hatte, kam aus unterschiedlich großen Fenstern und Laternen. Wie auf einem Rummelplatz standen beleuchtete Fahrzeuge in Gruppen zusammen und reihten sich um etwas, das ganz nach einer verfallenen Burgruine aussah. Jake traute seinen Augen kaum. War das hier ein schräges Pfadfindercamp oder hatte Mrs Stacy ihn heimlich an einen Zirkus verkauft?

»Vorsicht, dass du keine Fliege verschluckst«, sagte Ava neben ihm und grinste, als Jake mit offenem Mund zu ihr blickte. »Keine Sorge, die Leute hier sind alle ganz in Ordnung. Und die Schule selbst wirkt nur im ersten Moment ein bisschen, na ja ... komisch.« Ava kraulte ihrer Hündin den Kopf und ließ ihm Zeit. Als ob sie wirklich nachempfinden konnte, wie er sich gerade fühlte.

»Mount Caravan ist ziemlich anders als andere Schulen«, erklärte sie weiter. »Aber das sind wir ja auch. Und ganz sicher lösen sich deine Probleme hier.«

Bitte was? Meine *Probleme?*

»Wie kommst du darauf, dass ich ein Problem hätte ...?«

»Na ja, dass du nicht gerade der Klassenliebling warst, sieht man dir hundert Meter gegen den Wind an. Ich weiß, wie das ist, alle in Mount Caravan wissen das.«

»Äh ... Bist du schon lange hier?«, fragte er.

»Seit ich sieben bin.«

»Was? Mit sieben schon?«

Ava lachte und vergrub ihre Hände in den Jackentaschen. »Bist du jetzt so weit? Können wir?«

Jake warf einen Blick auf Ruby, die sich für einen Moment beruhigt zu haben schien, und nickte unschlüssig. Neben Ava ging er auf die vielen Lichter zu, die mit dem Sternenhimmel über ihnen um die Wette funkelten.

Sie führte ihn durch die Wohnwagenreihen. Überall saßen Kinder und Teenager, die sich unterhielten, lasen oder einfach nur in den Himmel blickten. Etwas entfernt loderte ein Lagerfeuer. Als sie an einem grünen Wohnwagen vorbeigingen, grüßte Ava einen pummeligen Jungen, der gerade mit genervtem Blick eine Klinke an die Eingangstür schraubte. Keiner der Schüler oder Schülerinnen trug eine Uniform, wie es in den Schulen bisher üblich war. Alle sahen ziemlich normal aus. Ganz im Gegensatz zu diesem Ort, an dem nichts normal zu sein schien.

Keiner der Wohnwagen, an denen sie vorbeigingen, glich einem anderen. Manche von ihnen sahen mit ihren spitzen Dächern aus wie winzige Holzhäuser auf Rädern. Einen Wagen umrankten Kletterpflanzen wie einen Kokon, nur die Fenster und Türen sah man noch. Es gab einen alten Londoner Doppeldeckerbus und sogar einen ausrangierten U-Bahn-Waggon, der auf vier Rädern stand. Ein paar der Wagen besaßen zwei Stockwerke und wirkten sehr geräumig, während andere so winzig waren, dass Jake sich wunderte, wie man darin aufrecht gehen sollte. Einige Wagen erinnerten mit ihren Blümchenmustern an vergangene Hippiezeiten, andere wiederum sahen aus, als wären sie einem modernen Agentenfilm entsprungen. Es gab elegante, moderne, rustikale, schlichte, verspielte und überladene Wohnwagen, und während Jake mit offenem Mund und großen

Augen diesen seltsamen Ort bestaunte, führte Ava ihn zum elegantesten Wagen auf der Lichtung.

Es war ein weiß gestrichener Doppelwagen, mit großer Fensterfront und einem flachen Metalldach. Ein paar Stufen führten auf eine Veranda vor die Eingangstür. Darüber baumelte ein Schild, auf dem in ordentlichen schwarzen Buchstaben *Schulleitung* geschrieben stand. Ava klopfte und wartete. Eine Frau Anfang fünfzig in einem dunkelblauen Kostüm öffnete. Es war Mrs Claus, die Jake noch von der Aufnahmeprüfung kannte. Sie bedankte sich bei Ava, streichelte Ruby den Kopf und steckte der Hündin irgendetwas in die Schnauze. Augenblicklich hörte Ruby auf zu knurren und verschwand schmatzend hinter Ava zwischen den Wohnwagen.

Mrs Claus begrüßte Jake herzlich und bat ihn in ihren hell erleuchteten Wagen herein. Bei jedem Schritt knarrten die Dielen, bis Jake in einem weichen Ledersessel vor einem Schreibtisch Platz nehmen durfte. Neben ihm züngelten Holzscheite in einem Kamin und im Hintergrund hörte er leise Klaviermusik. An den Wänden hingen Bilder von Schulklassen und darunter, in den kniehohen Regalen, reihten sich Aktenorder. Es war ein heller Raum ohne ein einziges überflüssiges Ding darin. Trotzdem wirkte es weder kahl noch ungemütlich.

Mrs Claus nahm hinter ihrem Schreibtisch Platz und klappte ein dickes Notizbuch auf. Sie sah ihn über ihre schmale randlose Brille hinweg an und lächelte, wobei wieder die vielen Fältchen um ihre Augen sichtbar wurden. »Ich freue mich sehr, dass du endlich bei uns bist. Gern hätten wir dich schon früher entdeckt, aber durch deine regelmäßigen Schulwechsel haben wir uns wohl immer wieder verpasst.«

Jake erinnerte sich, wie ihn Mrs Claus während seiner Aufnahmeprüfung eingeschüchtert hatte. Damals wusste er nicht recht, wie er ihr Verhalten deuten sollte, ihre Mimik war schwer zu lesen. Aber jetzt fand er sie ziemlich nett.

»Du hast sehr gut abgeschnitten in deinem Test. Ich war beeindruckt. Aber eins nach dem anderen. Komm erst einmal an und schau dich um. Der erste Tag ist für alle hier immer eine große Umstellung. Wir sind ja eine, nun, sagen wir … ungewöhnliche Schule.« Sie warf ihm einen aufmunternden Blick zu. »Die wenigsten Dinge laufen hier so ab, wie du es wahrscheinlich gewohnt bist. Aber in der Regel gelingt es uns, allen Schülern und Schülerinnen ein schönes neues Zuhause zu schenken. Wie gesagt, wir hätten dich gerne früher aufgenommen und leider hast du dadurch einiges aufzuholen. Aber ich habe schon eine Idee, wie wir dieses Problem lösen können.« Mrs Claus lehnte sich zufrieden in ihrem Schreibtischstuhl zurück.

»Warum gibt es keine richtige Straße, die hierherführt?«, platzte es aus Jake heraus. Es war nur eine von Millionen Fragen in seinem Kopf und sicherlich nicht die wichtigste, aber der seltsame Weg hierher ließ ihm einfach keine Ruhe. »Ich hätte das Internat nie ohne Avas Hilfe gefunden. Und dann diese ganzen Wohnwagen mitten im Wald … versteckt sich die Schule mit Absicht?«

»Gut beobachtet.« Die Lachfältchen um Mrs Claus Augen verschwanden. »Sagen wir es mal so: Mount Caravan versteckt sich nicht, die Schule bleibt nur gern unauffällig. Das erspart uns allen viel sinnlosen Ärger.«

Jake zog die Stirn kraus, während die Fragen in seinem Kopf weiter Achterbahn fuhren. »Mir wurde von Mrs Stacy gesagt, dass Mount Caravan ein Internat für, ähm, Problemkinder ist?«

Mrs Claus entfuhr ein belustigtes Kichern. »Nun, ich nehme an, das liegt im Auge des Betrachters. Du musst wissen, es ist überaus schwer, hier einen Platz zu bekommen. Ausschließlich Kinder mit seltenen Begabungen werden zugelassen. Dazu muss man natürlich wissen, dass sich diese Begabungen oft hinter auffälligen Problemen verbergen. Deshalb bezeichnen wir Mount Caravan offiziell auch als Schule für ›Schwererziehbare‹. Dieser Eindruck wird wahrscheinlich noch dadurch verstärkt, dass wir bevorzugt Kinder aufnehmen, die an normalen Schulen versagt haben.« Die Schulleiterin lachte und beugte sich vor. »Dabei sind unsere Schüler nicht schwer erziehbar, sie sind außergewöhnlich begabt. Es bemerkt nur niemand.«

»Außergewöhnlich ... begabt?« Jake sah die Schulleiterin ungläubig an.

Mrs Claus schob sich ihre Brille zurecht. »Es gibt viele Eigenschaften, die voreilig als Schwäche abgetan werden. Wir in Mount Caravan sehen allerdings hinter diesen Problemen ganz beeindruckende Gaben.« Mrs Claus machte eine kurze Pause und sah ihn eindringlich an. »Mir ist von Mrs Stacy erzählt worden, dass du manchmal so tust, als könntest du Gedanken lesen. Dass du andere als Lügner bezeichnest und absichtlich provozierst. Sie meinte, dass du glaubst, für dich würden andere Regeln gelten als für den Rest der Welt. Siehst du das auch so?«

Jake schüttelte entsetzt den Kopf. »Nein, auf keinen Fall! Ich will überhaupt niemanden provozieren.«

Mrs Claus nickte. »Das glaube ich auch nicht. Ich denke eher, Mrs Stacy hat keine Ahnung, was sie so vor sich hin plappert. Und was sie als ›Gedanken lesen‹ bezeichnet, ist in Wahrheit viel einfacher zu erklären. Wir denken, du hast eine ganz besondere Auffassungsgabe, Jake. Und damit kannst du die Mimik in den Gesichtern anderer Menschen lesen. Du kannst deuten, ob jemand die Wahrheit sagt oder nicht. Das ist außergewöhnlich! Und ganz unter uns: Wenn man so etwas kann, muss es schwer sein, Leute wie Mrs Stacy *nicht* zu provozieren.« Mrs Claus zwinkerte ihm zu. »Es gibt ein altes Sprichwort, das auf dich zutrifft: ›Wer die Wahrheit sagt, braucht ein schnelles Pferd‹.«

Sprachlos blickte Jake Mrs Claus an. Sie hatte ihm gerade die Antwort auf eine Frage geliefert, die er sein gesamtes bisheriges Leben gesucht, aber nie wirklich gefunden hatte.

Mrs Claus räusperte sich. »Aber nun zu unserer Schule: Es gibt drei wichtige Regeln, die du kennen und beherzigen musst. Erstens: Jeder in Mount Caravan hat das Recht darauf, sich nach seinen Fähigkeiten und Besonderheiten ausbilden zu lassen. Zweitens: Jeder in Mount Caravan hat das Recht darauf, sich im Skriptum Futurum in die Nimmerzeit zu lesen. Und drittens: Wir sind alle im gleichen Team.« Mrs Claus faltete ihre Hände. »Denkst du, du kannst dir das merken?«

Jake nickte. Er hatte in seinem Leben schon unzählige Hausordnungen lesen müssen. Um genau zu sein, waren es immer dicht bedruckte Seiten mit winziger Schrift, in denen im Kern immer das Gleiche stand. Sie bestanden aus Verboten, nie aus *Rechten.*

»Skriptum Futurum?«, fragte er und sah Mrs Claus irritiert an. »Was soll das sein?«

Die Schulleiterin lächelte, als hätte sie nur auf diese Frage gewartet. »So nennen wir das Buch, das du bereits aus deiner Aufnahmeprüfung kennst. Ohne das Skriptum Futurum würde es Mount Caravan gar nicht geben. Es ist ein altes und etwas eigentümliches Artefakt. Leider wissen wir noch immer nicht genau, woher das Buch kommt. Es gibt viele unterschiedliche Vermutungen dazu, aber keine davon ist wirklich bewiesen. Was wir aber mit Sicherheit wissen, ist, dass sich zwischen den Buchseiten Geheimnisse und Rätsel verstecken, die entdeckt werden müssen. Das Buch erzählt von längst vergessenen und noch bevorstehenden Zeiten. Wir nennen sie die ›Nimmerzeit‹.

Kurz gesagt: Das Skriptum Futurum kann die Zukunft beeinflussen.«

Jake rutschte in seinem Sessel bis auf die Kante vor. »Wie kann ein Buch die Zukunft beeinflussen?«

Mrs Claus hielt einen Moment inne. »Die Zukunft ist immer abhängig von der Gegenwart, musst du wissen. Was heute geschieht, hat Einfluss auf morgen. Auch das Skriptum Futurum lässt sich davon beeinflussen. Im Gegensatz zu anderen Büchern findest du in ihm keine fertige Geschichte, *du selbst* schreibst die Geschichten. Es nimmt die Gedanken und Gefühle all seiner Leser in sich auf und zeigt dir, was geschehen wird. Nur durch uns kann es von noch bevorstehenden Ereignissen erzählen. Zu diesem Zweck wurde Mount Caravan gegründet, genau wie auch all die anderen Schulen, die ebenfalls ein Skriptum Futurum besitzen und auf der ganzen Welt verstreut sind. Und alle von uns, die diese Fähigkeit besitzen, bilden eine Gemeinschaft. Unsere Aufgabe ist es nicht nur, alle Nimmerzeit-Bücher dieser Welt zu finden und zu bewahren, sondern vor allem, gemeinsam darin zu lesen. Wir kümmern uns um die Zukunft – und du tust das jetzt auch.«

Innerlich lachte Jake auf. Ausgerechnet er, der Junge ohne Vergangenheit, sollte sich um die Zukunft kümmern? Das war doch alles völlig absurd.

»Keine Sorge, das ist jetzt viel auf einmal, aber du wirst das Skriptum Futurum noch kennenlernen«, schloss Mrs Claus. »Es ist ein ganz wunderbares Buch und es ist eine große Ehre, darin zu lesen. Die Aufnahmeprüfungen für die Schule werden weltweit durchgeführt und trotzdem sind nur wenige in der Lage, etwas im Skriptum Futurum zu entziffern und den Test zu bestehen.«

»Den Test? Aber …«, haspelte Jake erneut. »Wieso habe ich ihn überhaupt bestanden? Ich habe doch so gut wie nichts vorgelesen. Ich bin nur … umgefallen.«

»Ach papperlapapp, du hast in deiner Prüfung ganz hervorragend abgeschnitten, gerade *weil* du ohnmächtig geworden bist! Das Buch hat dich mit seiner Fülle überwältigt und außer Gefecht gesetzt. Weißt du, wie wunderbar das ist? Du hast nicht nur im Buch gelesen, du hast etwas darin *gesehen.* Es war zu viel auf einmal für dich und das ist ein sehr gutes Zeichen! Lady Honoray war richtig aus dem Häuschen, als du bewusstlos auf dem Boden lagst!«

Jake schüttelte in Gedanken den Kopf. Schön, dass das wenigstens einem gefallen hatte.

Mrs Claus zog einen dicken Briefumschlag aus einer ihrer Schreibtischschubladen und reichte ihn Jake. »Deine Klasse wird die *Mount-6* sein, ich denke, dort passt du wunderbar hinein. Ich habe alles, was du fürs Erste brauchst, in diesen Umschlag hineingesteckt. Darin findest du einen Geländeplan, unsere Hausordnung noch einmal zum Nachlesen und deinen persönlichen Zugangscode. Mit ihm kannst du dich auf und außerhalb des Geländes frei bewegen und alle verschlossenen Tore öffnen. Wohnen wirst du zusammen mit Finley MacLaren. Wenn du keine Fragen mehr hast, bringe ich dich jetzt zu deinem Wagen, dann kannst du erst einmal auspacken. Frühstück gibt es morgen vor der Begrüßungsfeier zum neuen Schuljahr.«

Eigentlich schwirrten Jake noch Tausende Fragen im Kopf herum, aber er wusste nicht recht, wo er anfangen sollte, und so folgte er der Schulleiterin hinaus durch die Wagenreihen.

# 5

Im Windschatten von Mrs Claus lief Jake zwischen den Wohnwagen hindurch. Es saßen kaum noch Schüler auf den Veranden vor den Wagen. Es war ruhiger geworden ringsherum und Mrs Claus schritt zielsicher auf einen Wohnwagen aus grünem Holz zu. Er sah aus wie ein alter Lockwaggon, wie sie Jake aus Westernfilmen kannte. Aus den unterschiedlich geformten Fenstern drang ein warmes Leuchten. Mrs Claus stieg zwei Stufen auf eine Terrasse hinauf und klopfte an die Tür. Im Innern raschelte es und dann öffnete der etwas pummelige Junge, den Jake vorhin schon gesehen hatte. Er hatte kräftige Locken und trug eine Schutzbrille samt Kopfhörern. Sein blauer Kapuzenpulli war übersät mit kleinen Krümeln.

Mrs Claus stellte die Jungs einander vor und verabschiedete sich mit den Worten, dass Finley ihm bitte alles Weitere zeigen solle.

Finley nickte kauend und winkte Jake hinein. Holzscheite knackten auch hier in einem Kamin, der gegenüber einer Sofaecke bollerte. Während Finley am hintersten Ende des Wagens seine Laborbrille samt Ohrenschutz ablegte, schaute Jake sich neugierig um. Im Inneren wirkte der Wagen viel geräumiger, als man von außen vermutet hätte. Er lugte nach hinten zu Finley und einem Tisch, der übersät war mit Kabeln, zerlegten Metallteilen, Zangen und Schraubenziehern in allen Größen.

Ohne die Schutzkleidung ließ sich Finley auf die Polster plumpsen und sah jetzt mit seinen hellbraunen Locken und Grübchen in den Wangen eigentlich ganz normal aus. Unter seinem Pulli zog er eine Chipstüte hervor.

»Du bist also der Neue? Schnarchst du?« Er griff in die Tüte und sah Jake aus seinen braunen Augen an.

Jake trat von einem Bein aufs andere und schüttelte den Kopf. »Ich glaub nicht?«

»Prima!« Finley breitete einen Arm aus und schwang ihn mit einer großzügigen Geste durch den Raum. »Wir haben einen der Wagen, in dem man sitzen bleiben kann, wenn man jemandem eine Wohnungsführung gibt«, scherzte er mit vollem Mund. »Also: Genau unter mir befindet sich das Sofa, wie du siehst. Und da ...«, er nickte leicht mit dem Kopf hinter sich, »sind Schränke und Schreibtische. Rechts gehört dir, links ist meine Seite. Und hinter dir, am anderen Ende des Wagens, findest du die Dusche. Für den Fall, dass du was trinken willst oder keine Zeit für die Kantine hast und dir einen Toast schmieren musst, haben wir auch eine Küche.«

Jake drehte sich um und entdeckte eine winzige Einbauküche, die aus einem Campingkocher, Minikühlschrank und ein paar technischen Gerätschaften bestand, die Jake noch nie gesehen hatte. Ein Roboterarm war über dem Toaster an die Wand geschraubt. Ob der dazu da war, das Brot aus dem Toaster zu fischen? Daneben hing ein Klapptisch zwischen zwei Hockern. Die Tür dahinter führte offenbar ins Bad.

Als er sich wieder zurückdrehte, hielt Finley ihm die Chipstüte hin. Nur zu gern ließ Jake seine Hand darin verschwinden.

»Und wo genau schlafen wir?«, fragte er und sah einmal zwischen Küche und Schreibtischen hin und her. Betten konnte er hier keine entdecken.

»Ich links, du rechts, wie gesagt.« Finley deutete zur Decke, die weit über ihren Köpfen lag, und drückte auf einen der Knöpfe in der Wand. Die waren Jake bislang gar nicht aufgefallen, aber neben dem Sofa gab es ein kleines Tastenfeld, das einer Fernsehbedienung ähnelte. Es brummte und summte leise. Jake beobachtete die weiß getünchte Decke, die im hinteren Teil des Wagens rechts und links nach unten fuhr. Seitlich klappten Stufen aus den Wänden, die zu den zwei voneinander getrennten Hochbetten hinaufführten. Finley drückte auf einen weiteren Knopf und neben Jake fuhr eine dritte Leiter herunter.

»Und da oben ist die Terrasse.« Finley sprach immer noch mit vollem Mund.

Über Jake war die Decke noch genauso hoch wie beim Betreten des Wagens. Ein aufklappbares Glasfenster lag darüber. Jake stieg die dritte Leiter hoch und lugte hinaus. Auf dem Dach lagen ein paar Sitzkissen. Beeindruckt stieg Jake die Stufen wieder herunter und setzte sich auf das Sofa zu Finley.

»So, und jetzt du.« Finley hielt Jake erneut die Chipstüte hin. »Was ist dein Problem?«

»Äh …«, sagte Jake und schwieg einen Moment, bevor er aussprach, was er noch nie freiwillig zugegeben hatte. »Mrs Claus meinte, ich kann in Gesichtern lesen, wenn jemand etwas anderes sagt, als er in Wirklichkeit meint.« Jake rieb sich über die Stirn. »Schätze, dadurch kann ich nur schwer meinen Mund halten. In jedem meiner Zeugnisse steht, dass ich ständig auf Ärger aus wäre.«

Jake sah förmlich das Fragezeichen in Finleys Augen blinken. Doch dann klatschte er in die Hände und riss den Mund auf.

»Das heißt, du kannst Lügner erkennen? Das ist doch mal ein ziemlich cooles ›Problem‹!«

Jake spürte, wie seine Wangen heiß wurden. Das hatte noch nie jemand zu ihm gesagt.

»Ich für meinen Teil«, redete Finley weiter, »hab zu viel die Schule geschwänzt, bin sogar nur zu den Prüfungen hin, um genau zu sein. Die bescheuerten Tests hab ich natürlich trotzdem bestanden. Das hat den Lehrern aber erst recht nicht gefallen.«

Jakes Augenbrauen schossen in die Höhe. »Wie geht das denn? Woher wusstest du, was in den Tests gefragt wurde, wenn du nie zum Unterricht gegangen bist?«

Finley versuchte, die letzten Chips aus der Tüte zu fischen. »Na ja, ich kann mir einfach Sachen schnell merken. Eigentlich kann ich mir alles merken. Viel besser als andere. Ich muss nur wissen, um welches Thema es geht, und das richtige Buch dazu lesen. So was nennt man ein *fotografisches Gedächtnis*, sagt Mrs Claus.« Er grinste, als wäre das eine völlig einleuchtende Erklärung.

»Das hat leider dazu geführt, dass ich die Lehrer zu oft korrigiert habe. Fällt mir manchmal schwer, falsche oder halb richtige Aussagen einfach so stehen zu lassen. Und das mochten die nicht so. Na ja, aber das war früher. Jetzt bin ich ja zum Glück hier.« Finley knüllte die Chipstüte zusammen und kicherte. »Und mein neuer Zimmergenosse ist ein menschlicher Lügendetektor. Total abgefahren! Das klingt, als könnte man mit dir viel Spaß haben.«

Finley winkte Jake nach draußen auf die Veranda. Vor dem Wagen setzten sie sich auf die Stufen. Der Himmel über ihnen hatte sich schwarz verfärbt und nur die Sterne und Lampen beleuchteten den Platz ringsherum. Etwas entfernt loderte immer noch das Lagerfeuer und Jake hörte Musik. Von der Veranda aus sah alles noch viel unwirklicher aus, fast so, als hätte es Jake in einen Märchenwald verschlagen.

Kaum zu glauben, dass er sich heute Morgen noch so große Sorgen gemacht hatte.

Finley machte wieder eine ausladende Handbewegung. »Von hier hast du einen prima Überblick über die Schule. Schau dich besser noch einmal in Ruhe um, ab morgen steckst du nämlich schon mittendrin.«

MOUNT ★ CARAVAN

Skriptum Futurum

# I. TRIMESTER

## Thema: Training der Vorstellungskraft

# 6

Das Schlagen einer Tür riss Jake aus dem Tiefschlaf. Er schreckte hoch und stieß sich an der niedrigen Decke den Kopf. Unter ihm wuselte Finley bereits fertig angezogen herum. Müde krabbelte Jake die Stufen hinunter.

»Morgen«, rief Finley. »Das Bad ist jetzt frei. Beeil dich, dann zeige ich dir den Frühstücksraum.«

Jake stolperte in das enge Bad. Die Duschkabine war so schmal, als hätte jemand einen Karton um ihn herum gebaut. Nicht einmal seinen Arm konnte er darin ausstrecken. Nachdem T-Shirt, Shorts und Socken an einem Haken an der Tür hingen, drehte er am größten Knauf, der vor ihm aus der Wand ragte, und sofort brauste ein warmer Schauer auf ihn herab. An der Decke hing kein gewöhnlicher Duschkopf, wie er ihn kannte, stattdessen sprudelte das Wasser über und hinter ihm aus unzähligen Düsen. Das Haarshampoo sprühte aus einer seitlichen Pumpe direkt auf Jakes Kopf und vor ihm hing ein Seifenspender in der Form eines altmodischen Löwenkopfes. Man musste nur an dessen Zunge ziehen und sofort quoll Duschgel aus seinen Nasenlöchern.

Der warme Wasserregen tat gut. Jake musste sich fast zwingen, die Dusche wieder abzustellen. Doch genau in dem Moment, als das Wasser stoppte, blies ein warmer Wind wie aus einem riesigen Fön auf ihn ein. Unglaublich, in dieser Kabine hätte Jake den halben Tag verbringen können. Als Finley zum zweiten Mal ungeduldig an die Badezimmertür klopfte, war Jake so gut wie trocken und brauchte sich nur noch etwas zum Anziehen überstreifen.

Gemeinsam machten sich die zwei Jungs auf zum Frühstücksraum. Ringsherum aus den Wohnwagen strömten lauter andere Kinder auf die Burgruine zu. Jake war noch ganz damit beschäftigt, sich die vielen neuen Gesichter einzuprägen, als Finley ihn plötzlich in die Seite stieß. Er zeigte auf zwei Mädchen, die aus dem rosaroten Wagen neben ihnen stiegen. Jake wollte gerade schon »Hallo« sagen, als Finley ihn ermahnte, schneller zu laufen.

»Was ist denn?« Jake verstand nicht, wieso Finley es auf einmal so eilig hatte und ihn nervös am Arm zog. Eins der Mädchen war groß und blond und lief neben einem anderen her, das krisselige braune Haare hatte. Die beiden trugen eins zu eins dieselben Klamotten, nämlich Rock, T-Shirt und Sandalen. Trotzdem sahen sie grundverschieden aus.

»Das sind Ella und Natascha, unsere Nachbarinnen«, flüsterte Finley scharf.

Jake stolperte Finley hinterher. »Ja und?«

»Okay, Regel Nummer eins: Natascha …«, er zeigte auf das blonde Mädchen, »die darfst du niemals irgendetwas fragen! Am besten, du verzichtest ganz auf Blickkontakt und vermeidest es, jemals von ihr angesprochen zu werden!«

Jake sah Finley irritiert an, während er von ihm eilig vorwärtsgeschoben wurde. »Häh?«

»Sie hat Plapperitis«, erklärte Finley.

»Plapperitis?«

»Genau. Und Ella ist zwar weitgehend ungefährlich, sie lässt aber gern mal was mitgehen. Mrs Claus nennt das ›Besondere Täuschungsfähigkeit‹, ich find's eher eine ›Besondere Nervfähigkeit‹. Sie hat mir erst gestern meine Türklinke abgeschraubt und verschwinden lassen.«

Finley atmete erleichtert aus, als die zwei Mädchen an ihnen vorbeiliefen und Jake nicht eines einzigen Blickes würdigten. »Puh, Glück gehabt! Sie interessiert sich nicht für dich.«

Jake war darüber allerdings nicht ganz so erleichtert wie Finley, tat aber so, als wäre es ihm egal.

»Wenn Natascha einmal richtig in Fahrt kommt, kann sie von allein nicht mehr aufhören zu reden. Echt! Die quatscht so lange auf einen ein, bis man vor Erschöpfung einschläft. Letztes Jahr hat sie Mr Brookstone mit ihrem Gequatsche sogar hypnotisiert und zum Schlafwandeln gebracht, das war total schräg! Keine Ahnung, wie Ella das täglich verkraftet …« Finley lenkte Jake in Richtung eines dunkelvioletten Wohnwagens, der zu ihrer Rechten parkte. In die Holzfassade waren ein paar Klettergriffe geschraubt und vom Dach hingen zwei Seile herunter. »Da drüben wohnt Ava. Sie ist die Einzige in der ganzen Schule, die einen Wagen für sich allein hat. Na ja, mittlerweile jedenfalls. Und sie ist die Einzige mit Haustier.«

Jake erkannte das schwarzhaarige Mädchen, das ihn gestern durch den Wald geführt hatte. Ruby döste auf der Veranda des Wagens, sprang aber sofort auf, als Ava etwas in einen Futternapf füllte und die Wagentür hinter sich schloss. Er bemerkte, dass Natascha ihr im Vorbeigehen einen abschätzigen Blick zuwarf, den Ava prompt erwiderte.

Finley schob Jake weiter vorwärts und zeigte nun auf zwei hünenhafte Jungs. Sie hatten nicht nur beide die Statur eines

Basketballspielers, sie sahen sich auch noch zum Verwechseln ähnlich. Zum Glück trugen sie nicht auch identische Kleidung, sonst hätte Jake das Gefühl gehabt, doppelt zu sehen.

»Und das sind die Miller-Zwillinge Bart und Bruno«, sagte Finley. »Die wohnen in dem Metallbauwagen am Waldrand. Und der da drüben mit der Gitarre ist Carson – unser Mozart. In letzter Zeit versucht er sich allerdings zur Freude aller im Dudelsackspielen. Wunder dich also nicht, wenn du in den nächsten Tagen lauter seltsame Töne vom westlichen Stellplatz hörst. Meistens spielt er zum Glück aber auf seiner Gitarre. Carson wohnt mit Piet zusammen in einem total coolen Doppeldecker. Die beiden hatten echt Glück bei der Wagenverteilung.« Während Finley sprach, zeigte er auf zwei Jungs. Der mit der Gitarre hatte dunkle Locken und sah müde aus. Hinter ihm fuhr ein durchtrainierter Junge auf einem BMX-Rad und übte darauf Kunststückchen. Das musste Piet sein. Jake fiel auf, dass er genau darauf achtete, erst dann etwas Cooles auf seinem Rad zu versuchen, wenn man ihn beachtete. Piet trug eine auffallend gestylte Kurzhaarfrisur und Klamotten, die Jake sich nie im Leben hätte leisten können.

Jake war so damit beschäftigt, all seine neuen Mitschüler zu beobachten, dass er erst jetzt den halb verfallenen Rundbogen in der Burgmauer bemerkte, durch den Finley ihn führte. Vor Staunen verschlug es ihm fast den Atem. Die verfallene Ruine war alles andere als das, was er erwartet hatte. Von außen erkannte man nur eine bröckelige Burg, doch dahinter lag ein eindrucksvoll renovierter Innenhof, der das genaue Gegenteil einer Ruine war. Jakes Augen schweiften über die alten Verzierungen um die Fenster, die zwei geschwungenen Steintreppen und einen Säulenrundgang. Alles war großzügig, hell und wieder richtig gut in Schuss gebracht worden. Zwischen der scheinbar verfallenen Burgmauer und der Burg selbst lag ein Innenhof, auf dem unter ein paar Schirmen Liegestühle und Tische standen.

»Bei gutem Wetter ist das unser Studierzimmer«, erklärte Finley und ging zwischen den Tischen und Liegen hindurch. Er steuerte auf eine bestimmt drei Meter hohe geöffnete Glastür zu. Sie führte in einen Wintergarten, der seitlich um die Burg angelegt war.

Finleys Gang wurde allmählich schneller. »*Endlich*. Mein Magen knurrt schon lauter als Ruby, wenn man ihr zu nahe kommt.«

Der Geruch von gerösteten Waffeln, frischem Toast und geschmolzener Butter schlug ihnen von einem langen Buffettisch entgegen. Finley griff nach einem Teller und belud ihn mit Waffeln, über die er großzügig Sirup goss. Dazu schenkte er sich einen Becher dampfenden Kakao ein. Jake machte Finley alles ganz genau nach, nur dass er sich mit den Mengen etwas zurückhielt.

Das erste Mal seit Langem fühlte Jake sich wieder rundum wohl. Je mehr er von der heißen süßen Flüssigkeit trank, desto zufriedener fühlte er sich. Ein so leckeres Frühstück hatte er seit Jahren nicht gegessen. Während Jake noch kaute und schluckte, füllte Finley sich seinen Teller zum zweiten Mal auf. »Das Frühstück ist die wichtigste Mahlzeit am Tag«, kommentierte er Jakes Blick auf den beladenen Teller. »Das hat mein Opa zumindest immer gesagt und man soll die Toten ja schließlich ehren.«

Jake grinste. Die Toten ehren, na klar.

Während er kaute, beobachtete Jake seine neuen Mitschüler aus dem Augenwinkel. Natascha saß am anderen Ende des Raumes und trotzdem hörte Jake jedes einzelne Wort von ihr klar und deutlich. Wie Finley gesagt hatte, wechselte sie ohne Überleitung von einem Thema zum nächsten und wieder zum nächsten. Ella schien das aber gar nicht weiter zu stören, stattdessen ließ sie gerade unbekümmert einen Löffel in ihrer Jackentasche verschwinden.

Da ertönte ein Gong. Über einen Lautsprecher erklang eine Melodie, die alle Schüler und Schülerinnen sofort in Bewegung brachte. Ringsherum wurden Stühle zurückgeschoben, Teller weggebracht und einer nach dem anderen verließ den Frühstücksraum.

Jake steuerte dem Strom aus Schülern über den Steinplatz hinterher, der auf eine massive hölzerne Flügeltür zulief. Im Inneren der Burgruine lag ein Saal. Mehrere Gänge führten von hier zu angrenzenden Räumen und Stockwerken. Nach außen hin gab die Ruine vor, ein uraltes verfallenes Gemäuer zu sein. Doch genauso wie Jake schon der Innenhof hinter der verfallenen Mauer verblüfft hatte, war auch die Burg selbst eine Überraschung. Frisch polierte Leuchter hingen über ihnen und erhellten den glänzenden Parkettfußboden. Fast die gesamte Halle füllte ein runder Tisch mit einem Loch in der Mitte. Der Tisch ähnelte einem hölzernen Ring auf Beinen. Er war so ausladend, dass alle Schüler und Lehrer gemeinsam an ihm Platz nehmen konnten. Im Hintergrund spielte leise Musik, nur das Getuschel der Kinder übertönte sie. Als Piet in den Saal lief und dabei lässig über die Lehne einer der Bänke balancierte, glaubte Jake, ein paar der Mädchen geräuschvoll seufzen zu hören.

Ein zweiter Gong erklang und eilig füllten sich die Stühle, bis bald jeder Platz am Tisch belegt war. Jake schätzte, dass es um die fünfzig Jungen und Mädchen unterschiedlichen Alters waren. Der Vorteil eines runden Tisches war, dass er jeden sah, der an ihm Platz nahm. Doch so, wie Jake jeden beobachten konnte, so konnten natürlich auch ihn alle sehen. Er fühlte die musternden Blicke aus allen Richtungen auf ihm ruhen.

»Das ist der Neue«, sagte einer der zwei großen Zwillinge. Im Gegensatz zu allen anderen Schülern saßen sie nicht am Tisch, sondern standen noch immer am Eingang des Saals. Trotzdem konnte Jake die Worte ohne Probleme von ihren Lippen ablesen. Einer von ihnen trug eine Art Wäscheklammer auf der Nasenspitze und sein Bruder zog für einen Moment einen Kopfhörer von seinen Ohren, um den anderen verstehen zu können.

Da spielte die Musik lauter und die Schulleiterin betrat den Raum. Die Melodie erinnerte Jake ein bisschen an ein altes Seemannslied. Mrs Claus setzte sich zwischen ein paar Lehrer und wartete, bis das allgemeine Stühlerücken verhallte. Dann stand sie auf.

»Herzlich willkommen zum neuen Schuljahr in Mount Caravan!« Ihre Worte hallten zwischen den Wänden. »Wie immer beginnt jedes unserer drei Trimester mit einem neuen Thema, das ihr in den kommenden Unterrichtsfächern auf verschiedene Weise erarbeitet. Im ersten Trimester trainieren wir die Vorstellungskraft, schließlich gehört sie zu den wichtigsten Fähigkeiten in Mount Caravan. Mit Mr Randy werdet ihr üben, eure Furcht zu kontrollieren, und Mr Brookstone wird euch zeigen, wie ihr die eigenen Grenzen im Kopf überwindet. Trainiert hart, denn wenn ihr euch etwas, das nicht existiert, auch nicht vorstellen könnt, werdet ihr nie in der Lage sein, etwas Neues zu erschaffen. Dieses Training wird euch helfen, die Herausforderungen zu meistern, die das Skriptum Futurum zukünftig an euch stellen wird.«

Mrs Claus sah zu Jake hinüber. »Außerdem möchte ich heute einen neuen Mitschüler herzlich willkommen heißen: Jake Roberts! Jake, bitte steh doch einmal kurz auf.«

Jake schluckte und merkte, wie ihm das Blut in den Kopf schoss. Das hatte ihm gerade noch gefehlt, als Einziger vor versammelter Mannschaft aufstehen zu müssen! Hoffentlich sollte er nicht auch noch etwas über sich erzählen. Er hasste so was wie die Pest, denn im Gegensatz zu den meisten hatte er nicht viel über sich zu sagen. Er wusste weder, was seine Eltern beruflich taten, noch, wo er geboren worden war, und Geschwister gab es auch keine. Aufregende Hobbys besaß er sowieso nicht und auch sonst fiel ihm in solchen Momenten rein gar nichts ein, was er über sich hätte berichten können.

Doch zu Jakes Erleichterung übernahm Mrs Claus diesen Part für ihn. Sie stellte ihn als den neuen Mitschüler aus Manchester vor und bat alle, Jake beim Einleben zu helfen. Er war wirklich der einzige Neue.

Mrs Claus bat auch die Lehrer, einmal der Reihe nach aufzustehen, und stellte jeden von ihnen mit Namen vor. Der Lehrer, der einen karierten Pullover unter einer Steppweste trug und den Jake noch von seiner Aufnahmeprüfung kannte, hieß Mr Ian Brookstone. Neben ihm saß Mr Dan Randy, ein kleiner kräftiger Mann mit Cowboyhut und Trainingsjacke, und wiederum daneben ein Lehrer, den Mrs Claus als Mr Sherwin Domsdale vorstellte. Jake fand, dass er für einen Lehrer fast noch zu jung wirkte. Eigentlich sah er mit seiner Motorradjacke und den löchrigen Jeans eher wie der große Bruder von jemandem aus oder hätte auch als der mit Abstand älteste Schüler durchgehen können.

Genau in dem Moment, in dem Mrs Claus ihre Begrüßungsrede beendete, hastete eine kleine rundliche Frau in Kittelschürze in die Aula. Jake hatte sie von hinten für einen kurzen Moment für die Putzfrau gehalten, doch dann erinnerte er sich wieder an die Frau mit dem Haarturm aus weißen Locken. Sie war auch bei seiner Aufnahmeprüfung in St. August dabei gewesen und hatte ihn damals so gruselig gemustert.

Unter ihrem Arm klemmten ein paar lose Zettel. Als ihre tiefe und markante Stimme unter dem Gewölbe erklang, wurde es mucksmäuschenstill. Alle Augen blickten auf die weißhaarige Frau, die sich ihren Platz neben der Schulleiterin suchte, sich knapp für ihre Verspätung entschuldigte und ebenfalls alle zum neuen Schuljahr begrüßte.

»Wer ist das?«, flüsterte Jake Finley zu, der neben ihm saß.

»Das ist Lady Honoray«, zischte Finley. »Das Orakel von Mount Caravan! Zu jeder Schule mit einem Nimmerzeit-Buch gehört ein Orakel. Aber Lady Honoray ist das berühmteste von allen!«

Ein Orakel? Jake glaubte, sich verhört zu haben, fragte aber nicht noch mal nach, weil es so still im Saal war. Die Frau ordnete die Papiere vor sich auf dem Tisch. Jake hörte jedes einzelne Umblättern, was ihm seltsam vorkam in einer so großen Halle. Lady Honoray sah auf und ließ ihren stechenden Blick langsam durch die Runde wandern. Niemand gab auch nur den leisesten Ton von sich. Jake spürte förmlich, wie alle neben ihm die Luft anhielten. Wie aus einer plötzlichen Eingebung heraus sah Lady Honoray zur Seite und ihre Augen blieben an Mr Brookstone hängen, der scheinbar irgendetwas in seinen Händen unter dem Tisch hielt.

»Ian, ich dürfte wohl auch um deine Aufmerksamkeit bitten, nicht wahr?«, sagte sie mit kühlem Ton, woraufhin der Mann aufschaute, hektisch seine Zeitung zuklappte und sie als Rolle in der Tasche seiner Steppweste verschwinden ließ. Jake bemerkte, wie sich die Wangen des Lehrers röteten.

Lady Honoray räusperte sich. »Deswegen brauchst du nicht gleich wieder etwas fallen lassen.«

Der Lehrer saß kerzengerade auf seinem Stuhl und zuckte zusammen, als plötzlich neben ihm ein Kugelschreiber vom Tisch rollte und mit einem Klack auf dem Boden landete. Er seufzte und bückte sich nach seinem Stift, während die Frau fortfuhr.

»Für alle, die mich noch nicht kennen: Ich bin Lady Honoray, das Orakel von Mount Caravan. Diese Woche erfolgt die Vergabe eurer Jahresaufgaben. Ich werde euch jetzt einen Tag und eine Uhrzeit nennen. Vergesst diesen Termin unter keinen Umständen, nicht wahr?« Sie begann, einen nach dem anderen aufzurufen. Jedem von ihnen nannte sie einen Tag mit einer Uhrzeit, die oft ziemlich seltsam war: vier Uhr morgens, siebeneinhalb Minuten nach Mitternacht, sechs Uhr zweiundfünfzig. Als sie Jakes Namen aufrief, hielt sie inne und sah einen Moment schweigend zu ihm hinüber. Ihr Blick war so intensiv, als betrachtete sie ihn durch eine Lupe. Jake fühlte sich augenblicklich unwohl in seiner Haut. Diese Lady Honoray besaß eine ziemlich Respekt einflößende Art.

»Jeder von euch erhält zusätzlich zu seinen ganz normalen Projektarbeiten eine Jahresaufgabe«, erklärte sie in seine Richtung. »Diese Aufgabe bekommt ihr bei mir im *Orakel-Wagen* an eurem Termin mitgeteilt, nicht wahr. In deinem Fall, Jake Roberts: pünktlich am kommenden Dienstag um fünf Uhr dreiundzwanzig und eine halbe Minute nachmittags.«

*Und eine halbe Minute?* Jake runzelte die Stirn, aber Lady Honoray nickte nur knapp, als wäre das Thema damit erledigt, und wendete sich der nächsten Schülerin zu.

Nachdem alle Schüler ihre Termine bekommen hatten, beendete Mrs Claus die Begrüßungsfeier. »Bevor das erste Trimester traditionell nach dem Mittagessen mit Imaginistik bei Lady Honoray startet, bekommt ihr natürlich noch eure Stundenpläne.«

Jake nahm seinen entgegen und wollte ihn einfach in seiner Tasche verschwinden lassen, doch Finley stupste ihn begeistert in die Seite. »Super! Wir haben *Gizmologie* zusammen!«

Jake stutzte. Gizmo-was? Verwirrt legte er seinen Stundenplan vor sich auf den Tisch.

Neben ihm stöhnte Finley. »Oh nee, und gleich dreimal die Woche Hochseilgarten.«

Jake traute seinen Augen kaum. Imaginistik, Illusion, Debattierclub, Gizmologie und … *Irre Höhen für Anfänger*? Was waren das denn für Fächer? Er las noch einmal von vorn. Immerhin standen auch ein paar ganz normale Sachen in seinem Stundenplan, wie Kunst, Politik, Literatur, Mathematik und Musik.

Da erklang im Hintergrund erneut die Schulhymne und beendete die Begrüßungsfeier. Einer nach dem anderen machte sich auf und verließ die Aula. Finley hatte es plötzlich eilig. »Ich muss noch was mit Mr Brookstone besprechen«, erklärte er, bevor er losstürmte. »Wir sehen uns dann in Imaginistik!«

# 7

Jake lief durch die Gänge der Burgruine zum Unterrichtsraum für Imaginistik. Er hatte nicht die leiseste Idee, was das für ein Fach sein sollte, und in seinem Stundenplan stand auch keine nähere Beschreibung oder Erklärung dazu.

Flauschige Teppiche lagen vor ihm auf den glänzenden Holzdielen und von den Decken baumelten antike Leuchter. Rechts und links an den Steinwänden hingen Bilderrahmen mit lebensgroßen Portraits darin. Jake betrachtete die Gesichter und spürte, wie ihm die Kinnlade runterklappte.

Ein Bild zeigte einen Mann mit spitzem Bart und einem Buch in der Hand, das dem Skriptum Futurum gar nicht unähnlich sah. »Nostradamus«, las Jake die Buchstaben darunter. Daneben war ein Bild von Mozart, dann kam Isaac Newton. Ganz am Ende entdeckte Jake ein Gesicht, das er schon tausendmal in seinen Schulbüchern gesehen hatte. Das war doch Albert Einstein! Aber wieso hing hier ein Gemälde von *Albert Einstein*? Unter seinem Portrait stand in kleinen Buchstaben: War für ein Austauschsemester hier, bevor er sich ganz der Physik widmete.

Jake zog noch einmal seinen Lageplan hervor, um sich zu vergewissern, wo genau der Klassenraum für Imaginistik lag. Ein

Stockwerk höher und um drei Ecken. Jake folgte den letzten Schülern, die ebenfalls zu ihren Unterrichtsfächern wuselten. Am Ende des Flures entdeckte er eine geschwungene Steintreppe, die nach oben führte. Ein weiterer Gong erklang und Jake beeilte sich, um nicht schon zu seiner ersten Unterrichtsstunde zu spät zu kommen.

Endlich entdeckte er den Raum, den er gesucht hatte. Hinter der schweren Holztür, vor der er stand, war es mucksmäuschenstill. Langsam öffnete er sie und spähte hinein. Die seltsame Lady Honoray mit der Kittelschütze stand vor einem Stehpult. Darauf lag das Skriptum Futurum. Eine Lampe leuchtete genau darüber und ließ die Beschläge im Ledereinband glänzen. Die Lehrerin nickte knapp zur Begrüßung und bedeutete Jake, sich zu setzen. Finley winkte ihn zu sich, er hatte ihm einen Platz neben sich frei gehalten. Dankbar setzte sich Jake.

Ungefähr zehn Schüler und Schülerinnen saßen auf Samtsesseln in einem Halbkreis um das Stehpult. Außer einer Lampe, die das alte Buch beleuchtete, war es dunkel im Klassenraum. Schwere Vorhänge waren vor die Fenster gezogen, sodass kein Licht mehr von draußen hereinfiel. Es gab keine Tafel, nur Regale, in denen ein Wasserkocher und einige Teetassen neben Keksdosen standen.

Die Lehrerin räusperte sich und ging durch das schummrige Klassenzimmer. »Willkommen im Imaginistik-Unterricht des ersten Trimesters! Wir werden heute ein paar Grundlagen wiederholen und danach den Umgang mit dem Skriptum Futurum trainieren. Wie immer wird sich jeder von euch abwechselnd in die Nimmerzeit lesen. Und wie immer gilt: Dabei wird niemand ausgelacht, verstanden? Jede Vision hat ihre Berechtigung. Also gut, schauen wir doch mal, was ihr alles über die Ferien behalten habt.« Lady Honoray warf Jake einen Seitenblick zu und hielt inne. »Es gibt viel, was du aufzuholen hast, Jake Roberts, aber das wird schon werden, nicht wahr. Vielleicht kann ja jemand von euch unserem Neuen zuallererst einmal erklären, was die Nimmerzeit genau ist?«

Nataschas Arm schnellte in die Höhe, und obwohl Lady Honoray mit dem Rücken zu ihr stand, sagte sie: »Gern, Natscha.«

»Die Nimmerzeit ist entweder schon vergangen oder sie liegt noch vor uns. Sie kann aber auch ein Wunschtraum sein oder ein Geheimnis. Und manchmal ist die Nimmerzeit sogar eine Art Rätsel oder Weissagung. Und –«

»Richtig«, unterbrach Lady Honoray sie. »Die Nimmerzeit versteckt sich in Büchern wie dem Skriptum Futurum. Nur dort könnt ihr sie finden. Lest ihr euch in sie hinein, kriecht sie aus dem Buch, löst sich von den Seiten und umhüllt euch. Sie wird für Momente lebendig und lädt euch ein, ein Teil von ihr zu sein. Die Nimmerzeit bringt euch an fremde Orte oder lässt euch Menschen gegenüberstehen, die kilometerweit entfernt oder sogar bereits tot sind, nicht wahr.«

Finley drehte sich zu Jake und flüsterte: »Du kannst es dir ungefähr so vorstellen, als würde dich irgendein Kinofilm plötzlich in sich hineinziehen und du musst auf einmal eine Rolle dadrin mitspielen. Ist total abgefahren.«

»Richtig, Mr McLaren.« Lady Honorays Augen blitzten Finley sekundenlang an, weil er dazwischengesprochen hatte. »Die Nimmerzeit ist etwas, das nur wenige kennenlernen«, fuhr sie fort. »Sie ist eine Zeit, die allein in der Vorstellung existiert. Natürlich bedeutet das nicht, dass sie deshalb keine richtige Zeit wäre, nicht wahr.«

Lady Honoray strich sich eine ihrer weißen Locken aus dem Gesicht. »Einige von euch sind inzwischen schon kleine Experten darin, sich in die Nimmerzeit zu lesen, andere haben noch viel aufzuholen, nicht wahr.« Sie warf Jake erneut einen prüfenden Blick zu. »Anfangs glaubt man, dass das, was man im Skriptum Futurum liest, gerade zufällig auf der Seite steht, die man aufgeschlagen hat. Aber wenn ihr jahrelang trainiert, werdet ihr merken, dass ihr es selbst steuert. Ihr werdet anfangen, dem Skriptum Fragen zu stellen, und die Nimmerzeit wird euch darauf antworten. Das Buch ist nicht zu unterschätzen, nicht wahr. Es liebt Rätsel und manchmal erzählt es auch zwei Geschichten gleichzeitig. Aber immer will es euch etwas verraten und damit helfen.« Lady Honoray machte eine bedeutsame Pause. »Aber beginnen wir mit ein paar Grundlagen.«

Alle um Jake herum kramten ihre Schulhefte hervor, während Lady Honoray verschiedene Lesetechniken aufzählte. Eifrig schrieben sie mit.

Man las sich leichter in die Vergangenheit, wenn man im Skriptum Futurum mehrmals von hinten nach vorn blätterte. Suchte man stattdessen in der Nimmerzeit nach einem Geheimnis, begann man am besten auf der ersten Seite, übersprang dann drei, danach sechs und danach zwölf und las dann dort weiter. Doch um sich in die Zukunft zu lesen, dafür gab es laut Lady Honoray keine Technik. Man konnte es nur selbst herausfinden und das gelang sehr wenigen.

Nachdem Lady Honoray ihren Vortrag beendet hatte, kramte sie in einer Handtasche aus besticktem Leinen, die von ihrer Größe eher einem Seesack ähnelte. Daraus zog sie einen Beutel hervor. Die Dunkelheit im Klassenzimmer fühlte sich ungewohnt an. Am liebsten wäre Jake aufgestanden und hätte die staubigen Vorhänge beiseitegeschoben.

»Wichtig ist noch zu wissen, dass sich in der Nimmerzeit die Buchstaben und Symbole auf den Papierseiten in Bilder verwandeln. Allerdings kann nur derjenige, der liest, sie sehen. Bitte beschreibt deshalb laut und deutlich, was das Skriptum Futurum euch zeigt, damit wir gemeinsam darüber sprechen können.«

Jake warf Finley einen ungläubigen Blick zu, aber der schien die Worte ihrer Lehrerin nicht seltsam zu finden. Klar, er kannte das ja schon.

»Dann lassen wir mal die ›Kleinen Runden‹ entscheiden, wer heute lesen wird, nicht wahr.« Lady Honoray reichte den Beutel herum und ein Schüler nach dem anderen griff hinein. Als Jake an der Reihe war und seine Hand im Beutel versenkte, tastete er etwas Hartes. Als er es herauszog, hielt er eine weiße Bohne in der Hand. Auch Finley und die anderen zogen Bohnen aus dem Sack, manche weiße wie Jake, andere schwarze.

»Wunderbar, den Anfang machen heute also Piet O'Dayman, Natascha Blavinsky, unser Neuer und Ava Foxworth! Zuvor aber noch ein paar Aufwärmübungen, nicht wahr.« Lady Honoray stellte sich kerzengerade vor sie hin und drückte sich ihren Zeigefinger zwischen die geschlossenen Augen. »Schüttelt den Kopf frei, lockert die Sinne und entspannt die Gedanken«, murmelte sie. Alle taten es ihr nach, bis Lady Honoray damit wieder aufhörte, in die Hände klatschte und Piet zu sich nach vorn an das Skriptum Futurum bat.

»Nicht stolpern, Mr O'Dayman!«, sagte sie dabei zu ihm.

Trotzdem stolperte Piet zwei Sekunden später völlig grundlos über seine eigenen Füße und fluchte kurz, bevor er sich über das Buch beugte und blätterte. Für ein paar Minuten wanderten seine Augen ziellos über die Buchseiten, während er eine Seite nach der anderen aufschlug. Niemand gab einen Ton von sich, alle sahen gespannt zu. Auf einer der Seiten hielt er inne. Ein zufriedenes Grinsen zog sich über sein Gesicht und er fing an zu erzählen, was er vor sich sah. »Ich stehe in einem Stadion, einem riesigen Stadion mit Tausenden von Menschen. Die Sonne scheint und es ist sehr warm. Von überallher höre ich Applaus.« Piets Lächeln wurde immer breiter. Er trat ein paar Schritte vom Buch weg, genau wie es Jake in seinem Aufnahmetest gemacht hatte. Damals war plötzlich ein Felsen vor Jake aus dem Buch herausgewachsen.

»Weiter weg ist eine Tribüne ... Die Nimmerzeit zeigt mir die Olympischen Spiele!« Piet klang aufgekratzt und schien sich bei jemandem, den außer ihm niemand sah, zu bedanken. »Auf der Tribüne sitzen Fans und sie jubeln mir zu und es gibt eine Siegerehrung und jetzt höre ich tosenden Applaus.« Piet sprach immer lauter, seine Stimme überschlug sich fast vor Begeisterung. Er klappte das Skriptum Futurum wieder zu und sah Lady Honoray mit aufgerissenen Augen an. »Wahnsinn, ich hab's geschafft! Unglaublich. Die Nimmerzeit hat mir zum ersten Mal die Zukunft gezeigt!«

Lady Honoray erhob sich langsam aus ihrem Samtsessel. »Vielleicht, nicht wahr? Vielleicht hast du dich aber auch in einen Wunschtraum hineingelesen.«

Jake hörte, wie Ava leise kicherte.

»Natascha, jetzt bist du an der Reihe«, sagte Lady Honoray. Piet fläzte sich grummelnd in seinen Sessel, während sich Natascha ihre langen blonden Haare zu einem Zopf band. Mit zwei großen Schritten ging sie zum Buch und stellte sich neben Lady Honoray, die sie fast um die Hälfte überragte.

Natascha öffnete das Skriptum und blätterte so zielstrebig darin, als wüsste sie bereits, was sie suchte. Dann stoppte sie auf einer Seite und richtete sich auf, die Schultern weit nach hinten gedrückt, den Kopf leicht nach oben gerichtet. »Sehr geehrtes Parlament, ich begrüße alle heute Anwesenden und freue mich über Ihr großes Interesse an diesem Thema.« Sie beugte sich weiter vor, als müsste sie in ein unsichtbares Mikrofon sprechen. Sie redete und redete und redete. Jake wusste bald gar nicht mehr, um was es eigentlich ging, so rasant wechselte sie von einem Thema zum nächsten. Finley hielt sich bereits die Ohren zu, Ava stöhnte in immer kürzeren Abständen und aus Carsons Sessel hörte man leise Schnarchgeräusche. Auch Jake fühlte, wie er langsam richtig müde wurde. Irgendwann hatte Lady Honoray ein Einsehen und klappte das Skriptum Futurum kurzerhand zu, um Nataschas Ausflug in die Nimmerzeit zu beenden.

»Sehr … gut, Natascha«, sagte sie. »Du hast dir selbst und uns einen tiefen Einblick in deine Fähigkeit ermöglicht. Ausgezeichnet! Aber es sollen heute auch noch zwei andere Schüler lesen, nicht wahr.«

Jetzt war Jake an der Reihe, schließlich hatte auch seine Bohne darüber entschieden, dass er heute aus dem Buch lesen sollte. Mit weichen Knien und einem mulmigen Gefühl ging er ans Stehpult. Inständig betete er, heute nicht ohnmächtig zu werden. Lady Honoray öffnete wieder das Skriptum Futurum und trat beiseite.

Jake blätterte und ein modriger Geruch stieg aus den Seiten. Die mit Tinte geschriebenen Zeichen wirkten unruhig auf dem Papier. Jake war sich nicht sicher, ob er sich das nur einbildete, aber er hatte das Gefühl, als könnten sie es nicht erwarten, sich von den Seiten zu lösen. Jake strich instinktiv mit der Hand darüber, als wollte er das Buch beruhigen. *Was er wohl sehen würde?* Erneut verschwammen die Zeichnungen vor seinen Augen und verformten sich. Sein Herz klopfte und er fühlte ein leichtes Schwindelgefühl. Tief zog er die Luft ein, um sich zu beruhigen. Er durfte heute auf gar keinen Fall wieder ohnmächtig werden, nicht hier, vor all den anderen. Wieso war er nur so aufgeregt? Eine unscharfe Wolke aus Zeichen und Buchstaben erhob sich aus dem Buch und schwebte nun über ihm. Er hob den Kopf und sah zur Decke. Wolken brauten sich über ihm zusammen. Dunkle Gewitterwolken. Ein bedrückendes Gefühl stieg in Jake auf. Er versuchte, es zu ignorieren, und blätterte die Seite um. Die Gewitterwolken verpufften augenblicklich und ein dunkler Schatten legte sich über alles. Es wurde noch dunkler im Raum. Jake bückte sich näher zum Buch und erkannte einen altertümlichen Kalender. Er strich erneut über die Buchseite und jetzt las er etwas.

Ach...te au...f d...en wol...ke...nverh...ang...enen
Don...ners...tag, d...er ko...mmen wi...rd.
Lass dic...h nic...ht täu...sch...en, s...on...der...n g...eh
i...n
den
W...a...ld.

Jake las laut, ohne den Sinn davon zu verstehen. Neue Schatten stiegen aus den Seiten auf und er trat ein paar Schritte zurück. Es waren Schatten von Menschen, vielen Menschen, und sie diskutierten wütend miteinander. »Dieb!«, riefen ihm einige entgegen und zeigten mit dem Finger auf ihn. Immer mehr kamen aus dem Buch. Am liebsten wäre Jake weggerannt, aber er musste auf die Schatten zugehen, die ihn wütend anfunkelten, wenn er sie wieder verschwinden lassen wollte. Sein Schwindelgefühl wurde stärker, also blätterte Jake schnell die Seite um. Nun stand er vor einem alten Steinhaus. Auf dem Klingelschild neben der Tür stand der Name Maisie MacNaughton. Als er den Namen laut aussprach, brach Aufregung im Klassenraum aus. Verwirrt klappte Jake das Buch zu und augenblicklich verpuffte alles um ihn herum.

»Wie geht es dir?«, fragte Lady Honoray und sah ihn wieder so eindringlich an, wie sie es bei der Schulfeier getan hatte.

»Okay«, antwortete Jake, ohne selbst so genau zu wissen, wie es ihm ging. Er hatte Angst gehabt vor den Schatten, obwohl er wusste, dass sie nicht echt waren.

Tiefe Falten gruben sich in Lady Honorays Stirn. »Das ist ungewöhnlich, nicht wahr. Deine Fähigkeit in Imaginistik ist wahrlich beachtlich. Möglicherweise hast du die ungewisse Zukunft gesehen? Haben wir mit dir vielleicht ein neues Wunderkind bekommen? Es ist sehr kompliziert, sich so weit vorwärts in die Nimmerzeit zu lesen, nicht wahr.« Gedankenverloren sah sie vor sich hin. »Gut. Machen wir weiter.« Sie bat Ava nach vorn, die ihre Lehrerin daraufhin anlächelte. In dem Moment fiel Jake auf, dass Ava eigentlich so gut wie nie lächelte.

Sie blätterte mehrmals von hinten nach vorn und wieder zurück. Jake schlussfolgerte, dass Ava sich in die Vergangenheit lesen wollte. Suchend wanderten ihre Augen über die Buchseiten. Plötzlich zuckte sie zusammen und hielt die Luft an. Ruckartig zog Ava den Kopf zurück und trat einen großen Schritt nach hinten. Dabei stieß sie gegen Lady Honoray, die eilig aus dem Weg trat. »Da steht ein Fluch!«, keuchte sie. »Es ist ein schrecklicher Fluch und er wollte sich schon einmal über Mount Caravan legen, aber er ist gescheitert! Er ist so stark wie ein Tornado. Er macht alles kaputt!« Ava drehte sich ruckartig um, als ob sie hinter sich jemanden vermutete. Dann trat sie wieder näher an das Skriptum Futurum heran und blätterte mit zittrigen Fingern die Seite um. Sie hielt sich die Hand vor den Mund und starrte in das Buch.

Lady Honoray legte Ava eine Decke um die Schulter und blieb dicht neben ihr stehen. »Lies weiter. Was genau siehst du denn?«, fragte sie.

Jake stutzte. Eine so freundliche Geste hätte er von der barschen Lady nicht erwartet.

»Mir ist kalt.« Ava wickelte sich fester in die Decke und starrte weiter. »Ich glaube, der Fluch will zu uns und …« Im nächsten Moment warf Ava das Buch zu und trat zurück, als hätte sie sich daran verletzt. Entsetzt sah sie ihre Lehrerin an.

*»Was hast du gelesen?«*, insistierte Lady Honoray nun fordernder.

Ava sah in die Gesichter der Schüler ihr gegenüber. Sie schien nicht sagen zu wollen, was sie noch gelesen hatte. Doch Lady Honoray ließ nicht locker. Kaum hörbar sagte Ava: »Ich habe Befox gesehen. Er lebt immer noch im Wald. Und er ist nicht mehr allein.«

Nun zog auch Lady Honoray scharf die Luft ein und klappte das Buch wieder auf. »Auf welcher Seite war das?«

»189«, antwortete Ava.

Im Klassenraum redeten plötzlich alle aufgeregt durcheinander. Hektisch blätterte Lady Honoray die Buchseiten durch. Während sie versuchte zu finden, was Ava gelesen hatte, bewegte sie ihren Kopf hin und her. Doch nach einem Moment klappte sie das Buch ebenfalls zu. »Es ist bereits von den Seiten verschwunden. Ich war zu langsam, nicht wahr.«

Lady Honoray zog die Vorhänge auf und ein heller Lichtstrahl blendete alle. Die alte Frau strich sich über ihre Kittelschürze, dann öffnete sie eine der Keksdosen. Sie sah blass aus, als sie sich zum Wasserkocher umdrehte und ihn anstellte. »Das ist kein guter Start«, murmelte sie, reichte jedem eine Tasse mit Tee und ließ die Keksdose herumgehen. »Einen Fluch zu sehen, ist furchtbar, nicht wahr. Ich selbst habe schon einige gelesen, denen ich lieber nicht begegnet wäre. Alte Flüche sollte man versuchen zu überlesen.«

»Überlesen?«, rief Natascha dazwischen. »Wer einen Fluch liest, ist entweder selbst verflucht oder löst den Fluch aus! Das weiß man doch.«

Aufgeregt redeten jetzt auch die anderen rein, was es alles nach sich ziehen konnte, wenn jemand einen Fluch las.

Lady Honoray erhob ihre Stimme und augenblicklich kehrte Ruhe zurück ins Klassenzimmer. Sie machte eine abwehrende Handbewegung. »Das ist ein dummer Aberglaube, Natascha. Niemand ist an etwas schuld, nur weil er das Pech hat, einen Fluch aufzublättern, nicht wahr. Du kannst dir gar nicht vorstellen, in was ich mich schon alles hineingelesen habe!«

Ein herrlicher Zimtduft strömte aus der Dose durch das Klassenzimmer. Ava hatte sich wieder in ihren Sessel gesetzt und fest in ihre Decke gerollt. Sie zitterte nicht mehr, sah aber immer noch mitgenommen aus.

Lady Honoray lächelte aufmunternd. »Es kann ein paar Tage dauern, bis du den bösen Fluch vergessen hast. Er will dir nur Angst machen. Vergiss ihn schnell wieder und gib ihm keine Macht. Dann kann er uns auch nichts anhaben, nicht wahr!«

Ava nickte und Lady Honoray strich sich wieder über ihre Kittelschürze. »Machen wir für heute Schluss! Als Hausaufgabe arbeitet ihr bitte die Seite 13 in eurem ›Symbole erkennen und deuten‹-Lehrbuch durch. Nächstes Mal werden wir damit arbeiten, nicht wahr.«

Eilig verließ Lady Honoray mit Ava den Klassenraum. Jake saß verwirrt in seinem Sessel. Noch immer schwirrten ihm die dunklen Gestalten durch den Kopf. Trotzdem bemerkte er, wie ihn alle mit scheuen Blicken musterten. Seine Mitschüler schienen sich nicht sicher zu sein, was sie von ihm halten sollten.

»Bist du okay, ›Wunderkind‹?«, fragte Finley und klopfte ihm auf die Schulter. »Das ist ja der Wahnsinn, wenn das stimmt, was

Lady Honoray glaubt! Am ersten Tag gleich in die ungewisse Zukunft gelesen – *total krass!*«

»Ja? Ich weiß ja nicht …« Irgendwie hatte Jake immer noch nicht ganz verdaut, dass er überhaupt hier war und für den Rest seines Lebens in der Zeit herumlesen sollte. Und jetzt auch noch das.

Neben ihnen packte Carson seine Sachen zusammen und erzählte davon, dass seine ältere Schwester auch einmal von einem Fluch gelesen hatte. Aber der lag Jahrhunderte in der Vergangenheit zurück. Trotzdem hatte sie danach tagelang Albträume und war bei jedem Geräusch zusammengezuckt.

Natascha funkelte Carson an. »Aber Ava hat Befox gesehen!«, unterbrach sie ihn.

»Ja und? Wundert dich das?«, schaltete Finley sich ein.

Natascha verschränkte die Arme. »Sie hat von einem Fluch gelesen *und* Befox gesehen! Ich versteh einfach nicht, wieso Ava überhaupt noch hier sein darf. Sie hat ganz klar keinen guten Einfluss auf das Buch!«

»Was kann sie denn dafür?« Finley schüttelte empört den Kopf und griff sich seine Tasche. Dann drehte er sich einfach um.

Jake verstand nur Bahnhof und folgte Finley aus dem Klassenzimmer. Draußen im Gang fragte er, was Natascha damit gemeint hatte, dass Ava nicht mehr hier sein dürfte. Doch in dem Moment lief ausgerechnet Natascha an ihnen vorbei und Finley winkte ab. »Hör nicht auf den Quatsch, den die erzählt. Sie ist nur eifersüchtig, weil Ava mit Bruno in einem Team ist und nicht sie!« Finley sprach extra laut, damit Natascha auch jedes Wort davon verstand. Doch die hob nur ihr Kinn und stapfte davon.

# 8

Ein Gong erklang und Finley und Jake hechteten die Treppen hinunter zum nächsten Unterrichtsfach. Im Laufschritt schnaufte Finley immer wieder, dass Gizmologie das beste Fach der Welt sei. Von Weitem hörten sie einen Knall. In den Gewölben der Burg angekommen, fand sich Jake in einem weitläufigen Experimentierkeller wieder.

Ein paar Schüler saßen bereits verteilt an Tischgruppen zusammen, auf denen die unterschiedlichsten Gerätschaften herumstanden. Eine davon war anscheinend gerade explodiert, zumindest stieg ein dünner Rauchfaden aus einem metallenen Behälter. Manche der Geräte bestanden aus durchsichtigen dicken Schläuchen, in denen Blitze zuckten, einige sahen aus wie kleine Roboter aus Schrauben und Schaltern. Auf dem hintersten Tisch knisterte es in einem Eimer.

Der Lehrer im Karopullover mit Steppweste und Cordhose, den Lady Honoray während der Begrüßungsfeier angeherrscht hatte, winkte sie herzlich näher. »Ah! Jake, richtig? Schön, dich bei uns zu haben! Mr Brookstone ist mein Name. Komm rein, ich verteile gerade die neuen Gizmo-Projekte. Dieses Jahr sind sie wirklich besonders spannend!«

Jake mochte Mr Brookstone auf Anhieb. Er war nett, auch wenn er ein bisschen so wirkte wie aus einem anderen Jahrhundert gefallen. Während Jake seinem Lehrer durch den Raum folgte, knallte es erneut auf einem der Tische. Ein silberner Funkenregen schoss in die Höhe, als wäre Silvester. Mr Brookstone schüttelte nur kurz den Kopf darüber und wies Jake seinen Platz zu – neben Ava. Sie schien sich noch nicht ganz erholt zu haben von der vorherigen Stunde.

»Hallo«, sagte Jake, lächelte sie an und setzte sich, woraufhin Ava ihm als Antwort nur zunickte.

»Darf ich dir Jake, deinen neuen Teampartner, vorstellen?«, sagte Mr Brookstone zu ihr. »Da unser ›Neuer‹ ja erst in diesem Schuljahr zu uns stößt, habe ich gemeinsam mit Mrs Claus beschlossen, dass du ihn dabei unterstützt, den bislang versäumten Unterrichtsstoff aufzuholen. Das ist ja schließlich eine ganze Menge!«

Während Mr Brookstone sprach, schwang Avas Blick zwischen Jake und ihrem Lehrer hin und her. Sie schien über diese Nachricht ebenso begeistert zu sein, als hätte Mr Brookstone ihr gerade geröstete Kakerlaken zum Mittagessen serviert.

Doch der kümmerte sich nicht im Geringsten darum, sondern war sichtlich zufrieden mit dieser Entscheidung. »Da Jake sich hier noch nicht auskennt und sicher ein paar Hilfestellungen benötigt, haben Mrs Claus und ich unsere alte Planung noch einmal umgeworfen. Ich denke, es ist eine hervorragende Idee, wenn ihr beide ein neues Team bildet.«

»Aber … Mr Brookstone, ich … das geht nicht!«, stammelte Ava und sah ihren Lehrer flehend an.

Na, großartig, das fing ja mal wieder ganz toll an. Jake saß noch keine zwei Minuten neben ihr und trotzdem empfand sie es scheinbar als die größte Strafe, mit ihm in ein Team gesteckt zu werden. Aber warum? Sie hatte doch sowieso allein an ihrer Tischgruppe gesessen. Steif verharrte Jake auf seinem Stuhl und überlegte, was er sagen sollte.

»Ich arbeite doch aber schon mit Bart und Bruno zusammen«, flehte sie ihren Lehrer an. »Kann er nicht woanders einsteigen?«

»Nein, kann er nicht«, antwortete Mr Brookstone. »Bart und Bruno werden das auch ohne dich schaffen. Jake braucht im Moment alle Hilfe, die er bekommen kann, um so schnell wie möglich aufzuholen. Das geht zu zweit am besten.«

Mr Brookstone tippte demonstrativ auf seine Armbanduhr und begann mit dem Unterricht. Ava blies lautstark die Luft durch ihre Nasenlöcher und lehnte sich wortlos zurück. Jake verharrte immer noch reglos auf seinem Platz. Was war denn nur so furchtbar daran, ihn als Teampartner zu haben? Die kannte ihn doch noch nicht mal.

Um den Unterricht neben Ava einigermaßen zu überleben, konzentrierte sich Jake auf Mr Brookstone. Er wollte sich sein Unbehagen nicht anmerken lassen, also gab er sich alle Mühe, die peinliche Stille zwischen ihm und Ava zu ignorieren.

An einem der gegenüberliegenden Tische im Raum saß Finley. Jake versuchte, ihm zuzuwinken, aber Finley schraubte bereits an irgendeinem seltsamen Gerät herum. Er winkte erst zurück, als er seine Schutzbrille und die Ohrenschützer abnahm, damit er Mr Brookstone zuhören konnte. Finley war hier offensichtlich völlig in seinem Element. Dass Gizmologie sein Lieblingsfach war, war kaum zu übersehen.

Mr Brookstone stand in der Mitte des Klassenzimmers und rieb sich die Hände. »Also gut, fangen wir an. Wer erklärt Jake, was Gizmologie ist?«

Finleys Arm schnellte in die Höhe. »*Gizmo* bedeutet so viel wie Dingens oder Dingsbums. Man kann aber auch mechanische oder elektronische Apparate so bezeichnen. Wir lernen hier technische Dingsbumse zu erfinden, die irgendetwas Sinnvolles tun.«

Mr Brookstone nickte zufrieden. »Der Hauptbestandteil dieses Faches ist es …«, er grinste breit, »… Fehler zu machen! Macht bitte haufenweise davon, schlaue oder dumme Fehler, ganz egal. Hauptsache, ihr macht sie. Wir üben hier schließlich, Neues zu entwickeln. Die meiste Zeit liegen wir zwangsläufig daneben. Gizmologie ist eines der kreativsten Fächer, die es gibt.«

Piet lehnte sich geräuschvoll zurück und stöhnte. Sofort setzten ein paar der Mädchen daraufhin eine ebenfalls möglichst gelangweilte Miene auf.

Mr Brookstone tat so, als hörte er Piet nicht, und fuhr fort. »Nur wer sich nichts traut, macht auch nichts falsch. Riskiert also möglichst viele Fehlschläge, dann werdet ihr irgendwann in der Lage sein, ganz außergewöhnliche Dinge zu erfinden. Dinge, auf die zuvor noch niemand gekommen ist.« Ihr Lehrer schritt durch den Raum. »Wir hatten für heute Ellas Projektvorstellung geplant, die im letzten Trimester noch nicht ganz fertig war. Ich glaube, mittlerweile bist du so weit?«

Ella nickte und stellte sich nach vorn. Sie steckte sich ein rotes Plastikherz wie eine Brosche an ihr T-Shirt. Im nächsten Moment begann es zu blinken. »Also«, sagte Ella knapp. »Mein Herzrhythmusmesser ist für Menschen gedacht, die einen Herzfehler haben. Mit meiner Brosche können sie prüfen, wann ihr Herz gleichmäßig schlägt und wann nicht.«

»Wunderbar, Ella!« Mr Brookstone klatschte begeistert in die Hände. »Dann überprüfen wir doch mal, ob dein Herzschlagmesser auch genauso gut bei den anderen funktioniert. Bart, würdest du dir einmal Ellas Brosche reichen lassen?«

Bart stand ein bisschen widerwillig auf und stellte sich neben

Ella, die ihm ihre Herzbrosche an sein T-Shirt steckte. Sofort fing es an, wie wild zu blinken.

»Nanu?«, wunderte sich Mr Brookstone. »Geht es dir gut, Bart?«

Ella nahm Bart das Herz wieder ab und steckte es Natascha ans T-Shirt. Nun blinkte es wieder gleichmäßig und ruhig.

Bart lief rot an und setzte sich eilig zurück auf seinen Platz.

»Soso«, murmelte Mr Brookstone und rieb sich das Kinn. »Mir scheint, deine Brosche kann weit mehr Zustände messen als ursprünglich von dir geplant, Ella.«

Im Raum kicherten ein paar, während Bart immer tiefer in seinen Stuhl sank.

Den Rest der Stunde zeigte Mr Brookstone Jake noch weitere völlig verrückte Erfindungen aus seinem Unterricht: eine Pflanze, mit der man den Welthunger beenden könnte, einen Flugrucksack und einen Roboter, der die Hausaufgaben erledigte. Als die Stunde zu Ende ging, konnte Jake Finleys Begeisterung für Gizmologie verstehen. Er hatte zwar keinen Schimmer, wie er selbst jemals eins dieser Geräte bauen sollte, aber es war ein unglaubliches Gefühl, dass ihm jemand zutraute, es zu versuchen.

Neben ihm packte Ava hastig ihre Bücher ein. »Okay, Neuer, komm mit. Ich zeig dir in der Pause die Schule. Zumindest das Wichtigste. Aber beeil dich, ich spiele nur kurz den Babysitter.«

Jake griff sich seine Sachen und folgte Ava und ihrem hin und her schwingendem Pferdeschwanz aus der Klasse hinaus. Sie trug heute ein gestreiftes T-Shirt über einem blauen Faltenrock und darunter Turnschuhe. Komische Kombi, dachte Jake, aber das konnte ihm ja egal sein und so folgte er Ava durch die Flure der alten Burg. Sie eilte voraus, als hätte sie nicht mal in ihrer Pause die paar Minuten Zeit für einen kurzen Rundgang über das Schulgelände.

Jake bemühte sich, Schritt zu halten, und räusperte sich. »Nur weil du es anscheinend noch nicht weißt: Ich hab überhaupt keine ansteckende Krankheit. Du wirst also mit hoher Wahrscheinlichkeit nicht neben mir sterben müssen, auch wenn du keinen Sicherheitsabstand hältst.«

Ava drehte sich augenblicklich um und blieb so plötzlich stehen, dass Jake geradewegs in sie hineinstolperte.

Ihr rechter Mundwinkel hob sich leicht, aber für ein Lächeln reichte es noch nicht ganz. »Nimm es nicht persönlich, Neuer. Ich wäre einfach nur gern in meinem alten Team geblieben. Bruno und Bart kassieren jetzt die ganzen Lorbeeren für etwas, an dem sie kaum mitgearbeitet haben. Und ich darf noch mal bei null anfangen mit jemandem wie … dir.« Damit drehte sie sich wieder um und lief weiter.

Jake holte tief Luft. »Wie bitte? Mit jemandem wie mir?«

»Na ja … du weißt schon, mit einem Anfänger halt.« Ava lief weiter, bis sie zu einer breiten Flügeltür am Ende des Ganges gelangten. Sie zeigte auf ein Tastenfeld. Es war in die Steinmauer neben der Tür eingelassen. »Für ein paar Räume brauchst du einen Code. Deinen hat dir sicher Mrs Claus gegeben, oder?«

Jake nickte und folgte Ava weiter die Flure der Burg entlang, bis sie hinaus auf den Hof und zu den Wohnwagen außerhalb der Burgmauern gelangten. Draußen wartete eine schwanzwedelnde Ruby auf sie, die Ava, ohne ein einziges Knurren von sich zu geben, nicht von der Seite wich. Jake musste zugeben, dass diese Hündin heute eine ganz andere war.

In der Hängematte vor einem Wohnwagen döste Bruno. Zum ersten Mal sah ihn Jake ohne die gigantische Wäscheklammer auf der Nase, die er sonst immer trug.

»Siehst du, wie hart die Zwillinge am Gizmo-Projekt arbeiten?« Ava schnaubte genervt.

Jake musste grinsen. »Dann hast du es mit mir doch gar nicht so schlecht getroffen.«

Ava verzog nur unbeeindruckt das Gesicht und lief weiter. Sie zeigte mal hierhin, mal dorthin. Auf Schildern und Wegweisern las Jake Worte wie *Baumhaus, Kartenraum* und *Hochseilgarten.* Erst jetzt, im Tageslicht, fiel Jake auf, wie verrückt diese ganzen Wohnwagen auf dem Schulgelände wirklich waren – und wie wenig er bei seiner Ankunft gesehen hatte. Zwischen den bunten Wagen, an denen sich alles Mögliche aus- und umklappen ließ, wuselten die anderen Schüler herum. Ein Mädchen übte mit dem Flugrucksack aus Mr Brookstones Unterricht zu fliegen, während Carson kläglich auf seinem Dudelsack musizierte und das gesamte Gelände damit beschallte. Jake kam sich vor wie auf einem riesigen Abenteuerspielplatz.

Wenige Schritte weiter ertönte ein Fauchen, das Jake zusammenzucken ließ. Ein schwarzer Kater hatte sein Fell aufgestellt und funkelte aus gelben Augen von einem der Wagendächer auf sie hinunter. Ruby fing sofort an zu winseln und zog den Schwanz ein. Im nächsten Moment sprang der Kater vom Wagendach und Ruby sauste über das Gelände davon.

»Nicht schon wieder«, stöhnte Ava. »Den Rest findest du auch ohne mich. Folg einfach dem Lageplan!« Damit rannte sie davon und versuchte, Ruby und den Kater einzuholen. Und eigentlich war Jake auch froh, dass er zurück zu Finley konnte. Aus Ava wurde er einfach nicht schlau.

# 9

Es war Dienstag und kurz nach fünf. Jake saß auf dem Sofa in seinem Wohnwagen und sah dem Sekundenzeiger der Wanduhr zu. Um genau fünf Uhr und dreiundzwanzig und einer halben Minute sollte er beim Orakel-Wagen sein, um dort seine Jahresaufgabe zu bekommen. Eine *halbe* Minute? Wer bitte kam auf eine halbe Minute genau irgendwohin?

Am anderen Ende des Wagens saß Finley an seinem Schreibtisch und schraubte an einem Roboterarm herum.

»Sag mal, was genau passiert eigentlich bei dem Termin mit Lady Honoray?«, rief Jake zu Finley nach hinten. »Und warum sind alle deshalb so aufgeregt?«

Finley hob den Kopf und sah zu Jake hinüber. »Die Jahresaufgabe ist die wichtigste im gesamten Schuljahr. Wenn du die nicht schaffst, hast du ein Problem. Dann musst du das Schuljahr wiederholen. Selbst wenn du alle anderen Fächer problemlos abgeschlossen hättest, müsstest du das.«

Na super, das klang ja sehr beruhigend.

»Und was genau sind das für Aufgaben?«

Finley zuckte nur die Schulter. »Die kennt auch Lady Honoray erst, nachdem du sie im Skriptum gelesen hast.«

»Wie jetzt? Ich denke, die Jahresaufgabe ist die wichtigste im ganzen Schuljahr? Wie kann Lady Honoray sie dann nicht kennen?« Jake machte große Augen.

»Na ja, genau genommen vergibt sie das Skriptum, nicht das Orakel.«

Jake dachte zurück an die erste Imaginistik-Stunde. »Weil es auf meine Wünsche reagiert?«

»Schön wär's!« Finley lachte. »Nicht nur auf deine Wünsche … auch auf deine Ängste. Glaub mir, die Aufgaben sind nicht immer nur nett. Natascha durfte mal eine ganze Woche nichts sagen, ich wette, dabei ist ihr fast der Kopf explodiert.«

Jake nickte und sah auf die Wanduhr. Er hatte noch genau zwölf und eine halbe Minute Zeit. Vorausgesetzt natürlich, die Uhr in ihrem Wagen ging überhaupt so genau.

»Na dann«, murmelte Jake, griff sich seinen Parka vom Haken und machte sich auf den Weg zum Orakel-Wagen.

Draußen war nicht viel los und Jake begegnete kaum jemandem, als er durch die Wohnwagenreihen lief. Nur Mr Sherwin Domsdale, der Lehrer, der immer eine Lederjacke trug und den Jake nur von der Begrüßungsfeier kannte, saß auf seiner Veranda. Er blätterte in einer Zeitung und Jake grüßte ihn flüchtig im Vorbeigehen.

»Na, Kleiner, wohin denn so eilig?«, fragte ihn Mr Domsdale daraufhin.

»Ich hab gleich meinen Termin bei Lady Honoray. Wegen meiner Jahresaufgabe.«

»Oho!« Mr Domsdale klappte die Zeitung zu. »Ich hab ja gehört, dass Lady Honoray schwer von deinen Fähigkeiten beeindruckt ist. Stimmt es, dass du dich in deiner ersten Imaginistik-Stunde gleich in die ungewisse Zukunft gelesen hast?«

Jake hob die Schulter. »Ehrlich, keine Ahnung.«

Der Lehrer lehnte sich zurück und schmunzelte. »Dann finde es heraus, Jake Roberts! Ich wette, du kannst viel mehr, als du dir zutraust. Los, los. Lady Honoray nimmt es mit der Pünktlichkeit ganz besonders genau!«

Jake nickte unschlüssig und lief hastig weiter. Langsam, aber sicher stieg seine Aufregung. Er hatte doch nur wirres Zeug gelesen. Was erzählte Lady Honoray da über ihn?

Ein paar Minuten später stand er vor dem verwinkelten Orakel-Wagen. Die hölzernen Außenplanken waren in einem tiefen Dunkelblau gestrichen und das Dach ähnelte den Zwiebeltürmchen einer russischen Kirche. Jake trat unter das schmale Glasdach der Veranda. Die Holzlatten waren mit Ornamenten bemalt und um die Eingangstür baumelten Schilder, Perlen und lauter anderer Kram wie an einem Weihnachtsbaum. Ob Lady Honoray auch Karten legte und eine große Glaskugel besaß?

An der Tür klapperte ein Schild im Wind. *Orakel-Wagen* stand darauf. Daneben wackelten ein Traumfänger und eine Glocke im gleichen Takt. Jake stieß die Glocke an und ein tiefer Gong ertönte. Vom Wagendach beugte sich der Kopf des schwarzen Katers zu ihm hinunter, der Ruby über das Gelände gejagt hatte, und fixierte ihn. Nicht eine Sekunde ließ er Jake aus seinen gelben Augen. Irgendwie war der Kater gruselig. Er blickte so einschüchternd auf einen herunter, als müsste man dankbar sein, dass er einen am Leben ließ.

Lady Honoray öffnete die Tür mit einem knappen Lächeln. Heute trug sie eine blaue Kittelschürze mit Gänseblümchen und eine zerzauste Hochsteckfrisur. Warum kleidete sich diese Frau immer, als müsste sie noch sämtliche Wagen durchbohnern? Dabei verbrachte sie doch vermutlich die meiste Zeit lesend auf ihrem Sofa. Aus dem Inneren strömte Jake der Duft von frisch gebackenen Keksen entgegen.

Lady Honoray bemerkte Jakes Freude über den Duft, wischte sich daraufhin über ihre Kittelschürze und bat ihn ins Innere des Wagens. Jakes Augen weiteten sich. Hinter der simplen hölzernen Außenwand verbargen sich innen Metallwände von der Stärke einer Tresorwand. War man erst einmal im Wagen, wurde einem sofort klar, dass hier das Wertvollste der gesamten Schule aufbewahrt wurde. Wer in den Orakel-Wagen einbrechen wollte, musste gewitzt sein wie ein Bankräuber.

Es war düster. Nur durch ein paar kleine runde Fenster, wie man sie aus Fischerbooten kannte, drang Licht. Mittig im Wagen stand ein Tisch, auf dem Jake das Skriptum entdeckte. Auch heute lag es auf einem Kissen.

Lady Honoray bot Jake einen Korbsessel an. Er knarrte bei jeder Bewegung, die Jake darin machte. Auf einem Beistelltischchen neben dem Sessel stellte Lady Honoray eine dampfende Teetasse und einen Teller mit den köstlich duftenden Keksen für ihn bereit. »Schön, dass wir uns heute treffen, um deine Jahresaufgabe herauszufinden.«

Jake nickte und steckte sich sofort einen der noch warmen Kekse in den Mund. Sie schmeckten noch viel besser, als sie rochen.

»Ich hoffe, du hast dich mittlerweile ein wenig eingelebt. Gefällt es dir bei uns? Die Wohnwagen sind viel komfortabler, als man anfangs denkt, nicht wahr.«

Wollte Lady Honoray wirklich Smalltalk betreiben? Jake gab ein zustimmendes Geräusch von sich und kaute weiter.

»Mit Finley als Zimmergenossen hast du es gut getroffen. Seine Mutter hat schon bei mir im Orakel-Wagen gesessen. Sie ist eine ganz außergewöhnliche Frau. Unser Finley kommt ganz nach ihr.« Lady Honoray warf einen Blick auf eine der vielen Uhren an der Wand und sofort nahm ihre Miene einen strengen

Ausdruck an. »Beginnen wir, nicht wahr«, sagte sie und schlug das Buch auf. Liebevoll strich sie über die Seiten. Dabei drehten sich plötzlich ihre Pupillen und man sah nur noch das Weiße in ihren Augen. Jake erschrak. Jetzt zog Lady Honoray ihre Augenbrauen zusammen, als hätte sie schlimme Kopfschmerzen. Wie in Trance wippte sie vor und zurück.

Als sie ihre Stimme erhob, klang sie noch tiefer und dunkler, als sie es sonst schon tat. »Dies ist ein mächtiges Buch, Jake Roberts. Nur wenige auf dieser Welt können darin lesen und nur selten findet jemand darin tatsächlich etwas über die Zukunft heraus.«

Lady Honoray löste ihre Hände von den Seiten des Buches und winkte Jake zu sich. Mit einem Schlag war sie wieder ganz die Alte. Ihre Stimme klang so rau wie sonst auch und ihre dunklen Augen starrten ihn durchdringend an.

»Jetzt du«, sagte sie bestimmt und Jake hatte das Gefühl, dass das kein guter Moment war, noch mehr Fragen zu stellen.

Er stand auf und ging auf das Buch zu. Bevor Lady Honoray ihn ganz an das Skriptum herantreten ließ, warf sie einen kritischen Blick auf seine Hände und reichte ihm ein Küchentuch. »Ab heute wird dir nicht mehr schwindelig werden. Aber mach dir zuerst die Finger sauber.«

Jake rieb sie sich am Tuch ab und nickte. Woher wollte sie wissen, ob ihm heute beim Lesen schwindelig werden würde oder nicht?

»Gut. Wir wollen heute deine wichtigste Prüfungsaufgabe für dieses Schuljahr herausfinden. Dafür musst du mir den ersten Satz, den du auf Seite 698 entziffern kannst, laut vorlesen. Nimm dir die Zeit, die du brauchst. Manchmal dauert es, bis du etwas findest, das einen Sinn ergibt.«

Ein mulmiges Gefühl drückte sich gegen Jakes Magenwände.

Ungeduldig winkte Lady Honoray ihn an das Skriptum Futurum heran und trat selbst einige Schritte zurück. Jake spürte, wie er nervös wurde. Dieses Buch war nicht nur dreimal so groß wie ein durchschnittliches Buch, es war auch dreimal so dick. Die Kanten der vergilbten Seiten sahen ausgefranst aus. Ihm wurde heiß und ein bisschen übel vor lauter Aufregung. Ein leises Klingeln erklang in seinen Ohren und er hörte die Blätter rauschen. Jake hob den Kopf und sah zu Lady Honoray hinüber, die ihre Arme in die Hüften gestemmt hatte und ihn mit ihren Blicken durchbohrte. Im Wagen wehte kein einziges Lüftchen, doch als Jake sich auf die Buchseiten konzentrierte, hörte er das Blätterrauschen erneut.

Er beugte sich tiefer über das Buch, um die schnörkelige Schrift besser zu erkennen. Alles verschwamm auch diesmal auf dem Papier. Die Buchstaben, Symbole und feinen Strichzeichnungen dehnten und verformten sich erneut, scheinbar jedoch noch unschlüssig, zu was sie werden wollten. Jake erkannte wieder den Berg und die zwei Menschen, die daran hochstiegen. Heute sah er sie deutlicher als beim letzten Mal. Es waren ein hochgewachsener Mann und eine zierliche Frau mit blonden Haaren.

Seltsam, was hatte die Szene denn mit seiner Aufgabe zu tun? Sollte er vielleicht diesen Berg finden? Doch ... was war das? Auf einmal hörte er die Stimme einer alten Frau und das war – Oma Edith? Woher kam sie? Edith war jedenfalls keine der beiden Menschen am Felsen.

»Jake!« Die Worte seiner Oma drangen leise in sein Ohr. »Pass gut auf dich auf. Nicht allen um dich herum kannst du vertrauen! Such die Antworten auf deine Fragen im Buch.« Ihre letzten Worte hörte Jake so schwach, dass er unsicher war, ob er sie richtig verstanden hatte. Sein Herz schlug tonnenschwer in seiner

Brust. Wie er Oma Edith vermisste. Auch wenn er sich kaum noch an sie erinnerte, war sie der einzige Mensch gewesen, dem er je wirklich etwas bedeutet hatte.

Als Jake sich kurz die Augen rieb, verpuffte der Felsen vor seinen Augen wieder. Er konzentrierte sich auf die wirren Symbole und Buchstaben. Was auch immer dort stand, war mit Tinte geschrieben und scheinbar in einer Symbolzeichenschrift verschlüsselt. Nicht ein einziger Buchstabe ergab einen Sinn.

Nach einer Weile beruhigten sich die Zeichen auf dem Papier und begannen, sich kaugummiartig auszudehnen. Wie Rauch stiegen sie aus den Seiten empor und hüllten ihn ein. Mit aller Kraft konzentrierte er sich auf das Buch vor ihm. Je mehr er sich anstrengte, desto ruhiger wurden die Symbole. In Gedanken versuchte Jake, die Buchstaben zurück auf das Papier zu drücken. Und tatsächlich: Es funktionierte! Auf einmal sortierten sie sich in der Reihenfolge, die Jake ihnen vorgab. Als hätte er nie etwas anderes getan, verschob Jake Symbole und ersetzte sie durch Buchstaben. Was er nicht brauchte, erhob sich erneut in die Luft und verschwand wie heißer Wasserdampf. Langsam setzte er die Buchstaben zu Worten und einem Satz zusammen und las laut vor:

Ver…hindere den Die…b…stahl des Bu…ch…es

Lady Honoray zuckte augenblicklich zusammen, als Jake das letzte Wort vorlas.

»Was … was hat das zu bedeuten?« Jake runzelte die Augenbrauen. Einen Diebstahl verhindern?

Als er aufsah, warf Lady Honoray ihm einen ihrer einschüchternden Röntgenblicke zu, dann lachte sie plötzlich unbekümmert. »Oh, da ist wohl etwas schiefgegangen. Wie gesagt, ist es sehr schwer, im Skriptum zu lesen. Manchmal spielt es einem auch Streiche. Wahrscheinlich hast du nicht pünktlich angefangen zu lesen.«

Jake öffnete den Mund, um zu protestieren – er war sehr wohl pünktlich gewesen –, doch da machte sie schon eine wegwischende Handbewegung.

»Unseren Termin holen wir einfach ein andermal nach. Mach dir keine Gedanken, es funktioniert manchmal nicht gleich beim ersten Mal. Schwamm drüber.« Lady Honoray drückte ihm energisch den Keksteller in die Hand und schob ihn zur Tür. »Nimm die restlichen Kekse einfach mit. Finley freut sich, wenn du ihm welche mitbringst.«

Irritiert trat Jake hinaus auf die Veranda, auf der ihn der schwarze Kater aufs Neue musterte.

»Aber ...«

»Nichts aber! Es hat nichts zu bedeuten«, antwortete Lady Honoray und strich sich ihre krausen Haare zurecht. »Sprich mit niemandem darüber, hörst du! So etwas würde nur unnötig Unruhe in die Schule bringen und das brauchen wir jetzt nicht, nicht wahr?« Zum ersten Mal klang ihr ständiges »Nicht wahr, nicht wahr« wie eine echte Drohung.

Jake versprach es und stieg die Stufen der Veranda hinunter. Im Rücken die strengen Blicke des Katers und des Orakels von Caravan. Als er sich noch einmal umdrehte, hatte Lady Honoray bereits die Tür geschlossen und der Kater sich zurück aufs Wagendach verzogen.

# 10

Am nächsten Tag regnete es in Strömen. Gemeinsam rannten Jake und Finley auf die Burgruine zu. Ihre Haare klebten ihnen in nassen Strähnen auf der Stirn. Finley hatte ewig gebraucht, seinen ganzen Technikkram wegzuräumen, bevor sie sich auf den Weg zu ihrem gemeinsamen Fach Illusion aufmachen konnten. Jake bereute fast, dass er nicht schon früher und ohne Finley aufgebrochen war. Auf »Illusion« bei Mr Domsdale war er nämlich seit der Schulfeier mächtig gespannt.

»Unser früherer Lehrer Mr Alby ist im Unterricht regelmäßig eingenickt«, lachte Finley, dem aufgefallen war, dass Jake es eiliger hatte als sonst. »Keine Ahnung, wie Domsdale so tickt, erwarte aber lieber nicht zu viel. Illusion ist furchtbar langweilig.«

Im Klassenraum wollte sich Jake selbstverständlich neben Finley setzen, doch der schickte ihn mit einem entschuldigenden Lächeln in die erste Reihe zu Ava. Die neue Teamzusammensetzung galt nämlich nicht nur für das Fach bei Mr Brookstone, sondern für alle anderen Fächer auch. Widerwillig trottete Jake nach vorn, setzte sich auf den Stuhl neben Ava und nuschelte »Guten Morgen«.

Ava gab ein knappes »Morgen« zurück. Zum Glück brauchte

Jake nicht länger darüber nachdenken, was er als Nächstes sagen könnte. Die Klassenzimmertür ging auf und ihr Lehrer für Illusion kam herein. Er trug auch heute seine Motoradjacke und mit seinem breiten Lächeln und den kräftigen Schritten hatte er mehr Ähnlichkeit mit einem Popstar als einem Lehrer.

»Guten Morgen allerseits!« Mit Schwung setzte sich Mr Domsdale auf das Pult und strich sich seine braunen Haare zurück. »Also, dann wollen wir mal. Ich bin Mr Domsdale und ja, ich weiß, das ist ein ziemlich bescheuerter Name. Ich schlage daher vor, ihr nennt mich einfach Sherwin.« Er grinste. »Genau wie ihr war ich selbst früher Schüler in Mount Caravan. Deshalb freue ich mich ganz besonders, für dieses Schuljahr als Lehrer zurückkommen zu dürfen.« Er ließ den Blick durch den Klassenraum schweifen, dann zog er eine Namensliste aus seiner Tasche. »Piet O'Dayman?« Mr Domsdale – *Sherwin* – hob die Hand und bedeutete ihnen, still zu sein. »Okay, okay, lasst mich mal selbst raten, wer das sein könnte.« Sein Blick wanderte über die gespannten Gesichter vor ihm. Nach einem kurzen Moment zeigte er wirklich auf Piet, der beeindruckt nickte. Auch als er die Namen Ella Petit, Carson van Steengaard, Finley Maclaren, Natascha Blavinsky, Ava Foxworth und Bart Miller vorlas, erriet Sherwin ohne Probleme die Gesichter zu den Namen auf seiner Liste. Nicht ein einziges Mal lag er daneben und dafür erntete er staunende Blicke und begeistertes Klatschen.

»Versprochen, ich hab nicht gemogelt«, sagte Sherwin, während sich ein ungläubiges Tuscheln im Klassenraum ausbreitete.

Sherwin sah zu Jake und zwinkerte ihm zu. »Wie ihr ja alle wisst, haben wir einen neuen, noch ziemlich unerfahrenen, aber dafür außergewöhnlich talentierten Schüler bei uns. Herzlich willkommen Jake Roberts! Wir beide sind dann wohl die *Neuen.* Hoffen wir mal, dass wir diesen ›Spitznamen‹ nur kurz ertragen müssen.« Sein Lehrer lächelte ihm zu und Jake schmunzelte.

»Legen wir los.« Sherwin klatschte in die Hände. »Ich weiß selbst noch gut, wie der Unterricht bei unserem alten Mr Alby war.« Er gähnte demonstrativ und einige begannen zu kichern. »Ich gebe euch mein Ehrenwort, ich werde euch beweisen, dass Illusion sehr viel spannender ist als eine Runde Schlaf.« Sherwin senkte seine Stimme und beugte sich vor, als wollte er ihnen ein Geheimnis verraten. »Ihr könnt hier nicht nur die Kunst der Illusion erlernen, wer sich bemüht, wird am Ende sogar andere davon überzeugen, er könnte Gedanken lesen! Dafür braucht es keine Zauberei – alles, was ihr lernen müsst, ist, gründlich zu beobachten. Wenn ihr das könnt, wird euch kein Fach mehr Spaß machen und euch im späteren Leben behilflicher sein.«

Skeptische Blicke gingen durch die Stuhlreihen.

»Ich zeig's euch!« Sherwin sprang auf und stellte zwei Stühle mitten im Klassenzimmer auf. Dann ließ er seinen Blick wieder über die Gesichter der Schüler wandern. Schließlich bat er Natascha, sich auf einen davon zu setzen. Er selbst nahm ihr gegenüber Platz. Sherwin blickte konzentriert in Nataschas Augen, dämpfte seine Stimme und reichte ihr seine Liste. »Schau dir die Namen deiner Mitschüler genau an. Dann sprich einen davon in Gedanken aus – aber auf keinen Fall laut! Denk ihn nur und versuche, ihn vor uns, so gut du kannst, zu verheimlichen!«

Natascha nickte irritiert, als ihr Blick die Namensliste überflog. Als sie wieder aufsah, verzog sie keine Miene. Ihr Gesicht wurde ein wenig rot, so sehr schien sie sich anzustrengen.

»Sehr gut«, sagte Sherwin. Seine Augen wichen nicht für einen einzigen Augenblick von ihr. »Und jetzt dreh ich mich um und du schreibst auf einen Zettel den Namen, den du dir ausgesucht hast. Dann faltest du ihn zusammen und gibst ihn Ella.« Damit drehte sich Sherwin um und Natascha schrieb den Namen auf. Als sich ihr Lehrer wieder zurückwandte, bat er Natascha, an den Namen zu denken, den sie ausgewählt hatte.

Sie sah Sherwin ebenso konzentriert an wie er sie. Natascha gab keinen Laut von sich noch bewegte sie ihren Mund. Ihr Gesicht wurde nur immer röter.

Es ist Bart, dachte Jake, als er Nataschas Augen unmerklich für eine Millisekunde zu Bart huschen sah.

Mehrmals bat Sherwin sie, den Namen nur in Gedanken auszusprechen. Niemand im Klassenzimmer wusste, an welchen Namen Natascha dachte, und trotzdem sagte Sherwin nach einer Weile: »Bart, stimmt's? Es ist Bart!«

Ella faltete daraufhin den Zettel auseinander, auf den Natascha ihren zuvor ausgewählten Namen geschrieben hatte, und las laut vor: »Bart.« Ein ungläubiges Gemurmel ging durch die Klasse.

»Auch das war weder Zauberei noch Trickserei.« Sherwin grinste.

Jake fühlte, wie ihm plötzlich ein Licht aufging. Das war also »Illusion«. Seine eigene Fähigkeit, Leuten ihre Gedanken und Gefühle ansehen zu können, war ein Unterrichtsfach in Mount Caravan. Etwas, das man lernen und sogar trainieren konnte. Bislang dachte Jake, dass es nur dazu gut war, sich richtig unbeliebt zu machen. Dabei war es etwas, worauf man stolz sein konnte, etwas, worum einen andere beneideten.

»In diesem Schuljahr werde ich euch beibringen, wie ihr erkennt, wenn jemand lügt«, fuhr Sherwin fort. »Dafür braucht ihr nicht erst umständlich bei Mr Brookstone einen Lügendetektor bauen, sondern ihr werdet etwas viel Nützlicheres entwickeln. Ihr werdet lernen, eure Sinne zu trainieren, und dadurch selbst zu einem menschlichen Lügendetektor werden.

Ich bringe euch eine Sprache bei, die ohne Worte auskommt. Die Sprache der Mimik und Gestik, die die Gedanken der Menschen sichtbar macht. Ihr werdet mit der Zeit die Gefühle und Absichten der Leute, die euch umgeben, viel besser erkennen lernen. Und dabei ist es auch völlig egal, wie hoch euer GZBE ist.«

»Was ist ein GZBE?«, raunte Jake Ava zu.

»Gelesene Zeichen bei Einschulung«, flüsterte sie zurück. »Ist so was wie die Note deiner Aufnahmeprüfung. Je höher dein GZBE, desto talentierter bist du. Die mit Abstand höchsten GZBEs haben die Schulorakel. Und Lady Honoray steht wohl ganz oben auf der Liste. Den zweithöchsten hat das Orakel von Treehouse in Amerika und über den dritthöchsten wird ständig gestritten.«

Den Rest der Unterrichtsstunde zeigte Sherwin ihnen, wie man anhand von versteckten Gesten erahnen konnte, was jemand dachte.

»Seht genau hin«, sagte Sherwin immer und immer wieder. »Stellt die richtigen Fragen und beobachtet auch die allerkleinsten Veränderungen in der Mimik eures Gegenübers. Achtet vor allem auf die Augen. Sie verraten jedes Geheimnis. Ganz besonders die Bewegungen der Pupillen.«

»Und warum ausgerechnet die Pupillen?«, rief Finley dazwischen. Er hing tief in seinem Stuhl und Jake konnte sehen, wie er unterm Tisch an irgendeinem Gerät schraubte.

»Ganz einfach. Ist es hell, ziehen sie sich zusammen, ohne dass wir es verhindern können«, antwortete Sherwin. »Genauso ist es auch, wenn wir an etwas Unangenehmes denken oder jemanden unsympathisch finden. Die Pupillen ziehen sich zusammen, ohne dass wir es verhindern könnten. Denken wir an etwas Positives, öffnen sie sich wieder. Niemand kann die Bewegungen seiner Pupillen kontrollieren. Die Augen sind der Schlüssel zur Wahrheit.«

Ella meldete sich. »Tragen die Leute beim Pokern deshalb gern Sonnenbrillen?«

Sherwin nickte noch begeistert, als schon die Schulglocke läutete. »Ganz genau. Wenn ihr auf die richtigen Anzeichen achtet, erkennt ihr schnell, was jemand anderes vorhat. Beobachtet gründlich! Nächste Stunde behandeln wir die Nase, ein großartiges Organ! Bitte bereitet dafür den Aufsatz ›Der feine Unterschied zwischen Rümpfen und Kräuseln‹ auf Seite 420 eures Lehrbuchs vor. Und jetzt raus mit euch!«

# 11

Am späten Mittag aß kaum noch jemand in der Schulkantine, nur Finley belud sich einen weiteren Teller. Jake blickte durch die hohen Glasscheiben der Kantine hinaus und sah dem Wasser zu, wie es in Fäden vom Himmel fiel. Er fragte sich, was man wohl in Mount Caravan tat, wenn man nicht draußen sein konnte. Die ganze Zeit im Wohnwagen zu hocken, war keine berauschende Aussicht.

»Hat Ava dir schon den Gemeinschaftsraum gezeigt?«, fragte Finley mit vollen Backen.

Jake faltete seinen Lageplan auseinander. »Sie hat ihn mir hier drauf angekreuzt …«

»Komm mit, dann zeig ich ihn dir.« Finley schob sich den letzten Löffel seines Mittagessens in den Mund und lotste Jake durch die Wohnwagenreihen hindurch Richtung Wald. Zielstrebig steuerte er auf die Bäume zu, bis links und rechts von ihnen kein Wagen mehr stand. »Du wolltest mir doch den Gemeinschaftsraum zeigen«, sagte Jake. Es regnete in Strömen und bald würden sie bis auf ihre Unterhosen durchnässt sein.

»Mach ich auch.« Finley deutete auf die Bäume vor ihnen und winkte Jake weiter hinter sich her. Da entdeckte er, dass zwei

Mädchen ebenfalls auf den Wald zuliefen, doch schon kurz darauf sah er die beiden nicht mehr. Sie waren plötzlich wie vom Erdboden verschluckt. Jake drehte sich in alle Richtungen. Waren sie hinter einem der Bäume verschwunden? Neben Jake steuerte Finley auf eine uralte Eiche zu, die locker den Durchmesser eines Traktorreifens besaß. »Okay, Sekunde«, sagte Finley, zog den Bauch ein und quetschte sich durch einen Spalt des Stammes. Jake lugte hinein und machte große Augen. Innen war der Baum völlig hohl und ein Fahrstuhl aus metallenen verzierten Streben führte darin nach oben.

»Irre«, entfuhr es Jake.

Finley schob das Gitter der Tür auf und winkte Jake mit einem Grinsen in den Fahrstuhl. »War Mr Brookstones Idee, ich hab ihm vorletztes Jahr mit dem Türmechanismus geholfen.« Damit drehte Finley an einer Kurbel und das Gestell, in dem sie standen, ratterte schwerfällig nach oben. »Na ja, es ist noch verbesserungsfähig, aber immerhin.«

In den Ästen der Eiche angekommen schob Finley das Gitter des Fahrstuhles auf und öffnete eine gelb lackierte Holztür dahinter. Es roch nach Moos und feuchtem Holz. Jake blickte über Finleys Schulter hinweg in ein geräumiges Baumhaus, das sich mit Hängebrücken und Leitern weit über mehrere Baumkronen erstreckte. Vor ihnen lümmelten Schüler auf Sofas oder in Sitzkissen. Die Dielen knarzten, während sie das Baumhaus durchquerten, um eins der Sofas in Beschlag zu nehmen. Es stand unter einem runden Fenster und gab den Blick in die Äste frei. Draußen vor dem Fenster spielten zwei Eichhörnchen Fangen und neben ihnen zupfte Carson auf seiner Gitarre.

Die Einrichtung im Baumhaus bestand aus lauter zusammengewürfelten Dingen. Man konnte genau erkennen, dass viele unterschiedliche Geschmäcker den Raum eingerichtet hatten.

Alte schwere Ledersofas standen neben roten Samtsesseln auf bunten Flickenteppichen. Hier und da schwangen Hängematten und an die Wände waren Hunderte Fotos von Schülern genagelt worden, die alle die gleiche Krone auf dem Kopf trugen. Daneben hing eine große Tafel, auf der stand: »Nur noch vier Wochen!«

Draußen auf der Veranda des Baumhauses erkannte Jake die Zwillingsbrüder Bart und Bruno, in ihre Regencapes gewickelt. Bruno schnitzte irgendetwas, während sein Bruder Bart die voluminösen Kopfhörer trug, die er nur im Unterricht abnahm. Sein rechtes Bein schwang leicht im Takt.

Jake drückte sich in die ausgesessenen Polster. »Was hat es eigentlich damit auf sich?« Jake deutete auf Barts Kopfhörer.

Finley reichte ihm eine Limo und leerte seine eigene geräuschvoll durch einen Strohhalm. »Er hat übersensible Ohren. Hört alle Geräusche gleich stark, zumindest ohne seine Kopfhörer. Muss total anstrengend sein. Als er hier neu war, ist er andauernd vor Erschöpfung eingeschlafen. Ohne seine Spezialkopfhörer kann er sich auf nichts richtig konzentrieren. Er hat mir mal gesagt, er hört sogar das Gras wachsen.« Finley verdrehte die Augen. »Ich schätze mal, das war ein Scherz, aber du weißt, was ich meine.«

Jake beobachtete die Brüder auf der Veranda. Ihm war schon bei der Schulfeier aufgefallen, dass die beiden ziemlich für sich blieben.

»Und Bruno …« Finley zuckte mit den Schultern. »Sein Gehör ist nicht besonders gut. Dafür riecht er alles. Wirklich absolut alles und das ist echt heftig. Mrs Claus nennt es einen ›Geruchssinn, der Klaustrophobie auslöst‹. Heißt übersetzt: Bruno hat Angst vor geschlossenen Räumen, weil er alles und jeden viel zu intensiv riecht. Seit ich ihn kenne, hat er noch nie ein

geschlossenes Zimmer oder einen Wohnwagen betreten. Bruno ist immer irgendwo draußen, sogar nachts. Er schläft in ’nem Zelt auf seinem Wohnwagen. Für den Winter hat er eine Polarausrüstung – wie Bergsteiger auf Gletschern.«

»Das klingt echt hart«, sagte Jake mit einem Blick auf die riesige Klammer auf Brunos Nase.

»Ja, schon. Den Unterricht macht er nur durchs geöffnete Fenster mit. Manche Probleme sind halt besser als andere.«

»Trägt er da wirklich ’ne Wäscheklammer?«

»Neee,« Finley kicherte, »das ist ein ›Geruchsdämpfer‹. Hat Mr Brookstone für ihn entworfen. Eine Wäscheklammer wäre spätestens nach fünf Minuten ja echt schmerzhaft.«

»Und was ist mit Ava?«, fragte Jake. Die Frage schwirrte ihm schon die ganze Zeit im Kopf herum. »Was ist eigentlich ihr Problem?«

»Ava?«, Finley warf Jake einen prüfenden Blick zu. »Ava kann nicht lange still sitzen. ADHS nennt man das wohl offiziell. Deshalb hat sie auch Ruby. Hat Mrs Claus entschieden, damit Ava nicht immer allein durch den Wald stromert. Und damit sie auch sonst nicht so viel allein ist. Dafür sind Avas Reflexe aber der Hammer. Sie kann am schnellsten rennen, am höchsten klettern, am tiefsten tauchen und so weiter. Nicht mal Piet kann da noch mithalten, sie ist unschlagbar.«

Finley stieß Jake in die Seite und zeigte auf Ella. »Mal ehrlich, jemand wie sie hätte da draußen zum Beispiel gar keine Chance. Ich meine: Eine, die klaut? Das kann ja nur schlecht ausgehen. Wir haben echt Glück, hier sein zu dürfen. Und unsere Probleme sind ja auch nur die Nebenwirkungen unserer Begabungen. Du weißt schon: ›Ohne Licht kein Schatten.‹«

Jake zog eine ahnungslose Grimasse.

Finley lachte. »Ich weiß, doofer Spruch.«

»Und nur, weil wir etwas gut können, müssen wir unser Leben lang im Skriptum lesen?«

»Sieh das doch nicht so negativ«, sagte Finley mit einem Augenrollen. »Ich war dabei, als Dinge im Buch gelesen wurden, die kurz darauf wirklich passiert sind. Ich hab selber schon mal drei Stunden vorwärts in der Zeit gelesen. Das war unglaublich.« Finley hielt einen Moment inne. »Lady Honoray glaubt, dass du dich in deiner ersten Imaginistik-Stunde vorwärts in die Nimmerzeit gelesen hast. Das können sonst nur echt geübte Leser.«

»Ich fand's seltsam«, gab Jake zu.

»Du hast auch ziemlich gruselig dabei ausgesehen«, gluckste Finley. »So sieht sonst nur Lady Honoray aus, wenn sie sich in die Nimmerzeit liest.«

Jake dachte sofort an die weißen Augen und schauderte. Ihm fiel wieder seine verpatzte Jahresaufgabe ein. Wieso hatte Lady Honoray nur so eigenartig reagiert? Irgendetwas verheimlichte sie ihm doch. Jake wusste nur nicht, was es war. Aus dem Augenwinkel sah er Ava das Baumhaus betreten. Einige der Mädchen auf der anderen Sofagruppe fingen sofort an zu tuscheln.

Genau wie Finley griff sie sich eine Limo und schlenderte zu ihnen herüber. Sie setzte sich in einen der Samtsessel, der Jake gegenüberstand, legte die Füße hoch und blickte Finley herausfordernd an. »Wenn du Jake schon das Baumhaus gezeigt hast, dann hast du ihm bestimmt auch von der bevorstehenden Mutprobe erzählt, oder?«

Finley verdrehte die Augen. »Ganz sicher nicht. Jake interessiert sich nicht für euren Schwachsinn!«

Jake blickte zwischen Finley und Ava hin und her, die sich herausfordernde Blicke zuwarfen. »Wie, was denn für eine Mutprobe?«

Finley verschränkte demonstrativ seine Arme vor der Brust und lehnte sich zurück. »Wenn du lebensmüde und ein totaler Trottel bist, frag sie, was sie damit meint. Ich hab damit bestimmt nichts zu tun!«

»Also?« Jake sah Ava mit großen Augen an.

»Lebensmüde und ein totaler Trottel also?« Sie lächelte zufrieden. »Es gibt hier nicht nur die Prüfungen, die uns die Lehrer aufgeben. Es gibt auch andere. Eine Prüfung nur unter uns. Aber die ist streng geheim!«

»Was auch sonst. Mount Caravan, die Schule der unendlichen Geheimnisse«, murmelte Jake mit einem Augenrollen. Aber statt zu antworten, stand Ava auf und grinste auf Jake herab.

»Richtig. Und die Antwort auf dieses Geheimnis musst du dir erst verdienen, Neuer.«

Ärgerlich drehte sich Jake zu Finley und sah ihn fragend an, als Ava ohne ein weiteres Wort abzog. Doch der schüttelte nur verneinend den Kopf.

»Aus mir kriegst du kein Wort heraus.«

# 12

Dieser Morgen begann anders als andere Morgen, das spürte Jake sofort. Als er aufstand, schlief Finley noch, was ungewöhnlich war. Normalerweise klimperte schon frühmorgens irgendeine Schraubzwinge an Metall, lange bevor Jake auch nur die Augen öffnete. Doch heute lag er selbst nachdem Jake geduscht und fertig angezogen war, noch im Bett. Hartnäckig ignorierte er Jakes Weckrufe.

Um Finley endlich aus dem Bett zu locken, klingelte Jake sogar an ihrer Türglocke Sturm und sang lauthals dazu die Schulhymne. Aber Finley zog sich nur brummend die Decke über den Kopf, erklärte sich für den heutigen Tag krank und machte unmissverständlich klar, dass er seine Ruhe brauchte.

Schließlich gab sich Jake geschlagen und machte sich mithilfe seines Lageplans allein auf den Weg zum Hochseilgarten und dem bevorstehenden Fach »Irre Höhen für Anfänger« bei Mr Dan Randy. Er ging am Baumhaus vorbei und lief tiefer hinein in den Wald. Bald hörte er schon die Stimmen der anderen Schüler und fand sie um einen dicken Baumstamm versammelt. Ringsherum hingen Kletterseile herab. Jake legte den Kopf in den Nacken und blinzelte. Über ihm verliefen zwischen den

Baumwipfeln Hängebrücken und quer gespannte Seile. Es gab Schaukeln, Kletternetze und unzählige weitere wackelige Holzkonstruktionen. Auf einem Drahtseil weit über ihm entdeckte er sogar ein Fahrrad.

Jake schluckte. Widerwillig begrüßte er Ava und stellte sich zu ihr.

Mit einem polternden »Guten Morgen« erschien kurze Zeit später Mr Dan Randy und eröffnete die Stunde. Er war ein gedrungener Muskelprotz mit Glatze unter einem Cowboyhut.

»Ich sehe schon, alle sind da … außer Finley«, sagte er nach einem Blick auf seine Anwesenheitsliste und seufzte.

»Finley geht es nicht gut. Er meldet sich für heute krank«, erklärte Jake.

Prompt gluckten ein paar Schüler.

»Nicht das Theater schon wieder!« Dan Randy zog eine ärgerliche Grimasse und marschierte augenblicklich zurück zur Burgruine. Erst vor Jakes und Finleys Wohnwagen blieb er stehen. Jake eilte beschwichtigend hinterher, aber Dan Randy schien offensichtlich wenig Verständnis zu haben. Ein kräftiges Donnern gegen die Wagentür und schon betrat er den Wohnwagen.

»Na, was ist es denn heute, Mr MacLaren?«, rief Mr Randy zu Finley hinauf. »Schluckauf? Blähungen? Heiserkeit?«

Hinter Jake hatten sich ein paar der anderen Schüler versammelt und machten sich über Finley lustig.

»Erkältet«, knurrte es aus Finleys Bett.

»Dann bind dir einen Schal um und trink eine heiße Zitrone! Wir beide spielen dieses Spielchen schon, seit wir uns kennen«, wetterte Dan Randy weiter. »Aber bei mir gibt es keine Schwänzerei, Finley! Entweder du kommst jetzt freiwillig aus deinem Bett oder ich trage dich zu meinem Unterricht!«

Wieder kicherte es hinter Jake.

»Ich bin krank!«, maulte Finley von oben. »Bestimmt rutsch ich deswegen ab. Das ist Vernachlässigung Ihrer Fürsorgepflicht … Paragraf 171 Strafgesetzbuch!«

»Fürsorgepflicht?!«, Mr Randys Gesicht verfärbte sich vor Wut. »Mr MacLaren, steigen Sie sofort aus dem Bett!«

»Und wenn ich nicht aufstehe?«, knurrte Finley stoisch. »Wenn ich einfach im Bett bleibe? Was machen Sie dann?«

Mr Randys Gesichtsfarbe hatte sich inzwischen von Zartrosa in Purpurrot verwandelt. »Dann sorge ich *höchstpersönlich* dafür, dass du dich ordentlich erholen kannst und auch vom Gizmologie-Unterricht befreit wirst! Für viele Wochen.« Mr Randy nahm sich offensichtlich stark zusammen, um nicht zu fluchen.

Jake traute seinen Augen kaum, aber im nächsten Moment saß Finley senkrecht im Bett. »Meinetwegen! Ich brauch noch drei Minuten.«

»Eine!«, brüllte Mr Randy und verließ den Wagen mit einem lauten Türrumsen. Er strafte die kichernden Schüler vor Finleys Wagen mit einem abschätzigen Blick und scheuchte sie zurück zum Hochseilgarten.

Ava kletterte bereits an einem der Seile hinauf. In regelmäßigen Abständen waren Knoten, an denen sie sich mit den Füßen nach oben schob. Jake blickte in die schwindelerregenden Höhen der Baumkronen über ihm. Sofort wurde ihm flau im Magen. Dieser Mr Randy verlangte doch nicht ernsthaft, dass sie da hochkletterten? Jetzt verstand er Finleys Verhalten. Seit Jake denken konnte, litt er an Höhenangst. Sobald er auch nur aus einem Fenster im dritten Stock schaute, wurde ihm schwindelig. Wie sollte er das überstehen? Er würde dort oben bestimmt sein Gleichgewicht verlieren oder schlimmer noch, vielleicht wieder in Ohnmacht fallen. Jake schauderte bei der Vorstellung.

Dan Randy stellte sie alle der Reihe nach auf, reichte jedem einen Sicherungsgurt, zwei Karabiner plus einen Helm und wies ihnen paarweise die unterschiedlichen Seile zu. In kurzen Sätzen erklärte er, wie sie sich abzusichern hatten, und überprüfte alles. Dann gab der Pfiff in Mr Randys Trillerpfeife den Startschuss. Keine weitere Sekunde verstrich, bevor nicht an jedem Seil ein Schüler hinaufkletterte. Manche stöhnten, andere feuerten sich gegenseitig an. Ava klinkte Jake und danach sich selbst in die Sicherungsleinen ein und zog sich als Erste empor. Es sah bei ihr nicht nur kinderleicht aus, sondern es schien ihr auch noch Spaß zu machen. Außerdem war sie in Nullkommanichts oben angekommen. Jake schluckte, als er zu ihr hochsah, und beschloss, so wenige Klettergeräte zu betreten, wie es irgendwie ging. Mit leichter Übelkeit im Magen und weichen Knien kletterte er am Seil hinauf.

Ava beobachtete ihn von oben aus. »Komm schon, für das neue Wunderkind der Schule ist das doch ein Klacks, oder?«

Jake verzog seinen rechten Mundwinkel und seufzte. Na toll. Jetzt sahen auch noch ein paar andere nach unten und zeigten mit dem Finger auf ihn. Jake verfluchte Mr Brookstones tolle Idee, ihn mit Ava in ein Team zu stecken, und versuchte, sich auf sein Seil zu konzentrieren. Auf halber Höhe angelangt, verschnaufte er und riskierte einen Blick nach unten. Leider gar keine gute Idee. Sofort drehte sich alles in seinem Magen und er klammerte sich, so fest er konnte, ans Seil. Wie ein steif gefrorenes Äffchen klebte er an Ort und Stelle, weit über dem sicheren Boden. Das waren bestimmt zehn Meter! Schwer atmend versuchte er, sich auf etwas anderes zu konzentrieren. Noch weit unter sich entdeckte er Finley, dem ganz offensichtlich weniger die Höhe etwas ausmachte als vielmehr seine Unsportlichkeit. Immer wieder rutschte er am Seil ab, bis Dan Randy ihm eine Strickleiter hinunterließ, begleitet von den Worten: »Das ist das letzte Mal!«

Finley verzog genervt die Lippen und antwortete so leise, dass es niemand verstand. Doch nach seinem Gesichtsausdruck zu schließen, war es etwas sehr, sehr Unfreundliches.

Als endlich alle oben bei Mr Randy angekommen waren, versammelten sie sich auf einer Holzplattform, von der verschiedene Hängebrücken und Stahlseile wegführten. Die Blätter der Baumkronen rauschten und Jake strich ein frischer Wind durch die Haare.

Dan Randy klatschte in die Hände. »Unser Unterricht *Irre Höhen für Anfänger* findet in diesem Teil des Hochseilparcours statt. Wie immer ist unser Trainingsziel nicht nur ein sportliches. Im Hochseilgarten lernen wir vor allem Teamgeist, Vertrauen und Verantwortung. Wie Mrs Claus schon angekündigt hat, werdet ihr mit mir im ersten Trimester üben, eure Angst zu kontrollieren. Dazu haben wir unterschiedliche Trainingseinheiten. Auf der Sprungbrücke werdet ihr euch der Fallangst stellen, in der Röhre mit Platzangst kämpfen, an der Hangelleiter die Höhenangst überwinden und auf den Drahtseilen und Wippen Vertrauen in eure Körperbeherrschung üben. Auf den Holzplattformen und Schaukeln könnt ihr wie gewohnt verschnaufen. Und noch einmal zur Erinnerung: Wählt jeden Schritt mit Bedacht und helft euren Partnern! Jeder von euch ist für die Sicherheit seines Teams verantwortlich!«

Immer wieder warf Jake einen ungläubigen Blick nach unten. Alles auf dem Waldboden sah von hier so winzig aus. Wie tief ging es hinunter? Zehn Meter oder zwanzig? Warum mussten die Bäume nur so hoch sein?

»Fangen wir an! Zuerst die Karabiner in die Sicherungsleinen einklinken! Denkt an die wichtigste Regel: Karabiner immer zweimal checken!«

Über ihren Köpfen spannten Drahtseile von Baum zu Baum.

Kletterseile hingen daran herunter, an denen man sich mit den Karabinern einhakte. Randy überprüfte Jakes Sicherung, bevor er alle zusammenrief und den verschiedenen Teams ihre Trainingsorte zuwies. Mittlerweile trug jeder von ihnen einen Helm. »Da wir heute einen neuen Schüler bei uns haben, bitte ich euch, ihn so gut zu unterstützen, wie ihr könnt.« Er warf Jake einen fragenden Blick zu. »Ich nehme mal an, das Fach *Irre Höhen* ist neu für dich?«

Jake nickte und Mr Randy klopfte ihm ermutigend auf die Schulter. »Das wird schon. Die Grundregel ist: nicht runterfallen!«

Jake wollte gerade etwas darauf antworten, da pfiff Randy schon in seine Pfeife und schickte die verschiedenen Teams los. Alle verteilten sich auf die Hängebrücken, Kletternetze und schwingenden Seile. Natürlich bildeten Ella und Natascha ein Team. Sie sollten sich zur Röhre aufmachen. Neben Jake lief Piet über eine straff gespannte Slackline, als wäre es nichts Besonderes. Alle paar Sekunden sah Jake vor seinem geistigen Auge jemanden ausrutschen und fallen.

»Bist du so weit?«, fragte Ava und winkte ihn zu sich auf eine der Hängebrücken. Jake wusste nicht recht, ob er all das hier zum Lachen komisch fand oder sich besser über die zukünftige Inschrift seines Grabsteins Gedanken machen sollte.

# 13

Na Neuer, etwa schon die Hose voll?«, rief Piet Jake zu. Er hangelte in einem der Seile weiter oben. Dabei sah er aus, als würde er tagein, tagaus nichts anderes tun, als stundenlang zu klettern. Er schien sich nirgends wohler zu fühlen. »Wenn du das hier schon nicht schaffst, mach bloß nicht bei der Mutprobe mit. Die packst du nie.«

Jake biss sich auf die Zunge. Er hasste es wie die Pest, immer wieder von vornherein als Loser abgestempelt zu werden. Dem Typen würde er es zeigen.

Von weiter weg rief Ava seinen Namen. »Willst du da drüben Wurzeln schlagen?« Sie wartete auf der gegenüberliegenden Plattform. Zwischen Jake und ihr wackelte eine Brücke ohne Geländer. Weiter hinten entdeckte er ein Fahrrad, das auf einem Seil entlangfuhr. Anscheinend wollte Ava mit ihm dorthin. Jake drehte sich schon beim bloßen Zusehen der Magen um. Er atmete einmal tief durch und nahm seinen ganzen Mut zusammen. Wenn er etwas auf gar keinen Fall wollte, dann als Volltrottel rüberzukommen. Also setzte er seinen Fuß auf die schwankenden Holztritte und richtete seinen Blick stoisch geradeaus.

Er machte weite Schritte und schwankte dabei wie ein Betrunkener bei starkem Wellengang. Ihm gegenüber lächelte Ava belustigt und zeigte auf das Fahrrad neben sich.

»Das ist das Höhenrad. Sieht schwieriger aus, als es ist. Du solltest nur nicht das Gleichgewicht verlieren, wenn du damit über das Seil fährst.« Mit diesen Worten klinkte sie den Karabiner an Jakes Klettergurt in die neue Sicherungsleine ein und überprüfte alles noch einmal. Einen Moment später saß Ava schon auf dem Rad und trat in die Pedale. Das Höhenrad war zwar an zwei Seilen befestigt, damit es nicht abstürzen konnte, sehr vertrauenerweckend fand Jake es aber trotzdem nicht.

Am Ende des Seils angelangt kletterte Ava über den Lenker auf die Holzplattform dahinter und gab dem Rad einen kräftigen Schubs. Mit Schwung sauste es zurück zu der Plattform, auf der Jake noch stand.

Auf einer der Holzbrücken über ihnen tauchte Natascha auf. Abschätzig sah sie zu Ava hinunter. »Weißt du, Foxworth, ich begreif echt nicht, wieso du überhaupt noch hierbleiben darfst!«

Ava drehte Natascha den Rücken zu und gab ihr zu verstehen, dass sie sich nicht für ihre Meinung interessierte.

Aber das hielt Natascha scheinbar nicht davon ab weiterzumachen. »Deine ganze Familie ist doch nur feige! Hoffentlich verfolgt der Fluch zuallererst deinen dreckigen Bruder!«

Ava hob langsam den Kopf und sah hoch zu Natascha. »Sag das noch einmal und …!«

Natascha zog ihre Augenbrauen hoch. »Und was? Ich an deiner Stelle würde mir ein Loch buddeln und freiwillig darin verschwinden, weil ich mich so schämen würde!«

»Halt den Mund!«

Natascha zog ein kleines Buch aus ihrem Hosenbund. Es war eines dieser verschließbaren Mädchentagebücher, für das man einen Schlüssel brauchte, um es zu öffnen. Natascha wedelte triumphierend damit herum. »Schau mal, was Ella mir aus deinem Wohnwagen besorgt hat. Ich bin schon ganz gespannt, was drinsteht.«

Jake sah, wie Ella in sich zusammenfuhr und ihre Wangen rot wurden. Sie schien sich alles andere als wohl in ihrer Haut zu fühlen.

»Du Schlange!«, rief Ava Natascha zu. »Gib mir *sofort* mein Tagebuch zurück!«

»Sonst was? Hast du etwa Angst, dass Mrs Claus von deinen dunklen Geheimnissen erfährt und dich dann endlich rausschmeißt, Fluchleserin?«

»Du hast keinen blassen Schimmer, was dadrin steht, und es geht dich auch überhaupt nichts an!« Langsam streifte Ava sich ihre Trainingsjacke ab und sah zu Jake hinüber. »Warte hier kurz auf mich«, rief sie ihm zu. Dann löste sie ihren Sicherungsgurt, griff nach einem anderen Seil und klinkte sich stattdessen darin ein.

Man musste kein Ass im Klettergarten sein, um zu merken, dass das keine gute Idee war. »Was hast du vor?«

»Nach was sieht's denn aus? Ich hol mir zurück, was mir gehört. Miss Plappermaul kann sich auf was gefasst machen.«

Bislang war es Jake schwergefallen, Ava einzuschätzen. Entweder schwieg sie, wirkte abweisend oder undurchschaubar. Doch genau in diesem Moment bemerkte er eine Seite an ihr, die ihm neu war. Ava war scheinbar nicht ganz freiwillig die meiste Zeit allein. Aber warum? Und was hatte ihr Bruder damit zu tun?

Über ihm hörte er wieder Nataschas Stimme. »Sieh es endlich ein: Du gehörst hier nicht mehr hin. Niemand traut jemandem, der einen Fluch gelesen hat! Schon gar nicht nach allem, was passiert ist.«

Ava packte mit beiden Händen eine herabhängende Strickleiter und kletterte senkrecht daran in die Höhe. Sie führte zu einem Kletternetz hinauf, über das sie scheinbar auf Nataschas Hängebrücke hochwollte. Ava kletterte immer schneller auf Natascha zu. Jake überlegte, was er tun konnte, aber zwischen Ava und ihm spannte das Stahlseil mit dem blöden Höhenrad darauf. Trotzdem. Es half ganz sicher nicht, wenn er hier weiter rumstand und zusah. Egal, was Ava getan oder nicht getan hatte, Natascha ging zu weit.

Vor ihm wackelte das Fahrrad. Nur widerwillig setzte sich Jake auf den Sattel. Das Rad war zwar zwischen zwei Seilen befestigt, trotzdem wackelte es unter seinen ungeübten Bewegungen hin und her. Er trat auf die Pedalen und tatsächlich bewegte es sich vorwärts. Schön war das nicht, erst recht nicht, wenn man Höhenangst hatte.

Stoisch radelte Jake weiter auf die Holzplattform vor ihm zu. Das Rad schwang von rechts nach links. Er durfte nicht nach unten schauen. Bestimmt würde er sofort das Gleichgewicht verlieren und wie ein Blödmann auf einem Fahrrad in der Luft baumeln. Endlich stieß der Reifen ans Holz und er hangelte sich erleichtert herunter auf die sichere Plattform. Er legte den Kopf in den Nacken und sah zu Ava und den Seilen hinauf. Sie hangelte sich gerade auf das Kletternetz.

Plötzlich hielt Jake vor Schreck die Luft an und für einen Moment setzte seine Atmung aus. Das Seil, in das sich Ava eingeklinkt hatte, war nicht wie alle anderen am Drahtseil befestigt. Avas Sicherungsleine war gar keine Sicherungsleine, sondern nur ein Kletterseil, das lose über dem Stahlseil lag wie ein Pullover über einer Stuhllehne. Jake brach der Schweiß aus und sein Puls fing an zu rasen. Ava kletterte ungesichert in schätzungsweise dreißig Metern Höhe herum!

»Ava!«, rief er nach oben.

Im gleichen Moment dröhnte Dan Randys Stimme zu ihm herüber. »Bleibt in euren Trainingseinheiten!«

Jake hatte jetzt keine Zeit, mit Randy über die Situation zu diskutieren. Er musste Avas Seil so schnell wie möglich irgendwo festbinden. Einen Sturz aus dieser Höhe überlebte niemand. Instinktiv griff Jake nach dem losen Seil. Weil er nicht wusste, wo er es festbinden konnte, knotete er es einmal um sich selbst. Zusätzlich hielt er das Seil in seinen Händen und sah zu ihr nach oben. Sie hing mitten im Kletternetz und hatte fast die Hängebrücke erreicht, auf der Natascha stand.

»Ava! Deine Sicherung!«, rief Jake wieder.

Doch da rüttelte Natascha plötzlich am Netz. Sie wollte Ava ärgern, indem sie sie aus dem Gleichgewicht brachte. Das war fies, aber bestimmt wollte sie nicht, was dann passierte. In der nächsten Sekunde trat Ava ins Leere und fiel.

Ein heftiger Ruck riss Jake von den Beinen und schleuderte ihn von der Holzplattform. Er sauste in die Tiefe. Das Seil in seinen Händen rutschte ihm durch die Handflächen und riss dabei seine Haut auf. Unter ihnen brüllte Randy so laut, dass ein paar Vögel aufstoben. Noch bevor Jake verstand, was geschah, stoppte ein zweiter, viel stärkerer Ruck seinen Sturz und er baumelte in der Luft. Das Seil zog sich viel zu fest um seinen Bauch. Mit rasendem Herzen sah er nach unten. Ava hing nur noch an dem Seil, das er um sich herum geknotet hatte. Seine Sicherungsleine hatte sie beide gerettet. Jetzt durfte sich nur nicht der Knoten lösen!

»Alles okay?«, rief er nach unten.

Ava hob den Kopf und nickte. Ihr Gesicht war weiß wie Kreide.

Die Schlinge um Jakes Körper schnürte ihm langsam, aber sicher die Luft ab. Er japste nach Sauerstoff und hielt Ava krampfhaft fest. Sie hing viel schwerer an ihm, als er vermutet hätte.

Um sie herum ertönten panische Schreie. Sicher sah es genauso beängstigend aus, wie es sich anfühlte. Bruno war der Erste, der auf die Brücke kletterte, die ihnen am nächsten war. Er lehnte sich in ihre Richtung, doch trotz seiner Größe erreichte er sie nicht.

Da ging ein Ruck durch das Seil. Für einen Moment dachte Jake, sie würden fallen, doch stattdessen zog sie jemand nach oben. Es war Mr Randy. Er ächzte unter ihrem Gewicht und endlich fühlte Jake wieder die Holzdielen der Plattform unter sich. Ihm fiel ein Stein von der Größe eines Gebirges vom Herzen. Noch nie hatte er sich sicherer gefühlt als jetzt, auch wenn er sich dabei in dreißig Meter Höhe befand und in Dan Randys fassungsloses Gesicht blickte.

Käsebleich saß Ava neben Jake. Sie brachte keinen einzigen Ton heraus, während Mr Randy mit zittriger Stimme einen Vortrag über Verantwortung hielt und ihr für den Rest des Schuljahres verbot, den Hochseilgarten zu betreten. Stattdessen würde sie dieses Schuljahr mit Gymnastikübungen am Boden verbringen. Und eine Verwarnung würde noch folgen.

Jake sah zu Natascha hinüber, der ebenfalls alle Farbe aus dem Gesicht gewichen war. Trotzdem sagte sie keinen Ton und tat so, als hätte sie mit der ganzen Sache nichts zu tun. Erstaunlicher war jedoch, dass Ava in Randys Beisein Natascha ebenso wenig erwähnte. Auch die Gemeinheiten ihr gegenüber verschwieg sie eisern.

Mit der Ankündigung, dazu ein Gespräch mit Mrs Claus führen zu müssen, beendete Dan Randy den Unterricht für heute und brachte Ava und Jake in die Erste-Hilfe-Station der Burgruine. Erst als sie die wieder verlassen durften, zog Finley die beiden zu sich in den Wohnwagen. Er hatte Avas Tagebuch in der Hand und reichte es ihr. Es war noch immer verschlossen. Ava versank damit blass und still im Sofa.

»Ich hab Randy erzählt, was passiert ist«, sagte Finley. »Natascha muss sich noch auf ein Donnerwetter einstellen. Und sie muss einen Anti-Aberglaube-Intensivkurs machen. In jeder ihrer Freistunden wird Mrs Claus ihr das Thema *Böse Flüche* noch einmal ausgiebig erklären.« Finley holte drei Limonadenflaschen aus dem Kühlschrank und reichte jedem eine davon. Seine leerte er in einem Zug.

»Danke!«, stieß Ava hervor und warf Jake dann ein unsicheres Lächeln zu. »Schätze, ohne dich wäre ich jetzt nicht mehr hier.«

Jake lächelte zurück.

Da sank Finley ebenfalls ins Sofa und grinste Ava schief an. »Ich finde das echt unfair. Seit Ewigkeiten gebe ich mir die größte Mühe, dass Randy mich endlich von seinem Unterricht ausschließt, und was passiert? Ausgerechnet unsere Kletterkönigin darf die Seile nicht mehr betreten.«

Jake entfuhr ein Lachen. »Kein Problem, nächstes Mal musst du einfach nur ungesichert aus großer Höhe springen. Nichts leichter als das.«

Finley prustete los und auch Ava konnte sich ein Lächeln nicht verkneifen.

»Ich behalt's mir mal als Plan B im Gedächtnis.«

# 14

Seit Tagen schon prasselte der Regen gegen die Fensterscheiben. Jake, Finley und Ava lümmelten in einer der Sofaecken des Baumhauses. Seit der Sache im Hochseilgarten verbrachte Ava immer mehr Zeit mit ihnen.

Finley schraubte an einer Taschenlampe herum, die auf seinem Schoß lag. Wegen irgendetwas war er mies drauf und murrte in regelmäßigen Abständen vor sich hin. Die Taschenlampe war allerdings sicher nicht der Grund für Finleys Ärger. Begeistert hatte er ihnen schon vor Tagen erklärt, dass er sie in eine neue Wundermaschine umbauen wollte – einen »Emometer«, wie er es nannte. Damit würde er dann die Gefühle der Menschen um sich herum messen können oder so was in der Art. Für Jake war das zwar nur eine Taschenlampe, er biss sich aber jedes Mal auf die Lippen, bevor ihm ein Kommentar dazu entfuhr. Schließlich machte es keinen Sinn, Finleys schlechte Laune noch zu verschlimmern.

Wieder schimpfte Finley vor sich hin und Ruby hob wie jedes Mal, wenn er das tat, erstaunt ihren Kopf. Die Hündin hatte sich zu ihren Füßen ausgestreckt und döste.

»Jetzt sag schon, was ist los?«, fragte Ava schließlich.

»Nichts!«, grummelte Finley nur.

Jake grinste, als ihm etwas einfiel. »Er ist erst so drauf, seit er wegen seiner Jahresaufgabe bei Lady Honoray war.«

»Oh, was musst du machen?« Ava sah Finley mit hochgezogenen Augenbrauen an.

Rabiat riss Finley ein Kabel aus der Taschenlampe. »Lady Honoray hat meinen gelesenen Text mit Absicht falsch gedeutet! Und jetzt habe ich die bekloppteste Jahresaufgabe, die man überhaupt bekommen kann. Eine, die gar nicht erlaubt sein dürfte.«

»Und die wäre?«, fragte Ava unnachgiebig.

»Ich will nicht darüber sprechen, okay?«

Ava kicherte. »Muss ja *wirklich* schlimm sein.«

»Ist sie! Und außerdem willst du über deine Aufgabe auch nichts verraten, stimmt's, Foxworth?«

Ava sah zu Boden und ließ sofort das Thema fallen.

Jake fiel wieder ein, dass er im Gegensatz zu den beiden nicht mal über seine Jahresaufgabe sprechen durfte – selbst *wenn* er gewollt hätte.

Finley räusperte sich zufrieden und konzentrierte sich erneut auf seine Taschenlampe.

»Sag mal, Ava«, nutze Jake die Gelegenheit. »Was genau sind diese geheimen Mutproben?«

Sie hob einen Mundwinkel. »Ich hätte geschworen, das ist nichts für dich. Aber nach deiner Heldenrettung im Hochseilgarten, wer weiß?« Ava beugte sich nah zu Jake, sodass Finley sie nicht mehr hören konnte. »Das ist ein geheimer Wettkampf unter den Schülern. Jedes Jahr wird der Titel *Queen* oder *King Caravan* vergeben. Ist nur ein Spiel, weiter nichts. Aber wer es gewinnt, wird gefeiert wie ein Held und darf allen anderen Teilnehmern für den Rest des Schuljahres Dinge auftragen, die dann ohne Widerrede erledigt werden müssen. Ich will dieses Jahr unbedingt gewinnen, mir fallen vor allem für Natascha viele tolle Aufgaben ein.« Ava zwinkerte Jake zu. »Die Lehrer dürfen es natürlich auf keinen Fall mitbekommen. Vor ein paar Jahren, bevor ich an die Schule gekommen bin, wurden die Schüler mal erwischt. Deshalb ist es jetzt strengstens verboten, daran teilzunehmen.« Sie grinste schelmisch. »Demnächst kann man sich anmelden. Erst danach erfährt man die Aufgaben. Ist ziemlich gefährlich! Melde dich auf keinen Fall an, wenn du Höhenangst hast!«

»Höhenangst? Ich hab doch keine Höhenangst«, erwiderte Jake mit einem überspitzten Lachen. »Zumindest nach heute nicht mehr.«

Langsam füllte sich das Baumhaus und unter den Schülern knisterte es nur so vor Anspannung. Es wurde getuschelt, sich Zettel zugesteckt, geprahlt und angegeben, bis sich eine wilde Diskussion darüber entfachte, wer dieses Jahr wohl die Mutprobe gewinnen würde.

Die meisten Schüler setzten auf Natascha und ihre Fähigkeit, andere außer Gefecht zu quatschen. Jake musste leider zugeben, dass das wirklich eine sehr mächtige Gabe war. Andere favorisierten eher Ella, die einem den Rucksack leerräumen konnte, ohne dass man es merkte – selbst wenn man direkt neben ihr stand. Piet schwafelte ohne Pause davon, dass er sich sogar an nur einem Finger in die Höhe ziehen konnte, und während Jake noch überlegte, womit er irgendjemanden vom Hocker hauen konnte, begann Carson bereits, Wettscheine anzunehmen. Natürlich setzte niemand auf Jake, nicht einmal Jake selbst. Sein Mimiklesen würde ihm hier auch nicht weiterhelfen.

Bevor sich das Baumhaus wieder zu leeren begann, verkündete Bart, dass alle, die an der Mutprobe teilnehmen wollten, ihren Namen auf einen Zettel schreiben, diesen zukleben und unter das Sitzpolster des blauen Sessels legen sollten. In ein paar Tagen würde jeder, der sich zu der Mutprobe angemeldet hatte, eine Antwort erhalten.

Nach kurzem Zögern legte auch Jake einen Zettel mit seinem Namen unter das Polster, auch wenn Finley ihm daraufhin einen Vogel zeigte und den gesamten Weg zum Wohnwagen nur noch von den Gefahren quasselte, denen man sich in der Mutprobe bislang hatte stellen müssen.

»Beklag dich später bloß nicht bei mir, wenn dir danach ein Bein fehlt oder du mit einem Auge weniger rumlaufen musst.«

Aber Jake war fest entschlossen. Er würde auf jeden Fall teilnehmen, ganz egal, was Finley auch sagte. Das war seine Chance, nicht mehr bloß der dusselige »Neue« zu sein, der in allem hinterherhinkte. Zumindest hoffte Jake das. Er musste sich nur noch überlegen, wie er gegen all diese Superkids hier ankommen konnte.

*

Als Jake am nächsten Morgen aufwachte, sprang er eilig aus dem Bett. Die letzten Wochen hatten alle darauf gewartet, dass es losging. Und heute war es endlich so weit: der Tag der Mutprobe. Weil Bart außerhalb des Unterrichts seine Kopfhörer nur selten abnahm und deshalb immer viel zu laut sprach, hatte Jake gehört, dass man sich heute beim Kochdienst über die Waffeln vom Buffet beschweren sollte. Wenn man das tat, bekam man angeblich Uhrzeit und Ort der Mutprobe gesagt. Beim bloßen Gedanken daran begann Jakes Herz zu pochen.

So schnell wie heute hatte er es noch nie geschafft zu duschen, Zähne zu putzen und in seine Klamotten zu steigen. Eilig trieb

Jake Finley auf ihrem Weg zum Frühstücksraum vor sich her. Doch der interessierte sich nicht für die Aufregung ringsherum, sondern ging geradewegs zum Buffet. Heute war es so gut wie unangetastet. Die meisten Schüler beschwerten sich anscheinend beim Koch. Während Finley seinen Waffelturm in Sirup ertränkte, stand Jake auf und ging in Richtung Küche. Dort traf er auf Carson, der ihn grinsend begrüßte. Offensichtlich hatte er sich heute zum freiwilligen Küchendienst gemeldet. Finley hatte davon erzählt, dass man hin und wieder ein paar unliebsame Aufgaben wie Putzen, Küchendienst und Archivarbeit in der Bibliothek übernehmen musste. Finley drückte sich meisterhaft vor diesen Aufgaben und somit war auch Jake bislang davon verschont geblieben.

»Ich möchte gern eine neue Waffel. Die vom Buffet kann man heute nicht essen«, spulte Jake den Code für die Mutproben herunter.

»Ist das so?« Carson sah ihn von oben bis unten an. Dann griff er einen Teller und legte eine neue Waffel darauf, die er von einem dampfenden Stapel neben sich nahm. Mit offenem Mund blickte Jake auf seinen Teller. Hatte Carson vielleicht nicht verstanden, dass er auch an den Mutproben teilnehmen wollte?

Gerade als Jake protestieren wollte, drängelte hinter ihm eine Schülerin. Carson nickte in Richtung Jakes Waffel und gab ihm mit einem »Guten Appetit« zu verstehen, dass er Platz machen sollte. Geknickt setzte sich Jake zu Finley und goss sich ebenfalls Sirup über seinen Teller. Vielleicht durfte ja nicht jeder mitmachen? Frustriert schnitt er mit dem Messer in seine Waffel. Aber halt, unter der Waffel klebte etwas. Langsam hob er sie an und zog einen Zettel hervor. Vorsichtig faltete er ihn unter dem Tisch auseinander. Die Aufgaben! Eilig klaubte er die verklebten Krümel herunter und las.

Teilnahmebedingungen:

Niemand darf betrügen, andere behindern oder gefährden. Oder zumindest darf er nicht dabei erwischt werden. Der Wettkampf startet heute um zehn Uhr morgens, zeitgleich, wenn sich die Lehrer zu ihrer Teamsitzung treffen.

Aufgaben:

1. Besorge eines von Dan Randys Seilen inklusive vollständiger Kletterausrüstung sowie eine von seinen furchtbaren »Entspannungs-CDs« (ihr wisst schon, Randys komischer Tick mit den Harfen).
2. Klettere im Nachbarort Mullport auf das Dach des alten Pflegeheims.
3. Starte von dort aus den Parcours. Wer schummelt, fliegt!
4. Am Ende des Parcours findest du eine Kiste, in der ein Schlüssel zu Lady Honorays Wagen liegt.
5. Sieger wird, wer es schafft, ein Foto von sich vorm Safe im Orakel-Wagen zu machen!

Carson ist offizieller Schiedsrichter.

Viel Glück ... vor allem, wenn euch die alte Schreckschraube erwischt.

# 15

Jake war auf dem Weg zum Hochseilgarten. Es war nicht zu fassen, sie sollten in den Orakel-Wagen einbrechen! Überall auf dem Gelände hörte er ungläubiges Getuschel darüber, wie das bitte möglich sein sollte.

Es war bestes T-Shirt Wetter, der Himmel strahlte im herrlichsten Blau und die Vögel zwitscherten von den Bäumen. Doch als er im Wald ankam, stellte Jake fest, dass er offensichtlich der Letzte war. Warum hatte er auch so lange dazu gebraucht, sich unbemerkt eine Landkarte und einen Fotoapparat von Finley zu besorgen? Jetzt waren die anderen Schüler bestimmt längst über alle Berge. Trotz allem knotete er sich eines der übrig gebliebenen Seile vom Baum und ging zum Ausrüstungsschuppen hinüber. Aus einiger Entfernung beobachtete er, wie Ella und Natascha die kleine Holzhütte gerade verließen. Na klasse, einige schlossen sich also auch noch in Zweierteams zusammen. Das hätten die anderen ihm auch mal früher sagen können. Als Jake auch noch die leeren Kisten im Ausrüstungsschuppen entdeckte, verließ ihn fast der Mut. Nur ein kneifender Gurt und ein Helm, der ihm im Gegensatz dazu vom Kopf rutschte, waren noch übrig.

Egal, jetzt brauchte er erst mal eine von Mr Randys Beruhigungs-CDs – warum auch immer. Je näher Jake sich an den Wohnwagen heranschlich, desto deutlicher hörte er Nataschas eindringliche Stimme, mit der sie beharrlich auf ihren Sportlehrer einredete. Mr Randy kannte Nataschas Fähigkeiten offenbar gut genug. Er schwankte schon leicht und hatte es dann plötzlich sehr eilig, zurück zur Burgruine zu kommen.

Die Tür von Randys Wohnwagen öffnete sich lautlos und Ella glitt hinaus. Ohne lange nachzudenken, nutzte Jake die Gelegenheit und rannte zur Tür, bevor sie wieder ins Schloss fiel. Ella warf ihm einen erstaunten Blick zu, ließ ihn aber in den Wohnwagen.

»Trittbrettfahrer!«, rief ihm Natascha zu und Jake hörte, wie die Mädchen lachend davonliefen.

Dan Randy hatte seine Einrichtung nach praktischen Kriterien ausgewählt und seinen Wagen spärlich möbliert. Allein eine Hi-Fi-Anlage mit überdimensionierten Lautsprecherboxen füllte einen Großteil der Wand. Drei Paar polierte Cowboystiefel standen dekorativ in einem Schuhregal. Jake überflog hastig die Titel der ordentlich im Regal aufgereihten CDs. Er griff sich eine von ihnen mit warmen gelben Farbverläufen auf dem Cover. »Die Ruhe ist der Quell der Erleichterung«, las er. Schmunzelnd steckte er sie sich in seinen Hosenbund und schlich wieder hinaus. Kaum zu glauben, wie einfach das gewesen war. Mit neuem Auftrieb griff sich Jake seine Kletterausrüstung und rannte mithilfe der Landkarte durch den Wald Richtung Mullport. Nirgends waren die anderen Schüler zu entdecken.

Endlich gelangte Jake zur Landstraße, die ihm noch von seiner Ankunft in Erinnerung war. Von hier ging es nur noch geradeaus. Um die anderen einzuholen, sprintete Jake los, immer am Rand der Landstraße entlang.

Völlig aus der Puste erreichte er eine knappe Viertelstunde später Mullport. Den Ortseingang säumten alte Steinhäuser mit verwilderten Vorgärten. Das gesamte Dorf schien wie ausgestorben. Niemand war weit und breit zu sehen und scheinbar war keines der Häuser mehr bewohnt. Trotzdem stieg in Jake ein mulmiges Gefühl hoch, als ob ihn jemand beobachtete. Immer wieder glaubte er, den Schatten einer Person hinter sich zu entdecken. Doch wenn er stehen blieb und sich umsah, war nichts und niemand zu sehen.

Das alte Pflegeheim war leicht zu finden. Es war mit Abstand das höchste Haus, ein vierstöckiger alter Steinbau mit hohen herrschaftlichen Fenstern im Erdgeschoss. Ein stillgelegter Brunnen stand mitten auf dem Platz davor. Jake vermied es, auf den Platz zu treten, und umrundete das Gebäude. Zum Glück. Denn als er gerade hinter einer der Hecken verschwand, entdeckte er Sherwin Domsdale. Unschlüssig verharrte Jake in seinem Versteck. Sherwin saß ihm genau gegenüber auf einer Parkbank. Lässig zurückgelehnt blinzelte er in den Himmel. Ob sein Lehrer Wind von der Mutprobe bekommen hatte und nun hier wartete, um sie abzufangen? Aber hätte er dann nicht der Schulleiterin Bescheid geben müssen und Alarm schlagen? Vielleicht wollte er ihnen aber auch die Strafe ersparen? Immerhin war Sherwin nicht so alt wie alle anderen Lehrer und der Liebling der meisten Schüler.

Egal. Es spielte sowieso keine Rolle. So spät, wie Jake dran war, konnte er doch gar nicht mehr gewinnen. Aber aufgeben wollte er auch nicht. Vorsichtig schlich er hinter den Büschen zur Hinterseite des Gebäudes und schaute nach oben. Die Glasscheiben hinter den ramponierten Fensterläden waren größtenteils zerbrochen. Jake drückte die Klinke der Hintertür hinunter. Knarrend schob sie sich auf und er trat in die staubige Dunkelheit des Hauses ein. Hinter ihm fiel die Tür zu. Kurz mussten sich seine Augen an das kaum vorhandene Licht gewöhnen. Vor ihm erkannte er ein morsches Treppenhaus. Vorsichtig trat er auf die Holzstufen, die bei jedem seiner Schritte knarrten, und als er nach dem Geländer griff, fing auch das unter seinem Griff zu wackeln an.

Auf den schmutzigen Stufen entdeckte Jake jede Menge Fußabdrücke. Also war er hier zumindest nicht falsch. Er wusste zwar nicht, was man auf einem verfallenen Hausdach für Mutproben bestehen sollte, aber er würde schon nicht davon runterspringen müssen. Hoffentlich.

Im vierten Stock angelangt öffnete Jake eine schwere Eisentür, die nach draußen auf das Flachdach führte. Von seinen Geräuschen aufgescheucht, stoben ein paar Tauben auf. Vor ihm entdeckte Jake die anderen Schüler. Da waren Carson, Piet, Bruno, Bart und Ava. Als Ava ihn entdeckte, kam sie ihm gleich entgegen.

»Bist du sicher, dass du hier mitmachen willst?«, fragte sie.

Jake nickte. »Worauf warten alle?« Eigentlich sollte das hier doch ein Wettlauf sein, oder nicht?

»Auf Carsons Zeichen zum Start«, antwortete Ava. »Der Schiedsrichter muss sicher sein, dass die Luft rein ist. Da passiert's schon manchmal, dass wir ein bisschen warten müssen.«

»Oh, hallo Neuer!« Piet grinste breit, während er viel zu nah an der Dachkante einen Handstand machte.

»O'Dayman«, grüße Jake kurz zurück. Nach dem angespannten Lächeln und den kleinen Schweißperlen auf Piets Gesicht zu urteilen, hatte er wahrscheinlich am meisten Angst von allen, aber Jake sah keinen Grund, ihn jetzt vor allen bloßzustellen.

Unter dem Haus hörten sie plötzlich donnernde Schritte im

Kies und eine Frauenstimme schimpfte. Es kam genau aus der Richtung, in der Sherwin gesessen hatte. Jake legte sich mit den anderen auf das Flachdach und spähte über die Dachkante. Tatsächlich saß Sherwin immer noch auf der Parkbank, während eine wutschnaubende Lady Honoray auf ihn zusteuerte. Ihre weißen Locken wehten mit ihrer Kittelschürze um die Wette.

»Was macht *die* denn jetzt hier«, stöhnte Bruno genervt, während sein Bruder sich neugierig die Kopfhörer von den Ohren schob.

»Mein schöner Vorsprung …«, murmelte Ava.

Überschäumend vor Wut redete Lady Honoray auf Sherwin ein, der nur stockend darauf antwortete. Jake hörte zwar nicht, was genau Lady Honoray sagte, trotzdem hatte er schon jetzt Mitleid mit Sherwin. Das Orakel wirkte auf Jake so unberechenbar und kühl wie das schottische Wetter.

Piet rutschte von allen am weitesten über die Dachkante. Was für ein Angeber, dachte Jake. Doch nachdem Piet seinen Kopf weit über das Dach geschoben hatte, rutschte ihm sein loser Helm vom Kopf und knallte wenige Sekunden später in einen Busch. Augenblicklich schoben sich alle zurück und warfen sich panische Blicke zu. Bart verzog schmerzvoll das Gesicht und drückte sich schnell seine Kopfhörer zurück auf die Ohren. Sie verharrten so still wie möglich und lugten vorsichtig hinunter. Niemand gab noch einen Mucks von sich. Dafür kassierte Piet einen wütenden Blick nach dem anderen.

»Sorry«, gab er mit stummen Lippenbewegungen zu verstehen.

Jake sah, wie Sherwins Kopf sich in Richtung des Helmes neigte, aber zum Glück sagte er dazu kein Wort zu Lady Honoray. Stattdessen schmunzelte er nur und hörte ihrem Vortrag bis zum Ende zu.

»Über was haben sie geredet?«, fragte Bruno seinen Zwillingsbruder.

»Irgendwas über das Skriptum und dass es woanders aufbewahrt werden sollte, solange … bis … keine Ahnung«, sagte Bart. »So richtig habe ich den Zusammenhang nicht verstanden und dann ist Piets Helm runtergeknallt.«

Sobald Sherwin und Lady Honoray verschwunden waren, richteten sich alle wieder auf und machten sich bereit.

»Ich hab den Parcours mit Kreidepfeilen markiert«, sagte Carson. »Ihr erkennt leicht, wo ihr langmüsst. Am Ende findet der Erste von euch den Schlüssel zum Orakel-Wagen. Alle anderen gehen leer aus.« Ohne auch nur eine weitere Sekunde verstreichen zu lassen, griff sich Piet einen Karabinerhaken und klinkte ihn an seinen Klettergurt. Dann griff er nach dem Drahtseil und hakte den Karabiner daran fest. In einer langen Bahn führte das Seil zum nächsten Hausdach hinunter. Jake drehte sich um. Hinter Carson war die Halterung um den bröckelnden Schornstein des Pflegeheims gewickelt. Das hielt doch nie!

Viel Zeit zur Panik blieb Jake jedoch nicht. Denn im nächsten Moment sauste Piet am Drahtseil hinüber auf das andere Hausdach. Jake zog die Luft ein. Das war wirklich nichts für jemanden mit Höhenangst. In Windeseile seilten sich die restlichen Schüler hinter Piet an. Von hier oben sah Jake, wie der Parcours weiterging. Als Nächstes balancierten alle über eine schmale Mauer von der Breite eines Frühstücksbrettchens. Sie endete im Nichts. Jake konnte kaum hinsehen. Die Mauer war haushoch. Wenn Piet nur einen falschen Schritt machte, war es aus. Finley hatte recht gehabt, nur lebensmüde Irre nahmen hier dran teil.

Jake wurde richtig schlecht, doch da klinkte ihn Ava schon mit einem Karabiner an das Drahtseil ein und sagte: »Gesichert und LOS!«

Jake wollte widersprechen – lauthals und sehr entschieden –, aber da versetzte Carson ihm schon einen ungeduldigen Stoß. Augenblicklich flog Jake wie eine Rakete durch die Luft auf das gegenüberliegende Hausdach zu.

Als er unten ankam, hörte er hinter sich einen neuen Karabiner über das Seil sausen. Ava raste bereits mit wehendem Pferdeschwanz auf ihn zu. Er musste sich schleunigst vom Seil losklinken, damit sie nicht mit voller Wucht aufeinanderprallten. Endlich klackte der Karabiner auf und Jake hopste noch rechtzeitig auf die schmale Mauer. Schon trat Ava hinter ihn und Jake versuchte, sich krampfhaft auf jeden seiner Schritte zu konzentrieren.

Vor ihnen hatte das Wettrennen über die Dächer, schmalen Mauern und Balkongeländer bereits begonnen. Piet setzte gerade zum Sprung an. Dabei ließ er sich extra so fallen, dass er mit den Händen an der Dachkante landete und sich nun im letzten Moment daran hochziehen konnte.

Was für ein Wahnsinn! Jake überlegte, wie er aus der Nummer lebendig herauskommen sollte, da hielt ihn Ava an der Schulter fest und zeigte seitlich von der Mauer auf einen Vorsprung. Eine Feuerleiter führte von dort hinunter.

»Komm mit! Ich schulde dir noch was.«

Jake verstand zwar überhaupt nicht, warum Ava die Mutproben plötzlich freiwillig abbrach, aber er folgte ihr erleichtert. Wenn die sich hier alle die Genicke brechen wollten, bitte. Sein Ding war das echt nicht. Als er wieder Gras unter seinen Füßen spürte, atmete er erleichtert auf und verschnaufte. Doch Ava winkte ihn eilig weiter.

# 16

Komm schon, sonst verlieren wir noch!«

»Aber –« Keuchend rannte Jake Ava hinterher. »Aber wir haben den Parcours abgebrochen! Wir können doch gar nicht mehr gewinnen!«

»Klar! Können wir schon. Aber nur, wenn du mal einen Zahn zulegen würdest!«

Jake traute seinen Ohren kaum. Ava mogelte und es war ihr nicht mal peinlich. Sprachlos folgte er ihr durch die Seitengassen von Mullport. Es war seltsam, aber Jake fühlte sich aufs Neue beobachtet, obwohl außer Ava und ihm niemand in der Nähe war.

Ava lotste ihn zu einem weiteren leer stehenden Haus am Rand des Ortes. Entfernt glaubte Jake, Schritte im Kies knirschen zu hören. Auf seinen Armen breitete sich Gänsehaut aus, während Ava vorsichtig die Haustür aufdrückte und sie unter Quietschen öffnete. Sie lugte in den Flur des Hauses und winkte Jake hinterher. Unter ihren Füßen knarrten die staubigen Holzstufen. Im Treppenhaus roch es nach schimmligem, feuchtem Holz und in den Ecken hingen Spinnennetze.

»Merkt Carson nicht, wenn wir den Parcours nicht laufen?« Jake stieg hinter Ava die Stufen hinauf.

Ava drehte sich um und warf ihm einen unbeeindruckten Blick zu. »Glaubst du ernsthaft, der ist so doof, selbst den Parcours zu laufen?« Sie schüttelte belustigt den Kopf. »Das machen jedes Jahr nur Piet und seine Fangruppe. Na ja, und Bart und Bruno, weil das für die kein großes Problem ist. Aber dieses Jahr gewinnt man die Mutprobe nur, indem man in den Orakel-Wagen kommt. Ob man vorher brav den Parcours gemacht hat oder nicht, spielt keine Rolle.«

Jake grinste. Wo sie recht hatte, hatte sie recht. Mittlerweile waren sie im zweiten Stock angelangt und durchstreiften die verrottenden Räume. In einem ehemaligen Schlafzimmer fehlte ein großer Teil des Daches und Efeu rankte sich gierig die Wände hinab.

»Und was machen wir hier?«, fragte Jake.

Ava gluckste. »Wir suchen natürlich die Kiste mit dem Schlüssel. Ich wette, sie ist hier irgendwo versteckt!«

»Wieso glaubst du das?«

»Ich hab so meine Quellen.«

»Ah ja.« Jake zog genervt seine Augenbrauen hoch. »Aber selbst verrätst du nicht gerade viel, was?«

Ava blickte ihn verständnislos an. »Wie meinst du das denn?«

»Na ja, du erzählst freiwillig nie irgendetwas von dir.«

Ava stutzte. »Also gut. Carson verplappert sich leicht, okay? Wenn man ihm nur genug Fragen stellt, dann rutscht ihm früher oder später etwas raus.«

»Und ich hatte schon befürchtet, du könntest hellsehen«, gab Jake zurück und öffnete eine weitere Tür. Plötzlich stand er vor einem kniehohen Metallkäfig von der Größe einer Gefriertruhe. Es zischelte darin.

»Ähm … Ava?«, rief er und ging vorsichtig darauf zu. Durch die Ritzen des Käfigs erkannte er kräftige schillernde Körper, die sich wie armdicke Seile umeinanderwanden. Hinter ihm betrat Ava das Zimmer und stockte. Als mit einem Mal eine gespaltene Zunge aus dem Käfig zischte und wieder darin verschwand, entfuhr ihr ein Schrei. Hastig machte sie zwei Schritte rückwärts.

»Das sind doch nur ein paar Schlangen«, sagte Jake und strich auf der Suche nach einer Öffnung über den Käfigdeckel.

»Das sind Würgeschlangen!« Avas Stimme klang viel schriller als sonst.

»Stimmt. Und sie sind wütend«, ergänzte Jake.

Im Käfig kämpften die Schlangen um den geringen Platz darin. Gereizt zischten sie sich gegenseitig an. Jake riss einen Zettel ab, der mit Tesafilm daran befestigt war. »Der Schlüssel, den ihr sucht, liegt am Boden des Käfigs«, las er darauf. Darunter war ein »Ha ha« und ein Smiley gekritzelt.

Ein angewidertes Stöhnen entfuhr Ava. »Die denken sich jedes Jahr schrägere Sachen aus. Da hilft es einem gar nichts mehr, Erster zu sein. An den Schlüssel kommen wir nie, so ein Mist!«

Jake seufzte. Aufgebracht schossen ihm die Zungen entgegen und verschwanden wieder. Eigentlich hatte er mittlerweile gar keine Lust mehr auf das Ganze, aber wenn Ava in den letzten Tagen etwas wichtig gewesen war, dann war es, die Mutprobe zu gewinnen. Jake wusste zwar nicht genau, warum sie bei einigen so unbeliebt war, aber scheinbar glaubte sie, dass der Gewinn dieses Titels ihr endlich ein bisschen mehr Anerkennung einbringen würde.

Also schön.

Vorsichtig berührte Jake die Gitterstäbe. Sofort bäumten sich zwei der Schlangen auf und zischten aufgebracht. »Immerhin sind es keine Giftschlangen«, murmelte er vor sich hin.

Jake hob einen Stock vom Boden auf. Es war ein alter Ast, den der Wind ins Zimmer gefegt hatte. Vorsichtig schob er ihn zu den Schlangen hinein. Vielleicht könnte er damit den Schlüssel am Käfigboden finden und ihn durch die Gitterstäbe schieben? Doch bevor der Stock auch nur den Boden berührte, knackte er und Jake hielt nur noch den kurzen Rest davon in der Hand. Die Schlangen hatten in Windeseile den Stock zu Bruch gebracht.

»Wer kommt auf die bescheuerte Idee, Schlangen auf so engem Raum einzusperren?« Jake umrundete den Käfig und überlegte, wie er einerseits an den Schlüssel kommen und gleichzeitig die Schlangen beruhigen konnte. Als er sich hinhockte, piekte ihn etwas Hartes in den Bauch. Na klar! Er zog die CD von Dan Randy aus seinem Hosenbund.

»Meinst du, hier gibt es zufällig einen CD-Player?«

»Na ja, wohl eher …« Ava brach mitten im Satz ab und tippte Jake auf die Schulter. »Da. In der Ecke steht einer. Ich glaube, das ist der aus unserem Baumhaus.«

Jake ging hinüber und legte Randys CD ein. Kurz darauf erklangen lang gezogene weiche Harfentöne. »Ist hier ja alles perfekt vorbereitet worden, was?«

Ava kicherte. »So was hört sich Mr Randy an, wenn er allein ist? Oh Mann …«

Die Harfenklänge beruhigten, so viel stand fest. Aber ob das bei Schlangen auch wirkte? Mit einen Klack öffnete Jake vorsichtig den Deckel des Käfigs.

»Spinnst du?« Ava trat schnell mehrere Schritte zurück.

»Ich versuche, den Käfig zu kippen, vielleicht rollt der Schlüssel irgendwie raus«, schlug Jake vor. »Oder hast du eine bessere Idee?« Widerwillig schüttelte Ava den Kopf und Jake hob den Deckel weiter an. Um den Schlüssel zu erreichen, mussten die Schlangen erst mal aus dem Käfig raus. Ava wurde bleich und zog sich vorsichtshalber aufs Fensterbrett zurück. Inständig hoffte Jake darauf, dass die Schlangen ihm nichts tun würden, solange er ihnen auch nichts tat. Randys sanfte Harfenmusik half tatsächlich. Die Tiere beruhigten sich. Sie entflohen zwar eilig der Enge des Käfigs, kümmerten sich aber nicht weiter um Ava oder Jake. Nachdem alle Schlangen aus dem Käfig gezischelt waren, griff Jake in den Käfig hinein.

»Sei vorsichtig, vielleicht ist da noch eine drin!«, entfuhr es Ava.

Vor dem Haus ertönten Schritte.

»Mach schon«, flüsterte Ava. »Die anderen kommen!«

»Ich hab ihn«, triumphierte Jake, als seine Hand endlich den winzigen Schlüssel ertastete.

»Okay, Schlangenbeschwörer. Lass uns verschwinden, sonst sind wir den Schlüssel gleich wieder los!« Ava winkte Jake zum Fenster hinaus. An den dicken Ästen des Efeus kletterte sie eilig aus dem Zimmer.

*

Möglichst unauffällig umrundeten Jake und Ava den Orakel-Wagen und lauschten, ob Lady Honoray zu Hause war. Außer dem schwarzen Kater, der sie vom Dach aus beobachtete, war nichts und niemand zu hören. Jake betrat die Veranda. Sofort sträubte der Kater sein Fell und fauchte so angsteinflößend, dass Jake augenblicklich in seiner Bewegung erstarrte. Weil Jake nicht zurücktrat, sprang er vom Dach und stellte sich vor die Tür. Fauchend hob er den Schwanz und funkelte böse. Jake schluckte. Wie kamen sie nur an dieser Kratzbürste vorbei?

»Hallo, Sir Lancelot«, sagte da Ava und ging auf den Kater zu. Ihre Stimme wurde ganz weich. »Ich bin's doch nur.« Sie ließ sich von ihm beschnuppern und wie von Zauberhand glättete sich sein Fell. Kurzerhand nahm Ava ihn auf den Arm und kraulte seine Ohren. Dabei schnurrte er lauter als ein laufender Motor.

»*Sir Lancelot?*« Jake hob eine Augenbraue und warf Ava einen fragenden Blick zu. »Ich hätte gewettet, sein Name ist Darth Vader oder so.«

Ava verdrehte die Augen und bat Jake um den Schlüssel. »Ich versteh nicht, warum niemand den Kater mag. Es ist doch sein Job, auf den Orakel-Wagen aufzupassen. Immerhin können wir jetzt sicher sein, dass Lady Honoray nicht zu Hause ist.«

Damit steckte Ava den Schlüssel ins Schloss und drehte ihn mehrmals um. Hinter der Tür des Orakel-Wagens knackten mehrere Schlösser hintereinander auf. Ava spähte in den Wagen, dann trat sie mit dem Kater auf dem Arm ein. Hinter ihnen schloss Jake vorsichtig die Tür. Es war düster im Inneren und in der Luft flirrte Staub. Ava legte den Kater auf einen der Korbsessel und reichte ihm einen Keks, den sie aus einer Schale fischte. Scheinbar kannte sich Ava hier gut aus. Der Tisch mit den goldenen Beinen, auf dem bei Jakes letztem Besuch noch das Skriptum Futurum gelegen hatte, war leer.

Ava stand vor dem brüchigen Wandteppich und schob ihn zur Seite. Dahinter, in der massiven Metallwand, entdeckte Jake einen eingebauten Safe. Ein verzweigtes Netz aus geschwungenen Metallwindungen lag darum herum und hielt ihn verschlossen.

»Da ist er«, flüsterte Ava.

Doch bevor Jake nach Finleys Kamera greifen konnte, hantierte jemand an der Tür. Die Stimme der Schulleiterin erklang auf der Veranda. Jake und Ava sahen sich mit aufgerissenen Augen an. Was sollten sie jetzt tun? Wo sollten sie hin? Panisch zog Ava Jake die Stufen in das zweite Geschoss des Wagens hinauf. Es war eher ein halbes Geschoss, so niedrig war die Decke über ihren Köpfen. Dort oben stand ein Bett und darum stapelten sich haufenweise Bücher.

»Eigentümlich, nicht wahr?«, hörte Jake Lady Honoray sagen, während sie die Tür öffnete. »Ich könnte schwören, dass ich den Wagen verschlossen hatte.«

Jake und Ava hielten gleichzeitig die Luft an. Wenn die zwei Frauen sie hier entdeckten, war das ganz sicher ihr letzter Tag in Mount Caravan – »Wunderkind« hin oder her. Jake hörte, wie sich jemand in einen der knarzenden Korbsessel setzte. »Wie konnte das nur geschehen?«, hörte er Mrs Claus sagen. »Ich hatte so gehofft, dass wir dieses Jahr die elendigen Mutproben unterbinden könnten. Unsere arme Ella. So etwas darf einfach nicht passieren!«

Vorsichtig lugte Jake nach unten. Lady Honoray schritt wie ein Tiger im Käfig auf und ab.

»Was wolltest du mir erzählen, was gerade jetzt so wichtig ist?«, fragte Mrs Claus, während sie unruhig in dem Korbsessel hin und her rutschte. »Ich muss gleich zurück zu Ella und mich um alles Weitere kümmern. Sie steht immer noch unter Schock.«

Lady Honorays Stimme nahm einen ungewohnt leisen Tonfall an. Jake und Ava mussten sich anstrengen, um sie überhaupt zu verstehen. »Dana! Jake hat im Skriptum etwas überaus Besorgniserregendes gelesen. Gerade in unserer jetzigen Situation ist es von ungeheurer Bedeutung!« Lady Honorays Stimme wurde immer tiefer. »Seine Jahresaufgabe lautet, den Diebstahl des Skriptum Futurums zu verhindern!«

*»Was?«*, entfuhr es der Schulleiterin, während der Korbsessel heftig knarzte. »NEIN!«

»Ich fürchte, doch«, entgegnete Lady Honoray kühl. »Dieser Junge ist gerade erst hierhergekommen, nicht wahr. Eigentlich hat er so viel aufzuholen und ist noch furchtbar unerfahren und ungeschickt beim Lesen und trotzdem hat er einmal vorwärts in der Zeit gelesen. Wir dürfen ihn nicht weiter ohne Kontrolle in die Nimmerzeit lassen. Außerdem weißt du ja, dass die kleine Ava einen Fluch gelesen hat, nicht wahr. Wir müssen das unbedingt ernst nehmen. Ich bin mir sicher, bald wird etwas Schreckliches geschehen.«

Mrs Claus atmete geräuschvoll aus. »Hast du in letzter Zeit etwas von Befox im Skriptum Futurum gelesen? Meinst du vielleicht … er plant etwas?«

Jake bemerkte, dass Ava neben ihm bei dem Namen »Befox« zusammenzuckte.

»Sprechen wir mit Ella«, sagte Mrs Claus. »Vielleicht kann sie sich langsam wieder daran erinnern, was ihr passiert ist.« Im nächsten Moment eilten die zwei Frauen hinaus. Ava, die neben Jake kauerte, zitterte leicht. Sie gab keinen Ton von sich und schien wie so oft in sich selbst zu verschwinden.

Vorsichtig verließen sie ebenfalls den Wagen und machten sich auf in Richtung Wald und Baumhaus. Auf dem Weg dorthin bemerkten sie sofort die Anspannung ringsherum. Aufgeregt rannten Lehrer und Schüler über das Gelände.

# 17

Im Baumhaus hatten sich so viele Schüler versammelt wie noch nie. Alle redeten wild durcheinander. Mittendrin saß Natascha zusammengekauert in eine Decke gewickelt und wurde von den anderen mit Fragen zu Ella bombardiert.

»Ich hab die ganze Zeit auf sie gewartet!« Natascha sah verzweifelt in die Gesichter um sich herum. »Wir wollten uns auf dem Dach treffen und dann zusammen den Parcours starten. Ella wollte nur noch ein Extraseil besorgen, aber sie ist einfach nicht gekommen. Und weil ich mir nicht vorstellen konnte, dass irgendjemand sie dabei erwischt haben könnte …« Natascha holte tief Luft, bevor sie weitersprach. »Irgendwann kam es mir dann doch komisch vor und ich hab abgebrochen, um nachzusehen, wo sie steckt. Ich hab Bruno gefragt, ob er mir helfen kann, und er hat Ella im Keller aufgespürt. Wenn er nicht seine Nase hätte, würde Ella da jetzt immer noch liegen!« Natascha schluchzte. »Ich mache nie mehr bei dieser bescheuerten Mutprobe mit!«

»Aber … *wieso* lag Ella in dem Keller?«, fragte Piet.

»In was für einem Keller überhaupt?«, schaltete sich Ava dazwischen.

Natascha sah sie missbilligend an und presste einen Moment schweigend die Lippen aufeinander. »Im Keller von Maisie MacNaughton.«

Einige zogen vor Entsetzen scharf die Luft ein. Alle blickten zu Ava, aber niemand sagte einen Ton.

»Okay … wer ist Maisie MacNaughton?«, fragte Jake und erinnerte sich, dass er den Namen schon einmal gehört hatte – nein, er hatte ihn auf einem Türschild gelesen, in seiner ersten Imaginistik-Stunde. Und offenbar war er der Einzige, der nicht wusste, was das zu bedeuten hatte.

Bart beugte sich zu Jake. »Mrs MacNaughton ist schon zweiundneunzig und lebt seit Ewigkeiten im Altenheim. Ihr gehörte eins der leer stehenden Häuser in Mullport.«

»Ja, und? Kannte Ella sie?«

Natascha schnäuzte in ein Taschentuch und schüttelte den Kopf. »Niemand kennt Maisie MacNaughton. Aber *jemand* hat Ella in ihrem Keller eingesperrt. Sie lag dort bewusstlos auf dem Boden.« Bei dem Wort *jemand* funkelte sie Ava an, die betreten auf ihre Füße starrte.

»Was sagt denn Ella, wie sie dahingekommen ist?«, fragte Carson.

»Sie kann sich an nichts mehr erinnern und ist völlig durcheinander«, antwortete Bruno vom Fenster aus. »Hat die ganze Zeit nur irgendwas von einem Schattenmann erzählt.«

Plötzlich redeten alle gleichzeitig und wilde Spekulationen breiteten sich wie ein Lauffeuer im Baumhaus aus. Immer wieder hörte Jake den Namen Befox. Zu seiner Verwunderung schienen sich alle einig zu sein. Das, was die Schulleiterin bereits im Wagen gesagt hatte, wiederholte Bart noch einmal. »Wir dürfen Befox auf keinen Fall ans Buch herankommen lassen!«

»Der ist unberechenbar!«, rief einer und eine andere: »Was, wenn er wieder jemanden angreift? Wenn er es einmal geschafft hat, in die Schule reinzukommen, wird er es wieder versuchen!«

Ängstliche Ratlosigkeit breitete sich unter den Baumwipfeln aus und Jake setzte sich kurzerhand zu Finley, der am Rande in einem Ohrensessel saß.

»Siehst du es endlich ein?«, fragte Finley prompt. »Alles wäre in Ordnung ohne diese bescheuerten Mutproben.«

»Ach, komm schon. Wir wissen doch noch gar nicht, warum Ella in dem Keller war und was genau passiert ist. Es hilft jetzt echt nicht weiter, wenn wir beide uns auch noch streiten.«

Für einen Moment saßen sie schweigend nebeneinander und blickten in die dunklen Bäume, die mit der Dämmerung langsam verschmolzen.

»Kannst du mir bitte endlich sagen, wer dieser Befox ist, von dem alle dauernd reden?«, fragte Jake in die Stille hinein.

Finley hob die Augenbrauen, dann seufzte er. »Also gut. Das, was Ella heute passiert ist, ist schon einmal passiert. Deswegen drehen alle so durch. Befox war genau wie wir mal ein Mount-Caravan-Schüler. Vor zwei Jahren ist er aus der Schule geflogen. Alle vermuten, dass er geisteskrank geworden ist oder so. Mittlerweile soll er wie ein Tier in der Wildnis hausen und kaum noch als Mensch zu erkennen sein. Jedenfalls ist seinetwegen schon mal ein Schüler so schwer verletzt worden, dass er fast gestorben wäre. Befox hatte damals versucht, das Skriptum Futurum zu stehlen. Und jeder weiß ja, dass das Skriptum in den falschen Händen schlimme Dinge auslösen kann.«

»Wieso schlimme Dinge?«, fragte Jake verwirrt. Das klang doch alles nach irgendeiner dummen Lagerfeuer-Gruselgeschichte.

Finley runzelte die Stirn. »Na ja, Befox gehört zu den wenigen, die weit voraus in der Zeit lesen können. Und zu wissen, was geschehen wird, ist eine unglaubliche Macht. Jetzt stell dir vor, nur noch er allein liest das Skriptum. Das Buch wäre seinem Wahnsinn doch total ausgeliefert. Dann würde ein Psychopath unsere Zukunft beeinflussen. Deshalb darf das Buch unter keinen Umständen die Schule verlassen.«

»Aber ... was hat diese Maisie MacNaughton damit zu tun?«

»Der Schüler, der sich damals Befox in den Weg gestellt hatte, wurde auch in dem Keller gefunden.«

»In demselben, in dem auch Ella lag?«

»Ja«, gab Finley zurück. »Der Junge konnte sich wohl auch an nichts erinnern. Mr Brookstone meinte mal, dass es Domsdale war, der den Jungen damals glücklicherweise gefunden und befreit hat.«

»Wie Domsdale ... *Sherwin* Domsdale?«

»Jap«, bestätigte Finley. »Der war zu dieser Zeit selbst noch in der *Mount-12*-Abschlussklasse. Befox schreckt echt vor nichts zurück. Der kennt überhaupt kein Mitleid. Ich hab auch gehört, dass er den Schüler damals beinahe getötet hätte.«

Jake lehnte sich mit einem langen Atemzug zurück. Das Schuljahr fing ja wirklich großartig an.

Carson stromerte im Baumhaus umher. »Wer hat denn eigentlich den Schlüssel aus dem Schlangenkäfig gefischt? Der muss heute nämlich wieder dahin zurück, wo er hingehört!«

Jake nickte Carson zu und zeigte auf Ava. Erst jetzt fiel ihm auf, dass sie inzwischen in einem der hinteren Sessel neben Ruby kauerte und keinen Ton zu alldem sagte.

Beeindruckt ging Carson zu ihr und fragte nach dem Schlüssel. Ava zog ihn aus ihrer Hosentasche und Carson klatschte in die Hände. Er gab ein kurzes »Whoohoo« von sich und zog damit alle Aufmerksamkeit auf Ava. »Meine Damen und Herren: unsere *Queen Caravan!*«

Doch Ava zeigte stur auf Jake. »Er hat den Schlüssel aus dem Schlangenkäfig rausgeholt.«

Die Letzten, die noch im Baumhaus waren, gratulierten Jake und Ava zu ihrem halben Sieg. Doch es waren verhaltene Glückwünsche. Bei dem, was vor sich ging, war niemand in Feierlaune. Und so endete der Abend nicht wie gewohnt mit einer großen Feier und Krönung der Sieger, sondern mit langen Gesichtern und rauchenden Köpfen.

MOUNT ★ CARAVAN

Skriptum Futurum

# II. TRIMESTER

Thema: Der Blick fürs große Ganze

# 18

Am nächsten Morgen unterbrach Mrs Claus das Frühstück. Mit laut klackenden Schritten trat sie vors Buffet. »Liebe Kinder, für heute fällt der Unterricht aus. Aufgrund der gestrigen Ereignisse wird Mount Caravan früher als geplant zum zweiten Trimester aufbrechen. Wir werden den Lehrstoff des ersten Trimesters zu gegebener Zeit nachholen. Bitte findet euch nach dem Frühstück auf dem Gelände zusammen und macht die Wagen reisefertig. Packt alles zusammen und sorgt dafür, dass während der bevorstehenden Fahrt nichts im Innenraum durcheinanderfallen kann.«

Der Jubel über den ausfallenden Unterricht fiel ringsherum gedämpft aus.

»Wieso fahren wir weg?«, fragte Jake.

»Das machen wir dreimal im Jahr«, antwortete Finley. »Jedes Trimester findet an einem anderen Ort statt. Hat dir das noch keiner gesagt?«

Jake seufzte. Nein – wie so oft an dieser Schule hatte er keine Ahnung gehabt.

Irritiert stapfte er wenig später hinter Finley zu ihrem Wohnwagen und beobachtete, wie alle um ihn herum zu packen anfingen. Mit einer Reise hatte er nun wirklich nicht gerechnet. Gerade schloss er diesen Ort ins Herz. Bislang hatte er nie so ganz verstanden, was es mit den Wohnwagen auf sich hatte. Vieles tat er in Mount Caravan einfach als »etwas seltsam« ab. Ehrlich gesagt war er sogar ziemlich froh gewesen, endlich einmal an einem Ort bleiben zu können ... und nun zog gleich die gesamte Schule um.

Überall auf der Lichtung um die Burgruine herum wurde aufgeräumt. Hier und da kurbelten Wohnwagendächer herunter, klappten Terrassen ein, schlossen sich Fensterläden und pumpten sich Reifen auf. Auf der Lichtung zurrte, brummte und ratterte es.

Als endlich alle Wagen fertig gepackt waren, wurden sie hintereinander an einen riesigen Wohnwagen-Schlepper gehängt, der die Wagenkarawane anzog. Das Metall des Schleppers vibrierte und Dampf stieg aus einem Schornstein neben der Fahrertür. Das Ding wirkte so kräftig und massig wie eine Lok und über dem Nummernschild konnte Jake ganz klein die Worte *Nimmerzeit-Express* entdecken.

Mrs Claus verschloss das Tor der Burg und alles, was Mount Caravan ausgemacht hatte, verschwand hinter den verfallenen Mauern. Nun sah man auf dem Gelände nichts weiter als das Überbleibsel einer Ruine. Niemand, der es nicht besser wusste, hätte hier eine perfekt ausgestattete Schule vermutet. Alles lag verborgen hinter bröckelnden Steinbergen.

Jake war kaum aufgefallen, wie der Tag an ihm vorbeigezogen war. Doch bevor sie in ihre Wagen stiegen, um loszufahren, entzündete der Koch ein Lagerfeuer und röstete darüber haufenweise Folienkartoffeln, Stockbrot, Maiskolben und Marshmallows. Jake hatte es noch nie in seinem Leben besser geschmeckt. Während er seine Kartoffeln im Feuer wendete und Carson etwas auf seiner Gitarre spielte, ging langsam die Sonne unter. Erst als sich der Himmel über ihnen verdunkelte und die Sterne zu leuchten begannen, wurde das Feuer gelöscht und alle stiegen glücklich, satt und müde in ihre Wagen.

Langsam setzte sich der Nimmerzeit-Express in Bewegung und rumpelte über einen schmalen Trampelpfad Richtung Landstraße. Hinter ihnen breitete sich die Dunkelheit über die Burgruine wie eine Bettdecke aus und verschluckte sie schließlich. Finley hielt es nicht lange im Inneren ihres Wagens aus. Eilig öffnete er die Glasscheibe über ihnen und krabbelte die ausgefahrene Leiter hinauf aufs Wagendach. Jake stieg hinterher und setzte sich neben Finley auf das Dach. Per Knopfdruck fuhren zwei eingebaute Sessel und ein kleines Geländer um sie herum hoch, das sie davor schützte herunterzufallen. Die Laternen, die außen an den Wohnwagen hingen, erhellten schwach ihre Umgebung. Im Rhythmus der ratternden Wagen schwankten sie sanft von einer Seite zur anderen. Als ihre Karawane die Landstraße erreichte, rollten sie leise weiter über den leer gefegten Asphalt und durch die tiefschwarze Nacht. Über ihnen funkelte der Sternenhimmel wie eine beleuchtete Zirkuskuppel.

Auch die anderen Dächer füllten sich allmählich. Kaum einer der Schüler hatte es eilig, ins Bett zu kommen. Alle hielt die Aufregung über ihren verfrühten Aufbruch und die Frage wach, was genau mit Ella passiert war.

Nach einer Weile kletterte auch Ava nach draußen. Sie hatte ihren Wohnwagen direkt an den von Finley und Jake spannen lassen, sodass sie ganz nah beieinandersaßen. Sie blickte hinauf zum Himmel und wetteiferte mit Finley darum, wer von ihnen mehr Sternenbilder erkannte. Ein paar Wagen weiter sangen einige Schüler zu Carsons Musik. In diesem Moment hätte Jake am liebsten die Zeit angehalten. Das erste Mal in seinem Leben fühlte er sich, als würde er dazugehören. So musste es sich anfühlen, Teil einer Familie zu sein. Einer ziemlich verrückten Familie allerdings und einer sehr, sehr großen noch dazu.

Jake drehte sich zu Ava, die sich den Fahrtwind durch die Haare wehen ließ. »Warum bleiben wir für die anderen zwei Trimester nicht einfach in der Burgruine?« Ihm leuchtete das überhaupt nicht ein.

»Damit endlich der Unterricht bei Mr-Kinderquäler-Randy zu Ende geht!«, warf Finley ein. Ava prustete los und selbst Finley fiel es schwer, seine mürrische Miene aufrechtzuhalten.

Jake blickte zwischen den beiden hin und her. »Leute … könnt ihr mir *einmal* eine normale Antwort geben?«

»Okay, *Neuer.*« Ava räusperte sich wichtigtuerisch. »Die anderen Fächer können nicht in der Burgruine unterrichtet werden, weiiil … Ungewöhnliche Fächer auch ungewöhnliche Orte brauchen.«

»Dan Randy besteht für seinen ›Angstüberwindungskurs‹ zum Beispiel auf dem bescheuerten Hochseilgarten. Dazu braucht man eben hohe Bäume«, erklärte Finley.

Ava nickte. »Und was im zweiten Trimester ansteht, ist das Observatorium. Das wurde mal vor Ewigkeiten über so einem historischen Ort erbaut. Außerdem liegt es noch weiter entfernt im Nirgendwo als die Burgruine, was wichtig ist, damit die Stadtlichter nicht die Sicht auf den Himmel verdecken. Für Sagenkunde im dritten Trimester braucht man wiederum einen Ort, an dem man eben Runen und alte Höhlenmalereien untersuchen kann. Deshalb müssen wir ab und zu mal umziehen.« Ava lächelte Jake an und zum ersten Mal wirkte es ganz unbeschwert. »Fragen dazu?«

Jake ließ sich in den Sessel zurückfallen. »Ich weiß gar nicht, wo ich anfangen soll.«

»Keine Bange.« Finley klopfte ihm auf die Schulter. »Alles, was du wissen musst, erfährst du rechtzeitig zu Beginn des zweiten Trimesters.«

Ava drehte nachdenklich an ihrem Pferdeschwanz herum. »Sag mal, Jake, wegen vorhin … also, was ist bei deinem Termin mit Lady Honoray eigentlich genau passiert?«

»Ich hab keine Ahnung«, erwiderte Jake. »Sie meinte, dass das, was ich gelesen habe, Quatsch wäre und überhaupt nicht so schlimm, wie es sich anhören würde. Sie meinte auch, dass Fehlversuche beim Lesen schon mal passieren können und ich meinen Termin bei ihr einfach wiederholen soll. Ich weiß auch nicht, warum sie sich jetzt plötzlich doch so darüber aufgeregt hat.«

Finley klappte die Kinnlade herunter. »Du sollst deinen Termin *wiederholen*? Das hab ich ja noch nie gehört, du etwa?«

Ava schüttelte den Kopf.

»Dann kann ich ja auch einfach noch mal neu lesen und meine alte Jahresaufgabe als Fehlversuch abstempeln«, freute sich Finley. »Prima!«

Jetzt verstand Jake die Welt nicht mehr. »Wie, es gab noch nie einen Fehlversuch? Aber sie hat mir gesagt, das wäre ganz normal!«

Ava sah Finley ernst an und die Blässe, die bereits im Baumhaus auf ihrem Gesicht gelegen hatte, kehrte zurück. »Jake muss als Jahresaufgabe den Diebstahl des Skriptum Futurums verhindern …«

»WAS?«, entfuhr es Finley. Rings um sie herum wurde es für einen Augenblick still, sogar Carsons Musik verstummte, und die drei lehnten sich zueinander, um leiser sprechen zu können. »Aber das bedeutet ja, dass du wirklich in der Nimmerzeit vorwärtslesen kannst. Und … Du kannst dich nicht nur in die

Zukunft lesen, was schon total irre ist, du hast wahrscheinlich auch noch eine Weissagung gelesen! Und das erzählt ihr mir erst jetzt?«

»Lady Honoray hat mir verboten, darüber zu sprechen«, sagte Jake. »Und außerdem erzählst du mir deine Jahresaufgabe ja auch nicht.«

»Das ist doch aber was ganz anderes«, protestierte Finley.

»Wieso?«, fragten Jake und Ava gleichzeitig.

»Na weil …« Finley schnitt eine Grimasse. »Weil meine Jahresaufgabe einfach nur peinlich ist. Und gemein.«

Ava und Jake sahen Finley erwartungsvoll an.

»Also … ich muss abnehmen, okay? Fünf Kilo. Und ich soll mir etwas dazu ausdenken, womit das kinderleicht geht. So hat jedenfalls das ›allwissende‹ Orakel meine Jahresaufgabe gedeutet.« Finley verdrehte die Augen. »Ich selbst verstehe meine Jahresaufgabe eigentlich ganz anders. Ich glaube, ich soll etwas entwickeln, das einem den Atem raubt oder einem die Puste ausgehen lässt. So eher. Also echt, wieso sollte sich das Buch für mein Gewicht interessieren? Bestimmt will nur Lady Honoray, dass ich eine Diät mache. Dem Buch ist das doch wurscht.« Finley warf den beiden einen scharfen Blick zu. »Wehe, ihr erzählt das rum!«

»Versprochen.« Ava gluckste. »Du schaffst das schon.«

»Lass einfach die Chips weg«, sagte Jake mit einem Schmunzeln und klopfte Finley auf die Schulter.

*»Lass einfach die Chips weg«*, äffte Finley Jake nach und verzog das Gesicht. »Dass ich daran noch nicht gedacht habe! Kann ja nicht so schwer sein. Aber mal im Ernst: Niemand ist auch nur annähernd so gut in Gizmo wie ich und außerdem habe ich auch nicht vor, irgendwann Randys Job zu übernehmen. Ich muss nicht schlank und athletisch sein. Ich muss mich gut

konzentrieren können und es lange auf einem Stuhl aushalten. Dabei hilft mir eine Tüte Chips besser als alles andere, klar?«

»Sonnenklar«, sagten Jake und Ava gleichzeitig und lachten in den Nachthimmel.

# 19

Das Schaukeln des Wohnwagens weckte Jake aus einem wirren Traum. Die Sonne schien bereits durch die Fenster. Finley war wie immer längst wach, lag aber ebenfalls noch in seinem Bett und las. Der Nimmerzeit-Express rumpelte von der Landstraße und bog in einen abzweigenden Feldweg ein. Alles im Wagen schaukelte und wackelte vor sich hin. Jetzt begriff Jake, warum Finley ihn beim Packen gezwungen hatte, wirklich alle Dinge von seinem Schreibtisch zu räumen und im Schrank zu verstauen.

Endlich kam die Wagenkolonne zum Stehen. Jake streifte sich Jeans und Pullover über und sprang aus dem Bett. Sie hatten vor einem Eisentor gehalten. Darauf war mit roter Farbe *Luigis Pasta Manufaktur* geschrieben. Allerdings blätterte die Farbe der Buchstaben bereits ab.

»Mein persönliches Lieblingsschulgelände: die Fabrik!« Finley strahlte über beide Ohren und kam ebenfalls aus seinem Bett. »Ab jetzt übernimmt Mr Brookstone mit Planetenkunde und außerdem gibt's jeden Tag Nudeln. Das zweite Trimester ist das allerbeste von allen.«

Kurz darauf sah Jake, wie Sherwin und Mr Dan Randy draußen das Tor öffneten und die Wagen ins Innere winkten. Hinter den Eisentoren lag das weitläufige Gelände einer ehemaligen Nudelfabrik. Drumherum schlängelte sich eine glatte und meterhohe Steinmauer und dahinter reihten sich zweistöckige Fabrikgebäude aneinander. Es waren Backsteinbauten mit weiß lackierten langen Metallrahmen um die Fenster. Überall fand man noch Reste des abblätternden Logos von »Luigis Pasta«. Augenblicklich vermisste Jake den Wald. Finleys Begeisterung über diesen neuen Ort verstand er überhaupt nicht.

Als alle Wagen hinter die Mauern gerollt waren, verriegelten Sherwin und Dan Randy das Eisentor wieder. Alle stiegen stöhnend aus den Wagen und reckten ihre steifen Glieder. Der Koch begann sofort, die Küche in Betrieb zu nehmen, und beeilte sich, für alle ein schnelles Frühstück zuzubereiten. Es begann ein wildes Gerangel um die besten Stellplätze der Wohnwagen, bevor Schüler und Lehrer mit knurrenden Mägen in die Nudelfabrik liefen.

Das von außen verwahrloste Fabrikgebäude überraschte im Inneren genau wie die alte Burgruine. Zwischen weiß getünchten Wänden und Böden reihten sich lange Holztische, auf denen das Frühstück dampfte.

Als alle satt und zufrieden waren, trat Mrs Claus vor die versammelten Schüler. »Ich begrüße euch alle ganz herzlich zum zweiten Trimester. Wie ihr wisst, haben wir uns nach dem, was mit Ella Petit passiert ist, dazu entschieden, die Burg verfrüht zu verlassen und schon jetzt auf das neue Gelände umzuziehen. Seid unbesorgt, wir werden alles in unserer Macht Stehende unternehmen, um euch vor einem weiteren Angriff dieser Art zu bewahren! Lassen wir uns nicht einschüchtern und beginnen wir unser zweites Trimester!« Mrs Claus klatschte in die Hände. »Nachdem ihr in der Burg eure Vorstellungskraft trainiert habt, werdet ihr im zweiten Trimester üben, den Blick für ›das große Ganze‹ zu behalten. Glaubt mir, das klingt einfacher, als es ist. Lady Honoray wird wie immer das Trimester mit einer Imaginistik-Stunde einleiten. Mr Brookstone wird euch in Planetenkunde einen Blick ins Universum ermöglichen, Mr Randy wird im Tauchturm das Fach Elementbezwingung trainieren und Mr Sherwin Domsdale unterrichtet ab jetzt *Optische Täuschungen.*«

Mrs Claus überreichte jedem einen neuen Lage- und Stundenplan und kündigte an, dass der Unterricht am Nachmittag wieder aufgenommen werde.

Bis zum Imaginistik-Unterricht bei Lady Honoray hatten sie also noch ein bisschen frei. Ava und Finley beschlossen, Jake erst mal das Gelände zu zeigen. Natürlich gab es auch hier ein Gemeinschaftshaus, in das sich die Schüler nach dem Unterricht zurückziehen konnten. Es war eine der Fabrikhallen, in der sich nicht nur Sofas, ein Billardtisch und eine Karaoke-Anlage befanden, sondern auch ein Schwimmbad. Es besaß eine ellenlange und um sich selbst drehende Wasserrutsche. Jake sah schon von außen, dass das Rutschen sicher einer Achterbahnfahrt gleichen würde. Glücklich ließen sie sich zwischen den anderen in die Sofas fallen und streckten alle viere von sich.

Der Vormittag verstrich wie im Flug und bald dampften Töpfe mit Nudeln auf den Holztischen und alle wurden zum Mittagessen gerufen. Die eine Hälfte der Schüler war augenblicklich genervt von dem Anblick der sich ihnen bot, die andere – darunter Finley – war überglücklich. Diese Töpfe würden von nun an jeden Tag auf den Tischen stehen. Der Koch liebte die alten Nudelmaschinen und ließ es sich nicht nehmen, sie im zweiten Trimester pausenlos in Betrieb zu nehmen.

Während alle Schüler aufgereiht an den langen Holztischen saßen und sich über ihre Nudelteller beugten, breiteten sich gruselige Vermutungen über den von Ava gelesenen Fluch aus. Nach dem, was Ella passiert war, waren die meisten davon überzeugt, dass Befox dahintersteckte. Nur Finley schenkte alldem keine große Bedeutung und versuchte, Ava auf diese Weise beizustehen.

Ella selbst hielt sich auffallend zurück. Fragte sie jemand, was passiert war, erklärte sie nur, dass sie eine Gedächtnislücke hatte, die sie sich nicht erklären konnte.

*

Die erste Stunde bei Lady Honoray fand ebenfalls bei zugezogenen Vorhängen statt. Diesmal im ehemaligen Büro des alten Fabrikbesitzers. Auf dem Sekretär lag das Skriptum Futurum und davor standen sich zwei Ledersofas gegenüber. Jake setzte sich zwischen Finley und Ava auf die ausgesessenen Polster.

Lady Honoray begann den Unterricht wie immer mit ihren Aufwärmübungen, bevor sie streng in die Runde blickte und das Skriptum Futurum öffnete. »Im dritten Trimester werden wir die fortgeschrittene Vergangenheit behandeln. Ich werde in den kommenden Unterrichtsstunden noch genauer darauf eingehen, was es damit auf sich hat.« Sie machte eine bedeutungsvolle Pause. »Heute beginnen wir aber erst einmal mit einer einfachen Übung, mit deren Hilfe ihr euch in die fortgeschrittene Vergangenheit lesen könnt.« Lady Honoray bedeutete ihnen, ihre Schreibhefte herauszuholen. »Schreibt mit: Um sich in die fortgeschrittene Vergangenheit zu lesen, beginnt man mit einer geraden Seitenzahl. Für heute habe ich die Seite 234 ausgewählt. Dort lest ihr den ersten Satz am obersten Rand. Habt ihr den, blättert ihr zurück auf Seite 233 und lest dort am untersten Rand einen zweiten Satz zu Ende. Wiederholt das Gleiche danach auf

Seite 345 und 456. Wenn ihr auf Seite 455 unten angekommen seid, befindet ihr euch in der fortgeschrittenen Vergangenheit, nicht wahr.« Ihre Lehrerin strich sich über ihre Schürze und kramte in ihrer Handtasche, bis sie wieder den Beutel mit den Bohnen hervorzog und ihn herumreichte. »Schauen wir, wer von euch es heute einmal versucht, nicht wahr.«

Diesmal zogen Finley und Bart eine weiße Bohne. Finley trat zuerst ans Buch und blätterte darin hin und her, genau wie Lady Honoray es erklärt hatte. Dabei bückte er sich immer näher zum Buch, so als wäre es magnetisch. »Ich sitze zwischen lauter Studenten in einem alten Vorlesungsraum irgendeiner Universität«, fing Finley an zu beschreiben, was er sah. »Ich glaube, in bin irgendwo in den Zwanzigerjahren gelandet. Die Holzbänke sind eng, es riecht total nach Rasierwasser im Raum und alle tragen Anzüge und haben komisch gegelte Frisuren. An der Garderobe am Eingang hängen lauter Männerhüte. Und ich habe einen Schlips um! Mann, ist das unbequem.« Finley räusperte sich und rieb sich den Hals. »Ein Professor vor mir schreibt eine Formel nach der anderen an die Tafel, man erkennt kaum noch etwas, so vollgeschmiert hat er sie. Erklären tut er auch nichts, er schreibt einfach nur. Und … na super, der Junge neben mir schmiert einen Popel unter die Sitzbank. Ganz toll.« Finley verzog das Gesicht und strich die Buchseite glatt. Für ein paar Sekunden starrte er einfach nur ins Skriptum Futurum. Im Klassenraum fingen die ersten an, unruhig auf dem Sofa herumzurutschen.

»Das ist es!«, rief Finley auf einmal in die Stille. Er las eine endlose Formel vor und beschrieb Zeichnungen, die für niemanden außer ihn einen Sinn ergaben. Aufgeregt trat Finley ein paar Schritte zurück. »Damit kann ich mein Emometer fertig bauen! Wie cool ist das!«, jubelte er, dann blätterte mit großen Augen die Seite um.

Im nächsten Moment zogen sich Falten über seine Stirn und mit einem Schlag verschwand die Begeisterung aus seinem Gesicht. Finley bückte sich näher zum Buch, als glaubte er nicht, was er dort las. Plötzlich zuckte er zusammen und hob den Kopf. Entgeistert sah er zu Lady Honoray hinüber.

»Was hast du noch gelesen?«, fragte sie und ihre Augen verzogen sich zu Schlitzen.

Finley sah Lady Honoray völlig verdattert an. Dann schüttelte er den Kopf, schlug das Skriptum zu und setzte sich. »Es war zu wirr. Ich habe es nicht verstanden.«

Jake warf ihm einen fragenden Blick zu, doch Finley wich ihm aus und sah absichtlich zur Seite. Jake verstand nicht, was plötzlich in seinem Freund vorging. Trotzdem war er sich sicher, dass Finley Lady Honoray etwas verheimlichte. Nur warum?

Als Nächster war Bart an der Reihe. Er zog sich seine Kopfhörer von den Ohren, ging nach vorn und begann ebenfalls, die Seiten durchzublättern, wie es Lady Honoray erklärt hatte. Kurz darauf trat er vom Buch einen Schritt zurück und sah sich um. Jake fand es immer noch komisch, den anderen beim Lesen zuzusehen. Man sah ja nicht, was sie lasen. Man schaute ihnen nur zu, wie sie unsichtbaren Gegenständen auswichen und darüber staunten, sich erschreckten oder freuten.

»Ich laufe durch Mullport und mir ist irre warm. Der Kies knirscht viel zu laut unter meinen Schuhsohlen und die Sonne brennt mir auf die Stirn. Ein Vogel kreischt. Alles ist so laut.« Bart stöhnte leise und versuchte, sich weiter zu konzentrieren. »Ich höre eine Tür quietschen. Es ist die Tür von Maisie MacNaughtons Haus. Irgendjemand ist dort gerade rausgekommen. Da …«, Bart trat wieder näher an das Buch heran. »Da steht ein Junge. Er ist klein, blass und blond. Jemand kommt von hinten auf ihn zu, aber der Junge sieht es nicht. Er wartet auf irgendetwas und guckt in die andere Richtung. Er müsste sich doch umdrehen, die Schritte sind laut zu hören, ahh, *viel* zu laut. Echt jetzt, der Junge sollte sich unbedingt *sofort* umdrehen ... nein, er sollte besser ganz schnell weglaufen!«

»Wer kommt auf den Jungen zu?«, fragte Lady Honoray.

Bart blätterte mit starrer Miene um. »Ein Mann. Er hat überall Fell. Vielleicht trägt er aber auch nur einen verdreckten Pelzmantel und er hat sich ein Halstuch wie ein Bankräuber bis zur Nase hochgezogen. Das kann nur ... BEFOX! Der Mann sieht genauso aus, wie Befox aussehen soll. Er hat ein Fläschchen in der Hand.« Bart zog die Augenbrauen zusammen. »Genau kann ich es nicht lesen. Er hat den Jungen von hinten gepackt und jetzt flößt er ihm etwas aus diesem Fläschchen ein. Der Junge bewegt sich nicht mehr, er schläft ein.« Bart holte tief Luft. »Und jetzt ... trägt Befox den Jungen ins Haus von Maisie MacNaughton. Es ... die Szene verschwindet. Mehr kann ich nicht lesen.«

Stille herrschte im Klassenzimmer, während Lady Honoray Tee aufsetzte und eine ihrer Keksdosen öffnete.

Den Rest der Stunde diskutierten sie darüber, wie gut es war, dass Bart mehr darüber herausgefunden hatte, was damals mit dem Jungen passiert war. Befox hatte ihm vermutlich ein Schlafmittel verabreicht. Deshalb hatte der Junge sich an nichts erinnern können. Und deshalb hatte wahrscheinlich auch Ella eine Gedächtnislücke von ihrer Zeit im Keller von Maisie MacNaughton.

*

Jake verließ mit Finley das alte Büro und folgte ihm über das Schulgelände. »Was genau macht dieses Emometer jetzt eigentlich?«

»Es misst Gefühle«, antwortete Finley. »Damit kannst du herausfinden, ob jemand glücklich, traurig, verliebt oder unehrlich ist. Du musst nur das Emometer auf die jeweilige Person halten. Ich muss noch mehr darüber herausfinden, aber im Skriptum standen ein paar Formeln, mit denen man so ein Gerät theoretisch bauen könnte!«

Jake sah Finley nach, wie er sich eilig in den Wohnwagen zurückzog. Jake beschloss, sich ein bisschen umzusehen und seine Gedanken zu sortieren. Die Stunden bei Lady Honoray machten ihn immer ganz wirr im Kopf. Er lief an den Klassenräumen entlang, die in den alten Lagerhallen neben dem Frühstücksraum lagen. In manchen von ihnen entdeckte Jake noch Maschinen, die wahrscheinlich den Teig geknetet und die Nudeln in ihre Form gepresst hatten. Die Hallen mit ihren hohen Fenstern waren hell und geräumig. Jake musste Finley recht geben. Das neue Gelände war gar nicht so übel, wie es auf den ersten Blick gewirkt hatte.

Hinter den Hallen lag die Steinmauer, die das alte Fabrikgelände umgab. Jake kletterte kurzerhand über einen der Wohnwagen auf sie hinauf und ließ die Beine baumeln. Um ihn herum streckten sich endlose grüne Steinhügel unter einem ebenso endlosen Himmel aus. Im Augenwinkel erhaschte Jake schon wieder einen Schatten. Irgendetwas war außerhalb der Nudelfabrik. Hastig stand er auf und ging ein Stück auf der Mauer entlang, aber der Schatten war verschwunden. Nur wohin? Außer dem alten Fabrikgelände war hier doch nichts.

»Hey!«, rief da jemand hinter ihm. Vor Schreck wäre Jake fast von der Mauer gefallen. Aber als er sich umdrehte, entdeckte er nur Sherwin, der sich zu ihm hochzog.

»Na, Kleiner, was machst du denn hier oben?«, fragte er.

»Nichts«, gab Jake zurück. »Ich wollte mir nur die Umgebung ein bisschen ansehen.«

»Verlass bitte nicht unser Gelände. Nach dem, was Ella passiert ist, können wir nicht vorsichtig genug sein.« Sherwins Blick suchte die Hügel außerhalb der Mauer ab. Nachdem er nichts Verdächtiges entdeckte, setzte er sich neben Jake.

»Und, wie gefällt dir Mount Caravan bis jetzt?«, fragte er. »Hast du manchmal noch Heimweh nach deinem Zuhause?«

Jake schüttelte den Kopf. »Ich hatte gar kein Zuhause.« Was sollte er sonst auch sagen? Nach St. August sehnte er sich jedenfalls nicht zurück.

Sherwin sah ihn mit einer Mischung aus Erstaunen und Neugierde an. »Hast du denn keine Eltern mehr?«

Jake schüttelte den Kopf und Sherwin seufzte. »Oh, entschuldige, wie unsensibel von mir. Das wusste ich nicht.« Sein Lehrer schien einen Moment lang nach den richtigen Worten zu suchen. »Aber weißt du, so schwierig, wie das für dich gewesen sein muss, man sieht dir an, dass du stärker daraus hervorgegangen bist …« Sherwin lächelte traurig. «Ich konnte es meinem alten Herrn leider nie recht machen. Ganz egal, was ich versucht habe. Er hat mir immer nur gezeigt, dass ich nicht der Sohn bin, den er sich gewünscht hat. Das ist natürlich nicht dasselbe, aber ich weiß, wie es ist, sich einsam zu fühlen …«

Jake glaubte kaum, was er da hörte. Wie konnte man als Vater nicht stolz sein, wenn man Sherwin zum Sohn hatte? Doch bevor Jake etwas sagen konnte, klopfte ihm Sherwin auf die Schulter und winkte ihn zurück aufs Schulgelände. »Komm, Jake Roberts, wir sind vielleicht nicht die Sorte Menschen, die immer Glück haben, aber wenigstens machen wir das Beste draus!«

# 20

Mrs Claus gab sich alle Mühe, dass der Schulalltag so normal wie möglich weitergeführt werden konnte.

Im zweiten Trimester unterrichtete Mr Brookstone Planetenkunde im Observatorium. Das lag in der größten Halle der alten Fabrik, die, wie Mr Brookstone erklärte, leider über die Ruinen eines historischen Denkmals gebaut worden war. Einem altertümlichen Sternenobservatorium, das zu seiner Zeit wohl sehr bedeutend war. Ihr Lehrer zeichnete an verschiedene Stellen etwas mit Kreide auf den Boden. »Jeder von euch stellt sich jetzt auf eine der Markierungen, dann kann ich euch wenigstens rein theoretisch erklären, wie das alte Observatorium früher funktioniert hat. Finley, du stellst dich bitte dorthin, auf die äußerste Kante.« Mr Brookstone schickte Finley auf eine der verrosteten Teigknetmaschinen und begann einen ausführlichen Vortrag darüber, wie früher die Kalendertage und Uhrzeiten berechnet wurden.

Zum Glück mussten sie aber nicht die gesamte Zeit ihres Planetenkunde-Unterrichts auf alten Nudelmaschinen herumstehen. Ihre zweite Unterrichtsstunde fand im dritten Stock der Halle statt, in dem mittlerweile ein modernes Sternenobservatorium lag. Doch davon mal abgesehen, war vor allem eine

Sache ungewöhnlich am Planetenkunde-Unterricht. Jake hätte es eigentlich schon auffallen müssen, als Mrs Claus die Stundenpläne austeilte, aber er hatte nicht auf die Uhrzeit geachtet. Der Unterricht begann tatsächlich um Mitternacht. Verschlafen schlurften sie also über das schummrig beleuchtete Gelände in Richtung Observatorium. Jeder wickelte sich fest in seinen Anorak, um die klamme Nachtluft fernzuhalten. Die Müdigkeit hing allen in den Gliedern, aber Mr Brookstone kümmerte sich nicht weiter darum, sondern führte sie hinauf ins neue Observatorium. Jake staunte nicht schlecht. Den gesamten Raum überspannte eine Glaskuppel, die von metallenen Streben durchzogen war. Über ihnen lag ein tiefblauer funkelnder Himmel. Noch nie hatte Jake so viele Sterne auf einmal leuchten sehen. Laut Mr Brookstone konnte man in der Nudelfabrik den Himmel am besten beobachten, weil keine störenden Stadtlichter die Sicht einschränkten. Überall standen Teleskope auf Stativen. Sie sahen so kompliziert aus wie kleine Uhrwerke.

An einer Wand hingen ein paar Urkunden und Fotografien. Sie mussten schon alt sein, die Farbe war ganz verblichen. Auf einem war eine rothaarige Schülerin in einem Tweetkostüm abgebildet, die Jake irgendwie bekannt vorkam. Sie hielt eine Urkunde in der Hand. Darunter stand *Mount Caravan 1984, Lady Ivy von Domsdale Manor, ausgezeichnet mit der »Ehrenurkunde für astronomische Weitsichtigkeit«*.

Finley kam zu Jake herüber, um zu sehen, was ihn so interessierte. »Das könnte Sherwins Mutter sein«, überlegte er. »Vom Alter her würde es passen.«

»Ist Sherwin denn adlig?«, fragte Jake erstaunt.

Finley hob einen seiner Mundwinkel bei der Vorstellung, dass ausgerechnet ihr lederjackentragender Illusionslehrer ein kleiner Graf sein sollte.

»Und guck mal, da.« Jake zeigte auf ein anderes Foto, das einen Mann zeigte, der irgendwas um die vierzig sein musste. Er trug einen strengen Scheitel, einen blauen Anzug und einen gemusterten Seidenschal.

»Das Bild ist noch gar nicht soooo alt«, stellte Finley fest und las. *»Mr Mason Domsdale – Ernennung zum außerschulischen Ehrenmitglied von Caravan – für die großzügige Spende zum Ausbau des Observatoriums.* Meinst du, das ist sein Vater?«

»Mr MacLaren! Mr Roberts!«, riss sie ihr Lehrer für Planetenkunde aus ihren Gedanken. »Würden Sie beide mir die Freude machen, ebenfalls am Unterricht teilzunehmen?«

Jake und Finley drehten sich augenblicklich um und ließen sich von Mr Brookstone ein Teleskop und eine Flasche Cola zuweisen.

»Eine Voraussetzung, um den Sternenhimmel zu beobachten, ist natürlich, dass man ihn sieht«, begann Mr Brookstone mit einem Grinsen seinen Unterricht und eröffnete Jake in der kommenden Stunde eine völlig neue Welt. Er zeigte ihnen den Unterschied zwischen Planeten, Monden und Sternen. Er sprach von Sternenhaufen und Galaxien oder von schwarzen Löchern und einer löchrigen Ozonschicht. Manchmal entdeckten sie Sternenbilder durch ihre Teleskope, die Symbolen im Skriptum Futurum ähnelten. Und tatsächlich: Ersetzte man einige Symbole im Skriptum durch die Bedeutungen einiger Sternenbilder, konnte man sich im Buch extrem weit zurück in die Nimmerzeit lesen. Zum Beispiel las Ava von einer versunkenen Stadt am Meeresgrund, Bruno von einer erfolglosen Suche nach einem goldenen Becher und Ella erzählte von geheimen Schätzen, die nicht aus Gold bestanden.

Die vielen Geschichten ließen Jake mehr und mehr über dieses seltsame Skriptum Futurum nachdenken. Er hatte das, was er darin gesehen hatte, bislang nicht richtig ernst genommen. So, wie man auch optische Täuschungen hinnahm oder Zaubertricks eines Magiers, die man sich nicht erklären konnte. Aber jetzt grübelte er immer häufiger über die Bedeutung seiner Jahresaufgabe nach. *Verhindere den Diebstahl des Buches.* Sollte er womöglich diesen Befox davon abhalten, ein altes Buch zu stehlen? Und wenn ja, warum wollte Lady Honoray ihn davon abhalten?

*

In den folgenden Tagen drohte Jake fast der Kopf über seine Jahresaufgabe zu platzen. Was passierte, wenn er keine neue Jahresaufgabe bekam und am Ende nichts vorzuweisen hatte? Immerhin war das doch die wichtigste im ganzen Schuljahr. Würde er dann sitzen bleiben? Jake beschloss, Lady Honoray zu besuchen und danach zu fragen. Irgendetwas musste sie ihm dann schließlich antworten. Also lief Jake hinüber zum Orakel-Wagen und klingelte. Ein scharfes Fauchen antwortete und über der Tür schob sich wie immer der Kopf des schwarzen Katers zu ihm hinunter und starrte ihn biestig an.

»Ich soll dich schön von Ava grüßen«, sagte Jake und lächelte verkrampft nach oben. Doch das besänftigte Sir Lancelot wenig. Stattdessen fauchte er erneut und Jake wich einen Schritt zurück. Entschuldigend zeigte er auf die Tür. »Ich will nur mit Lady Honoray sprechen.« Trotzdem richtete sich der Kater auf, sträubte sein Fell und setzte zum Sprung an. Zum Glück öffnete sich in dem Moment vor Jake die Tür und mit einem strengen Blick begrüßte ihn Lady Honoray.

»Jake?« Ihrem aufgebrachten Kater winkte sie zu, was ihn allerdings nicht dazu veranlasste, sich wieder zu setzen.

Jake trat von einem Bein aufs andere. Er hatte sich vorher nicht wirklich überlegt, wie er das Gespräch am besten beginnen sollte.

»Nun?«, fragte das Orakel. Jake hörte sofort die Ungeduld in ihrer Stimme.

»Ich …«, stotterte er. »Ähm … ich wollte fragen, ob wir meine Jahresaufgabe jetzt vielleicht wiederholen könnten?«

Lady Honoray verzog ihren Mund. »Heute ist dazu leider nicht die richtige Zeit.«

»Aber wann kann ich sie denn wiederholen? Ich brauche doch eine Jahresaufgabe, oder?« Endlich traute sich Jake auch zu fragen, was ihn schon so lange beschäftigte. »Und weshalb darf ich eigentlich nicht über meine Aufgabe sprechen? Alle anderen dürfen es doch?«

»Du kannst nicht darüber sprechen, weil es nicht deine Aufgabe ist«, beharrte Lady Honoray. Jake entging nicht, dass sie sich dabei auf die Unterlippe biss. Es war offensichtlich, dass sie log. »Noch etwas Geduld, Jake, ich muss erst die passende Uhrzeit für deinen Termin finden, das ist schwierig. Sobald ich die habe, sag ich dir Bescheid, nicht wahr?«

Jake atmete einmal tief ein und aus. Woher sollte *er* denn wissen, ob das wahr war?

Doch damit beendete Lady Honoray ihr Gespräch und Jake verabschiedete sich. Den fauchenden Kater auf dem Wagendach überhörte er diesmal vor lauter Ärger über die unklare Antwort des Orakels von Caravan. Er polterte in seinen Wohnwagen und schloss mit einem lauten Rums die Tür, worauf Finley an seinem Schreibtisch trotz Kopfhörer zusammenzuckte.

»Ich muss dir sofort was erzählen«, schnaufte Jake außer Atem und ließ sich auf das Sofa plumpsen.

»Wo brennt's denn?« Finley hielt sein Emometer in der Hand

und leuchtete Jake an. »Mein Gerät zeigt an, dass du aufgeregt bist, nein, Moment: sauer!«

»Und um das zu erkennen, brauchst du wirklich ein Messgerät?« Jake schüttelte den Kopf. »Ich war gerade bei Lady Honoray und hab sie einfach mal direkt gefragt, wann ich endlich meine Jahresaufgabe wiederholen darf. Natürlich hat sie nur Ausreden parat. Sie weiß irgendwas, verheimlicht es aber. Und wenn ich etwas kann, dann erkennen, wenn jemand unehrlich ist.«

Finley rieb sich mit besorgtem Blick die Stirn. »Weißt du … ich habe in unserer Imaginistik-Stunde Lady Honoray im Skriptum gesehen. Sie sah total gruselig aus. Unter ihrem Arm hatte sie das Skriptum Futurum und ist damit durch den Nebel gerannt, als wollte sie es verschwinden lassen. Ich hab es nicht richtig verstanden und versucht, mehr dazu zu lesen, aber da hat das Buch schon dichtgemacht.«

»Stimmt, ich erinnere mich. In der Stunde hast du sie plötzlich ganz seltsam angesehen«, sagte Jake. »Hast du denn gesehen, wohin sie das Skriptum bringen wollte?«

Finley schüttelte schweigend den Kopf.

Jake sah seinem Freund an, dass ihm seine eigenen Gedanken nicht gefielen. »Hoffen wir, dass das nur bedeutet, dass sie es vor Befox verstecken will.«

»Es … es gibt da eine Sache, die du noch nicht weißt«, stammelte Finley auf der Suche nach den richtigen Worten. »Befox, ähm … also … sein richtiger Name ist Bennett Foxworth und … er ist Avas älterer Bruder.«

»*Was?*«, keuchte Jake. »Wieso hast du mir das denn nicht schon früher erzählt?«

Finley zuckte schuldbewusst mit den Schultern. »Es gab nie den richtigen Moment und wenn, dann war Ava meistens dabei.

Es ist schwer, über Befox in ihrer Anwesenheit zu sprechen. Sie hat es deshalb ja wirklich nicht leicht.«

Jake stockte. Auf einmal fiel es ihm wie Schuppen von den Augen. Deshalb war Ava oft so still und zog sich noch mehr als sonst in sich selbst zurück. Und deshalb hatte Natascha im Hochseilgarten so auf ihr herumgehackt und gesagt, sie dürfte gar nicht mehr in Mount Caravan sein. Es musste schwer sein, einen Verbrecher als Bruder zu haben. Aber wer konnte sich seine Familie schon selbst aussuchen?

»Was genau ist denn damals mit Befox passiert?«, fragte Jake. »Er wurde aus der Schule ausgeschlossen. Und dann?«

»Seitdem darf er kein einziges unserer Schulgelände mehr betreten und sich schon gar nicht einem Mitglied von Mount Caravan nähern. Das ist so ziemlich das Schlimmste, was ihm passieren konnte, weil er jetzt ja nicht mehr in den Rat kann.«

»Rat? Was für ein Rat denn?«, fragte Jake.

»Eine Mitgliedschaft in Mount Caravan gilt ein ganzes Leben lang. Ganz egal, für was wir uns nach der Schulzeit entscheiden, wo wir wohnen und welchen Beruf wir uns aussuchen, unsere wichtigste Aufgabe wird es bleiben, auf das Skriptum Futurum aufzupassen. Alle Ehemaligen kommen immer wieder zurück, um sich in die Nimmerzeit zu lesen und sich mit den anderen Ehemaligen, also dem Rat, zu besprechen. Es ist nicht nur wichtig für das Skriptum, dass wir es lesen, ich hab auch gehört, dass es einem selbst sonst extrem fehlt.«

Jake sah den knackenden Holzscheiten im Kamin zu. Finley hatte recht, je mehr Jake im Skriptum las, desto lieber tat er es. Auch wenn es ihn manchmal verwirrte, es gab einfach so viel Spannendes darin zu entdecken.

»Es muss hart sein für Befox, nicht mehr im Skriptum lesen zu können«, fuhr Finley fort.

»Wenn es ihm gelingt, das Buch zu stehlen, dann kann er es jederzeit.« Jake hielt inne. »Wäre es wirklich so gefährlich, wie Mrs Claus immer sagt, wenn nur noch eine einzige Person darin liest? Würden sich echt die Geschichten im Buch verändern? Und damit die Zukunft?«

Finley nickte stumm und plötzlich wusste Jake, was sie zu tun hatten.

»Ich glaube, es wird Zeit, dass ich mir selbst eine Jahresaufgabe gebe«, sagte er und sah Finley ernst an. »Wir müssen das Skriptum Futurum in Sicherheit bringen! Wenn Befox es stehlen will, müssen wir es eben noch vor ihm stehlen.«

Finley starrte Jake mit großen Augen an. »Bist du jetzt völlig verrückt? Es gibt nichts Schlimmeres in Mount Caravan, als das Skriptum zu stehlen! Wenn uns jemand dabei erwischt, sind wir die längste Zeit hier Schüler gewesen!«

»Du hast es doch selbst gesagt. Wenn Befox es stiehlt, dann wird es Mount Caravan nicht mehr lange geben! Und außerdem: Wer soll sich denn sonst darum kümmern, wenn nicht ich? Das Skriptum hat es mir doch sogar aufgetragen.«

»Stimmt schon.« Finley schmunzelte, auch wenn er immer noch unsicher wirkte. »Und wir sollten Lady Honoray vielleicht besser im Auge behalten. Als ich sie in der Nimmerzeit gesehen habe, sah es wirklich so aus, als würde sie selbst heimlich das Skriptum Futurum irgendwo hinbringen wollen, wo es nicht hingehört.«

»Das sollten wir!«

Finley warf Jake einen bedeutungsvollen Blick zu. »Zufällig ist das Sternenobservatorium heute leer. Wusstest du, dass man von dort aus einen prima Ausblick auf das Schulgelände hat? Bei Gelegenheit könnte ich dir ja mal das Superobservationsrohr ›Big-Ians-Eye‹ zeigen. Cooles Ding, war mal Mr Brookstones

Abschlussarbeit, als er hier selbst noch Schüler war. Es steht da oben einfach so rum. Mr Brookstone hat mir letztes Jahr gezeigt, wie es funktioniert. Praktisch, oder?«

Ein breites Grinsen stahl sich auf Jakes Gesicht. »Sehr praktisch.«

# 21

Jake und Finley schlichen über das Fabrikgelände. Die meisten Schüler trieben sich um diese Uhrzeit im Gemeinschaftsraum oder ihren Wohnwagen herum und so bemerkte sie niemand, als sie die Stufen zum Observatorium hinaufstiegen. Zumindest dachten Jake und Finley das, bis sie Schritte hinter sich hörten.

»Hey, ihr zwei! Habt ihr Ruby gesehen?« Eilig näherte Ava sich ihnen.

Jake und Finley schüttelten gleichzeitig den Kopf. »Nö. Wieso?«

»Es wird bald dunkel und sie ist noch nicht am Wohnwagen. Das ist komisch.«

»Ach, mach dir keine Sorgen«, sagte Finley und zog Jake weiter. »Um die Nudelfabrik herum ist eine Mauer. Ruby kann doch gar nicht weit sein. Am besten, du suchst sie gleich.«

Aber Ava ging ihnen stur hinterher. »Wo wollt ihr um die Zeit überhaupt noch hin?«

Finley verzog das Gesicht und versuchte angestrengt, lässig zu wirken. »Öh, nirgends.«

*»Öh, nirgends?«*, wiederholte Ava mit verschränkten Armen

und musterte die Jungs. »Wie kann man denn nirgends hin unterwegs sein?«

Finley stotterte, ohne einen einzigen klaren Satz hervorzubringen, bis Jake ihn erlöste. »Wir müssen noch mal ins Observatorium.«

»Und warum genau müsst ihr das?«

Ava ließ sich natürlich nicht so schnell abwimmeln. War ja klar.

»Müssen wir halt. Bist du die neue Mrs Claus oder warum interessiert dich das so?« Langsam fand Finley wieder in seine normale Form zurück.

»Tu einfach so, als hättest du uns gar nicht gesehen, okay?«, sagte Jake in der Hoffnung, damit jede weitere Frage abzuwürgen. »Wenn du mitkommst, handelst du dir nur Ärger ein.«

Die Tür zum Sternenobservatorium fiel hinter den zwei Jungs ins Schloss. Die Wände säumten mehrere Teleskope, über denen sich die Glaskuppel spannte. Finley beugte sich über eines und hantierte sofort daran herum.

»Ahh … so sieht es also aus, wenn man nichts vorhat. Gut zu wissen.« Hinter Jake öffnete sich die Tür und Ava kam herein.

»Du handelst dir nur Ärger ein, echt«, wiederholte Jake.

Ava zuckte mit den Schultern. »Ärger hab ich sowieso schon genug. Also, was habt ihr vor?«

Jake presste ein paar Sekunden die Lippen aufeinander, gab sich dann aber doch geschlagen. »Wir wollen Lady Honoray beschatten.«

Ava lachte ungläubig auf. Mit schwingendem Pferdeschwanz ließ sie sich auf einen der Stühle vor den Teleskopen fallen.

»Und dann wollen wir das Skriptum Futurum stehlen«, fügte Finley an und Jake hätte ihm dafür am liebsten den Mund zugeklebt. Mit Paketband!

»Finley!«, rief er ungläubig.

»Was denn?«, gab der nur zurück. »Sie erfährt's doch sowieso irgendwann.«

Ava klappte der Mund auf. »Wie jetzt … das wollt ihr nicht wirklich, oder? Seid ihr bescheuert?«

»Das Skriptum hat mir aufgetragen zu verhindern, dass es gestohlen wird«, erklärte Jake mit einem Seufzen. »Also stehle ich es selbst zuerst, dann kann es niemand anderes mehr tun.«

Ava lachte ein zweites Mal auf. Aber diesmal klang es weniger belustigt. »Okay, das ist das Verrückteste, was ich je gehört habe. Aber wieso wollt ihr deshalb Lady Honoray beschatten?«

Finley schob ein eigenartiges Teleskop aus der hintersten Ecke des Raumes an die Glaskuppel. Es bestand aus drei beweglichen Stangen, viel zu vielen Hebeln und einem sehr langen Fernrohr, auf dem der Name »Big-Ians-Eye« eingraviert war. Finley ließ das Fernrohr los und sah zu Ava. »Ganz einfach: Weil sie irgendein Geheimnis hat. Und wir müssen wissen, was für eins das ist.«

Ava starrte die Jungs an. »Ihr habt sie doch echt nicht mehr alle. Lady Honoray ist das Orakel von Caravan! Natürlich hat sie irgendein Geheimnis. Wahrscheinlich hat sie sogar *Tausende*. Das ist ihr Job! Und außerdem verhält sie sich doch immer komisch. Finley, du kennst sie genauso lange wie ich, wie kommst du überhaupt darauf, dich darüber zu wundern?«

»Du hast es selbst gesagt«, warf Jake ein, bevor Finley etwas sagen konnte. »Dass sie eine Jahresaufgabe für ungültig erklärt, ist noch nie vorgekommen. Sie erklärt mir auch nicht den Grund, warum meine Aufgabe ungültig ist. Sie behauptet nur, dass es nicht meine Aufgabe sein kann. Gleichzeitig geht sie mir aus dem Weg und lässt mich die Prüfungsaufgabe nicht wiederholen, obwohl sie das angekündigt hat. Und darüber sprechen soll ich auch nicht.«

»Wahrscheinlich forscht sie gerade nach, was da schiefgelaufen ist, Jake, das bedeutet nicht, dass –«

»Und warum unternimmt sie nichts, wenn sie doch weiß, dass jemand das Skriptum stehlen will?«

»Außerdem bin ich Lady Honoray in der Nimmerzeit begegnet«, murmelte Finley. »Ich hab gesehen, wie sie sich mit dem Skriptum heimlich wegschleichen wollte, jedenfalls sah es so aus und ich hatte ein ganz ungutes Gefühl dabei. Es war gruselig.«

»Mein Fluch war auch gruselig, trotzdem sagt das noch gar nichts!«, antwortete Ava.

Finley hob ratlos die Schultern und winkte die beiden zu sich an das Big-Ians-Eye. Es war unglaublich, wie stark vergrößert man alles durch das riesige Fernglas sah. Die kleinste Bewegung, und sie verloren völlig die Orientierung, wohin sie gerade schauten.

»Also, das Besondere am Big-Ians-Eye ist, dass das Fernrohr zusätzlich eine Art eingebauten Bewegungsmelder hat. Wenn man es auf einen Gegenstand scharf gestellt hat, verfolgt das Big-Ians-Eye alles, was sich daran oder darum bewegt.« Finley grinste. »Wir können hier also weiterquatschen und Big-Ians-Eye beobachtet für uns solange den Orakel-Wagen. Jedenfalls so lange, bis irgendetwas passiert. Es hat sogar eine Infrarotlinse, mit der kann man auch bei Dunkelheit noch alles erkennen.«

Die drei lehnten sich zurück und warteten. Hin und wieder schauten sie durch Mr Brookstones altes Fernrohr, aber um den Orakel-Wagen herum blieb alles still.

Als den dreien vor Müdigkeit schon fast die Augen zufielen, brummte plötzlich das Fernrohr und bewegte sich ein winziges Stück zur Seite. Aufgeregt sprang Finley auf und schaute hindurch. Brummend bewegte es sich weiter.

»Das gibt's doch nicht!«, stieß Finley plötzlich hervor.

»Was ist?«, fragten Jake und Ava wie aus einem Mund.

»Lady Honoray verlässt den Orakel-Wagen und sie hat echt das Skriptum Futurum unterm Arm!« Finley ließ im nächsten Moment das Teleskop los. »Kommt mit, wir müssen sie aufhalten oder Alarm schlagen. Sie will bestimmt mit dem Skriptum verschwinden!«

Finley stürmte aus dem Raum und Jake und Ava folgten ihm. Am Ende der Treppenstufen angelangt hörten sie einen Knall, der zwischen den Wänden der Fabrik bedrohlich widerhallte. Die gesamte Schule schien augenblicklich aufzuschrecken. Jede Wohnwagentür öffnete sich und im nächsten Moment waren überall Lehrer und Schüler zu sehen. Die drei stürmten auf den Orakel-Wagen zu und umrundeten ihn. Doch Lady Honoray war nirgends mehr zu sehen. Hinter ihnen versammelten sich alle vor dem Eisentor. Anscheinend hatte es außerhalb des Geländes geknallt und es hatte geklungen, als wäre etwas mit Wucht gegen das Tor gestoßen.

Plötzlich flog eine Glasflasche über die Mauer und zersprang inmitten der Lehrer und Schüler in tausend Scherben. Draußen startete ein Motor und Autoreifen quietschten. Mrs Claus eilte auf die Scherben zu und zog einen Zettel daraus hervor.

Sie las laut. »Gebt freiwillig das Skriptum Futurum auf, dann passiert auch niemandem etwas!«

Hinter Mrs Claus tauchte Lady Honoray auf. Sie trug allerdings kein Buch mehr unter dem Arm.

»Sofort alle in die Fabrik!«, rief die Schulleiterin und scheuchte sämtliche Schüler in die Versammlungshalle.

Als alle durchgezählt an den langen Holztischen saßen, trat Mrs Claus vor die Schüler und erhob erneut ihre Stimme. »Jemand versucht, uns mit billigen Tricks Angst zu machen. Das ist nicht das erste Mal, dass so etwas passiert, und ganz sicher wird es auch nicht das letzte Mal sein. Aber Mount Caravan wäre nicht Mount Caravan, wenn wir uns so leicht einschüchtern lassen würden! Habt keine Angst! Angst ist immer der schlechteste Ratgeber.«

Gemurmel machte sich breit.

»Bis auf Weiteres bleibt ihr bitte in euren Wagen. Verriegelt sie gut und lauft auf keinen Fall allein auf dem Gelände herum! Wir werden in der Zwischenzeit den Rat informieren. Mount Caravan ist stärker, als es die meisten vermuten.«

# 22

Auch am nächsten Tag tauchte Ruby nicht auf. Ava war außer sich und suchte unermüdlich das Gelände nach ihrer Hündin ab. Jake und Finley begleiteten sie, aber Ruby schien wie vom Erdboden verschluckt.

Nebenbei versuchten Jake und Finley wieder, in das Observatorium hineinzukommen, um mit dem Big-Ians-Eye herauszufinden, ob Lady Honoray das Skriptum Futurum zurückgebracht hatte. Leider hielt Mr Brookstone es nun außerhalb seiner Unterrichtszeiten gründlich verschlossen. Er schien zwar nichts von ihrem kleinen Ausflug zu wissen, ihm war aber aufgefallen, dass jemand sein altes Fernrohr unerlaubterweise benutzt hatte. Seitdem fragte er allen Schülern dazu ein Loch in den Bauch. Ihnen blieb also nichts anderes übrig, als Lady Honoray aus der Ferne zu beobachten. Doch das Orakel schien ihre Blicke jedes Mal zu spüren und so fanden sie rein gar nichts heraus. Die Zeit verstrich und die Anspannung innerhalb der Mauern stieg immer weiter an.

Die folgenden Tage blieben ruhig. Sie lernten mit Sherwin, optische Täuschungen zu erkennen, beobachteten mit Mr Brookstone den Nachthimmel und übten mit Randy im Unterrichtsfach *Elementbezwingung*, Gefühle wie Stress und Panik zu kontrollieren. Randys Unterricht fand im Tauchturm statt, einer mit Wasser gefüllten endlos langen Glasröhre, in die sie nacheinander mit nur einem Atemzug hinunter- und wieder auftauchen sollten. Dan Randy trug selbst zu Badehose und Flipflops seinen Cowboyhut und ließ sie keine Sekunde aus den Augen.

Jake mochte die Ruhe unter Wasser, auch wenn der Druck der Wassermassen einem die Lungen wie ein Gürtel zuschnürte. Eigentlich ein unangenehmes Gefühl, doch seltsamerweise beruhigte es wirklich. Es kostete Jake nicht annähernd so viel Überwindung, in die Tiefe hinabzugleiten, wie in die Höhen des Hochseilgartens hinaufzuklettern.

*

Drei Tage waren vergangen, als Ruby endlich wieder auftauchte. Das schwere Eisentor öffnete sich unter Quietschen und Sherwin betrat das Schulgelände. Er trug Ruby in seinen Armen und Ava rannte augenblicklich auf die beiden zu. Sie nahm Sherwin die Hündin ab, die in Avas Armen noch größer wirkte. Erst jetzt fiel Jake auf, dass Ruby am ganzen Körper zitterte.

»Wo war sie? Was ist passiert?«, fragte Ava atemlos. Hinter ihr stürmten auch Mrs Claus und ein paar Schüler auf Sherwin zu.

Sherwin klopfte sich Sand von der Hose. »Die Arme muss sich das Bein verletzt haben. Jedenfalls lag sie wimmernd außerhalb der Mauern in einer Sandkuhle.«

Ava sah Sherwin kopfschüttelnd an. »Aber wieso war sie außerhalb der Mauer unterwegs? Wie ist sie da überhaupt hingekommen?«

Sherwin legte die Stirn in Falten und zog einen Zettel aus seiner Jackentasche. »Ruby hatte eine Nachricht am Halsband. Es ist eine weitere Warnung.« Er las laut vor. »Das Skriptum Futurum gehört nicht in eine Schule! Es muss Mount Caravan endlich verlassen! Wir werden kommen und es holen!«

Mrs Claus rückte sich ihre Brille zurecht und trat näher. »Wer hat das geschrieben?« Sie nahm Sherwin den Zettel ab und drehte ihn. »Kein Absender?«

Im nächsten Moment brach Tumult aus. Jeder wollte nun von Mrs Claus wissen, was sie tun sollten, um Schlimmeres zu verhindern. Schließlich hatte sich Ruby nicht zufällig verletzt.

Mrs Claus hob die Hände und rief alle zur Ruhe. »Die Ehemaligen sind verständigt und auf dem Weg zu uns. Bald werden sie eintreffen. Mount Caravan hat sehr, sehr viele Mitglieder! Und das hier ist nur ein Zettel ohne Absender.«

Während alle anfingen, wild durcheinanderzureden, halfen Jake und Finley Ava dabei, Ruby in die Erste-Hilfe-Station zu tragen. Ava hatte nur noch Augen und Ohren für ihre Hündin und so winkte Jake Finley zum Orakel-Wagen.

»Wir müssen Mrs Claus von Lady Honorays seltsamem Verhalten erzählen«, flüsterte er, aber Finley schüttelte nur den Kopf.

»Mrs Claus und Lady Honoray sind eng befreundet, sie wird uns kein Wort glauben!«

Jake holte tief Luft. »Dann müssen wir das Skriptum verstecken, bevor es zu spät ist.«

Finley nickte ratlos. »Wenn erst die Ehemaligen hier alle eintrudeln, wird es noch schwerer, an das Buch zu kommen.«

»Die Frage ist erst mal, wie wir in den Wagen kommen«, überlegte Jake.

»Wir brauchen den Schlüssel«, sagte Finley. »Anders kommen wir nicht rein. Es sieht von außen zwar nicht so aus, aber die Orakel-Wagen sind die bestgeschützten Wagen, die es auf der Welt gibt. Als Ella hier noch neu war, hat sie mal versucht, mit einem Dietrich einzubrechen, danach hatte sie zehn Stunden Nachsitzen bei Mrs Claus höchstpersönlich und eine Menge Ärger am Haken.«

Mit ausreichend Sicherheitsabstand umrundeten die beiden den Orakel-Wagen.

»Die Fenster sind auch nicht gekippt …«, überlegte Jake.

Finley schüttelte den Kopf. »Ist zu unsicher. Der Orakel-Wagen hat eine Belüftungsanlage. Was für einen Sinn hätten sonst die Panzerglasfenster, wenn man sie dann einfach öffnet und jeder ganz leicht einsteigen kann?«

»Okay, wir brauchen den Schlüssel und dann müssen wir Lady Honoray aus ihrem Wagen locken«, fasste Jake zusammen. »Irgendeine Idee, wie wir das machen könnten?«

Finley hob ratlos die Schultern. »Bestimmt beruft Mrs Claus bald eine Krisensitzung ein. Dann muss Lady Honoray den Wagen verlassen, um teilzunehmen. Allerdings brauchen wir trotzdem noch den Schlüssel. Keine Ahnung, wie wir an den rankommen sollen. Carson fragen geht nicht, sonst wissen danach alle, dass wir das Skriptum geklaut haben.«

Jake nickte und zusammen beschlossen sie, erst einmal nach Ava und Ruby zu sehen. Die hatte mittlerweile die Erste-Hilfe-Station verlassen und saß nun in ihrem Wohnwagen. Ava öffnete die Tür und die beiden Jungs nahmen rechts und links von Ruby auf dem Sofa Platz.

»Wie geht es ihr?«, fragte Jake.

Ava zeigte auf Rubys Beinschiene. »Sie muss sich ausruhen und das Bein schonen, dann wird es wieder.« Sie seufzte unglücklich. »Ich verstehe einfach nicht, wie das passieren konnte. Wer macht so etwas? Warum schmeißen sie nicht einfach weiter Glasflaschen über die Mauer, wenn sie uns diese bescheuerten Zettel schicken wollen?«

Jake holte tief Luft und sammelte Mut für seine Frage. Das könnte jetzt unangenehm werden. »Meinst du, ähm ... es ist dein Bruder?«

Ava sah Jake ein paar Sekunden schweigend aus ihren dunklen Augen an. »Ich kann mir einfach nicht vorstellen, dass er wirklich Ella oder Ruby etwas antun würde.« Sie zwirbelte nachdenklich an ihrem Pferdeschwanz und ihre Miene wurde traurig. »Aber ich konnte mir auch nicht vorstellen, was er damals getan hat. Also: keine Ahnung. Vielleicht.«

*

In dieser Nacht schlief Jake unruhig. Er wälzte sich hin und her, und als er endlich eingeschlafen war, weckten ihn panische Rufe. Draußen flackerte Licht. Jake setzte sich im Bett auf und blinzelte. Es roch nach Rauch. Schnell rüttelte er Finley wach und gemeinsam sprangen sie aus den Betten. Als Jake ihre Wagentür öffnete, stieß ihnen die Hitze knisternder Flammen entgegen.

Der Orakel-Wagen, der inmitten aller anderen Wagen stand, brannte lichterloh. Dan Randy und Mr Brookstone standen in kohleverschmierten Boxershorts und Pyjama vor dem Orakel-Wagen und spritzten aus Feuerlöschern, während Mrs Claus eine nach Luft ringende Lady Honoray aus dem Inneren des Wagens schleppte. Ein paar Schüler kippten einen Eimer Wasser nach dem nächsten auf den brennenden Wagen und Jake und Finley halfen eilig mit, bis das Feuer besiegt war.

Bald qualmte der halb verkohlte Orakel-Wagen nur noch. Unter den verbrannten Holzlatten erkannte man jetzt die Stahlwände, die unverwüstlich dem Feuer trotzten und unter der Holzverkleidung wie ein riesiger Tresor vor ihnen aufragten. Die Lehrer trieben alle Schüler zusammen, verteilten Decken und ließen den Koch literweise heißen Tee ausschenken. An die Außenwand der Haupthalle hatte jemand eine Nachricht gesprayt.

*Es wird nicht aufhören, bis das Skriptum Futurum frei ist!*

Erschöpft und kopfschüttelnd standen die Lehrer davor und beratschlagten sich. Stimmen schallten über das Fabrikgelände, bis Mrs Claus schließlich lautstark ihren Entschluss verkündete: »Geht zurück in eure Betten! Wir werden das Gelände bis zum Morgengrauen sichern. Dann sehen wir weiter.«

# 23

Der nächste Tag startete früh. Jake und Finley hatten die Nacht über kaum ein Auge zugemacht und hielten es jetzt nicht mehr in ihren Betten aus. Eilig streiften sie sich Jeans und Pullover über und öffneten die Wagentür. Alles um den Orakel-Wagen herum lag noch immer unter einer dunklen Rußschicht begraben. Die verkohlten Holzlatten dampften in der feuchten Morgenluft. Der Tag zeigte ihnen ungeschminkt den Schrecken der Nacht. Wortkarg liefen Jake und Finley über den geschwärzten Boden Richtung Frühstücksraum. Sie waren nicht die Einzigen. An fast jedem Tisch saßen bereits Schüler. Die Sorgen hingen im Raum und drückten auf sie herab.

Jake und Finley setzten sich zu Bart, der sich unter seinen Kopfhörern verbarrikadiert hatte und an einem Brötchen kaute. Mit einer dampfenden Tasse Kaffee setzte sich Sherwin zu ihnen. Er war noch zur Hälfte mit Ruß verschmiert und sah müde aus.

»Na ihr, die Nacht überstanden?«, fragte er.

»Einigermaßen«, gab Jake lächelnd zurück.

Finley warf Sherwin einen fragenden Blick zu. »Steckt Befox dahinter?«

»Möglicherweise. Ja.« Sherwin rieb sich über die Augen. »Zumindest würde das zu ihm passen. Dem ist alles zuzutrauen.« Ihr Lehrer schüttelte angewidert den Kopf. »Ich frage mich nur die ganze Zeit, warum Lady Honoray nicht besser aufgepasst hat. Als Orakel hätte sie das doch voraussehen müssen ... na ja, wenigstens hat keiner der Schüler-Wagen gebrannt, die hätten das nicht so locker überstanden.«

Noch während des Frühstücks rauschte Mrs Claus in den Essensraum. Unter ihre Augen gruben sich dunkle Schatten in die Haut.

»Kinder, hört her! Ab morgen beginnen wir außerplanmäßig das dritte Trimester. Wir haben die Warnungen unterschätzt und ziehen so schnell wie möglich auf ein sichereres Gelände um. Bitte beginnt sofort nach dem Frühstück, alles zusammenzupacken. Wir werden noch heute aufbrechen, damit wir die Nacht hindurch fahren können. Auf dem neuen Gelände werden wir Verstärkung erhalten, seid ganz beruhigt. Ich habe alle informiert.« Mrs Claus drehte sich auf dem Absatz um und verließ mit lauten Klackgeräuschen den Saal.

Sofort standen alle auf. Stühle wurden gestapelt und Tische zusammengeklappt. Draußen machten sich die Schüler daran, die Asche abzuwischen, die sich auf alles im Umkreis von vielen Metern gelegt hatte. Jake sah auch dieses Mal wieder beeindruckt zu, wie um ihn herum die Wohnwagen zusammenschrumpften, indem halbe Stockwerke einfuhren, Terrassen hochklappten und Überdachungen zusammenrollten.

*

Es dämmerte bereits, als alle Wagen aneinandergehakt hinter dem dampfenden Nimmerzeit-Schlepper hingen und Mrs Claus das Zeichen zum Aufbruch gab. Nachdem Dan Randy

Luigis Pasta
MANUFAKTUR

alle Schüler durchgezählt hatte, ließen sich Jake und Finley erledigt in die weichen Polster ihres Sofas sinken. Draußen setzten Motorengeräusche ein und mit dem bekannten Schaukeln bewegte sich ihr Wagen mitsamt der restlichen Kolonne vorwärts.

Mittlerweile war es so spät, dass die Fensterscheiben aussahen wie mit schwarzer Farbe lackiert. Nur ein kugelrunder Mond leuchtete auf sie hinab. Die alte Fabrik hatte sich in ein Schattentheater verwandelt. Das Schaukeln der Wagenkolonne wiegte sie halb in den Schlaf und so schlüpften sie in ihre Betten. Jake starrte an die Decke. Obwohl er hundemüde war, konnte er einfach nicht einschlafen.

»Weißt du, wo wir hinfahren?«, fragte er ins Dunkle hinein.

»Hm hm«, brummte Finley schläfrig. »Wenn wir nicht zur Burg zurückfahren, dann sind wir jetzt auf dem Weg zur Nebligen Insel.«

»Und was passiert dort?«

»Da sind wir immer im dritten Trimester. *Sagenkunde* kommt neu dazu. In den Höhlen.«

Jake stöhnte. »Wir haben Unterricht in *Höhlen?*«

»Jap. Auf der Insel, siehst du morgen.«

Jake zog sich seine Bettdecke bis zum Kinn hoch und versuchte ebenfalls einzuschlafen. Aber es wollte ihm einfach nicht gelingen.

»Wieso ist ausgerechnet Befox Avas Bruder?«, flüsterte er nach einem Moment in die Stille. »Ich meine, wie können zwei Menschen so grundlegend verschieden sein?«

Finley murrte verschlafen und rutschte ein Stück an seinem Kissen hoch. »Keine Ahnung. Soweit ich weiß, war Befox früher sogar ganz beliebt. Die meisten mochten ihn. Schätze, entweder konnte er sich gut verstellen oder er hat sich verändert. Wer weiß schon, warum jemand so etwas tut?«

Finley drehte sich um und erst dachte Jake, dass er jetzt schlafen wollte, aber dann sprach er doch weiter: »Ava hing früher total an Befox, weißt du? Wenn der irgendetwas blöd fand, fand Ava es auch blöd. Aber das ist vielleicht auch normal. Befox ist Avas großer Bruder und die beiden hatten immer nur sich. Glaube, zu ihren Eltern hatten sie ewig keinen Kontakt mehr. So was schweißt wahrscheinlich zusammen. Jedenfalls ... seit Befox weg ist, ist Ava ganz allein. Ich glaube, sie hat es bis heute nicht verkraftet, dass ihr Bruder sich so verändert hat.«

Jake erinnerte sich, wie oft er sich schon in der Vergangenheit gewünscht hatte, einen Bruder oder eine Schwester zu haben. Jemanden, den er zu seiner Familie zählen konnte und mit dem er sich weniger allein gefühlt hätte. »Wie hat Ava reagiert, nachdem Befox ...« Jake hielt inne.

»Verschwunden ist?«, vervollständigte Finley seinen Satz mit einem tiefen Seufzen. »Sie wollte es lange nicht glauben, aber so wie Befox sich verhalten hat, musste sie es irgendwann. Ist echt hart ... so was über denjenigen zu erfahren, der einem am nächsten steht.«

MOUNT ★ CARAVAN

Skriptum Futurum

# III. TRIMESTER

Thema: Wer zurückschaut, schaut gleichzeitig nach vorn

# 24

Die Kälte der Nacht hatte Wassertropfen auf den Innenseiten der Fensterscheiben hinterlassen. Die Wagenkolonne war stehen geblieben, zumindest hatte das beruhigende und stetige Wanken aufgehört. Jake rappelte sich auf und schaute zu Finley hinunter, der wie immer bereits auf den Beinen war.

»Morgen«, begrüßte er Jake. »Wir sind da, wir warten nur auf die Fähre!«

Jake rutschte gespannt aus dem Bett, wischte über eine der beschlagenen Scheiben und stierte hinaus. Ringsherum hing Nebel und Tau auf den Wiesen und die Wagen standen immer noch in einer Schlange hintereinander. Mehr erkannte Jake nicht, also streifte er sich Jeans, Pullover und Turnschuhe über und stieg aus. Das feuchte Gras durchnässte seine Schuhe und er fröstelte. Aber die kühle Brise, die ihm durch die Haare zog, tat gut und weckte seine Lebensgeister. Am vordersten Ende der Wagenkolonne stand Ava. Dampf stieg hinter ihr aus dem metallenen Schornstein des Schleppers auf.

Vor ihnen lag ein dunkler See. In Wellen schwappte das Wasser ans Ufer. Hinter ihnen klapperten die Laternen der Wohnwagen im Wind und leuchteten gegen die diesige Luft an. Schweigend stellte sich Jake neben Ava und schaute auf den See hinaus. Plötzlich tauchte eine wackelnde Laterne im Nebel auf. Wie ein schwirrendes Glühwürmchen wippte sie auf dem Wasser.

»Da ist sie!«, entfuhr es Ava und strahlte Jake an.

Das Wasser plätscherte, während das Licht näher kam und eine Fähre erkennen ließ. Eine kräftige hochgewachsene Frau steuerte zu ihnen ans Ufer. Unter ihrem breitkrempigen Lederhut schaute ein geflochtener Zopf hervor und ihr Regencape war lang wie ein Mantel.

Die Fähre stieß ans Ufer. Sofort startete der Motor des Schleppers und fuhr immer nur so viele Wohnwagen zur Fähre, wie darauf Platz fanden. Die Lehrer packten alle mit an und halfen, zu schieben oder Kupplungen zu lösen. Die Frau mit dem Lederhut winkte sie ungeduldig zu sich und Mrs Claus scheuchte alle Schüler zurück in ihre Wohnwagen. Wie eine Dirigentin zeigte sie zwischen Fähre, Schlepper und Wagen hin und her und schrie knappe Anweisungen ins Morgengrauen.

Als die ersten Wohnwagen auf der Fähre parkten, fuhr die Frau mit ihnen hinaus auf den dunklen See. Jake versuchte, den Wagen vom Ufer aus nachzublicken, doch schon bald verschluckte sie der Nebel. Als das Boot zurückkam, wurde ihr Wagen auf die Fähre geschoben. Die Frau blies in eine Trillerpfeife und nickte ihnen und den anderen zu. Jake verstand nur Bahnhof, aber Finley wusste scheinbar, was zu tun war. Er stieg aus und drückte neben jedem Autoreifen unter ihrem Wagen einen Schalter. Daraufhin rasteten die Reifen nacheinander im Boden ihres Wohnmobils ein und verschwanden. Ihr Wagen besaß nun keine Räder mehr, sondern nur noch einen glatten metallenen Unterboden.

Die Fähre fuhr los und zog sie auf den See hinaus. Gemeinsam hingen die beiden Jungs am geöffneten Fenster ihres Wohnwagens. Brummend glitten sie mit den anderen Wagen über das Wasser. Entfernt entdeckte Jake eine Insel im Nebel. Beim Näherkommen sah er einen breiten Holzsteg, der vom Ufer ins Wasser führte. Doch zu Jakes Erstaunen fuhr die Fährfrau sie nicht zur Insel, sondern hielt mitten auf dem See. Erneut blies sie in eine Trillerpfeife. Geräuschvoll traten die schweren Stiefel der Frau über den Boden der Fähre. Mit einem langen Stab fischte sie ein Stahlseil aus dem Wasser, das an einem Holzpfahl hing.

»Fang!«, rief sie und warf es Finley zu, der es fachmännisch an ihrem Wohnwagen befestigte. Dabei bedachte die Frau sie mit einem verschmitzten Lächeln. Als Finley wieder im Wagen neben Jake Platz genommen hatte, schob sie ihren Wagen von der Fähre hinunter ins Wasser. Jetzt schaukelten sie wie ein Boot zwischen den anderen auf dem nebligen See, angebunden an einen Holzpfahl.

Finley lehnte sich zurück und warf Jake einen genervten Blick zu. »Willkommen im dritten Trimester. Ich hoffe, du wirst nicht so leicht seekrank.«

Bald darauf sah sich Jake von schwimmenden Wohnwagen im Wasser umringt. Er schüttelte den Kopf. Im Ernst, ein noch seltsameres Schulgelände hätten die sich wirklich nicht einfallen lassen können. Langsam wich die Morgendämmerung dem anbrechenden Tag. Um sie herum wurden die Wagendächer wieder hochgefahren, die Fensterläden geöffnet und Veranden ausgeklappt, auf denen Bänke und Sessel ihre angestammten Plätze wiederfanden. Nach und nach ähnelten ihre Wohnwagen einer Hausbootkolonie. Jake sah der Fähre nach, wie sie brummend verschwand.

»Wieso parkt sie uns hier?«, fragte Jake irritiert. »Wir schwimmen mitten auf einem See! Hätte sie uns nicht an den Steg am Ufer anbinden können?«

Finley hob nur die Schultern. »Ich weiß es nicht, normalerweise –«

Da entdeckten die zwei Dan Randy, wie er mit ein paar Helfern mehrere Paddelboote über den See ruderte und an jedem Wagen eines davon festband. Jake warf Finley einen ungläubigen Blick zu, der daraufhin schwer ausatmete. »Tja ... sieht so aus, als müssten wir dieses Jahr wirklich auf dem Wasser rumhängen. Die letzten Jahre haben wir immer am Steg der Insel angelegt.« Finley drehte an einer Kurbel und die hölzerne Veranda vor ihrem Wohnwagen fuhr aus. »Immerhin brauchen wir uns hier nicht vor Feuer zu fürchten.« Finley hob einen Mundwinkel und winkte Jake hinaus in das Paddelboot. Gemeinsam ruderten sie zwischen den vielen schwimmenden Wagen hindurch. Finley lenkte sie geradewegs zu einem imposanten Segelboot, das leicht im Wasser wippte. Es war eine historische Segeljacht und erinnerte Jake ein bisschen an ein altes Piratenschiff. Vorne am Schiffsbug las Jake den in roten Buchstaben gepinselten Namen ›*Fuzzy Gray*‹.

Finley band ihr Boot am Segelschiff fest und kletterte über eine Außenleiter an Deck. Jake tat es ihm nach und betrat hinter Finley die knarzenden Bohlen. Vor ihnen standen Holztische und ein paar Liegen. An einem der Tische saß Ava, die sie zu sich winkte. Vom Schiff aus hatten sie einen tollen Blick über all die schwankenden Wohnwagen. Von überallher stöhnte und schnaufte es, während die Schüler sich in ihren Paddelbooten zur Fuzzy Gray aufmachten.

Mit offenem Mund blickte Jake über sich an den knarzenden Masten und eingerollten Segeln empor.

»Das ist im dritten Trimester unser Gemeinschaftsraum«, lachte Ava über Jakes Gesichtsausdruck und zog ihn weiter. »Diesmal müssen wir ihn uns leider mit den Lehrern teilen, aber dafür gibt es noch ein Untergeschoss.«

»Mach schon, Jake, wenn wir uns nicht beeilen, sind gleich die besten Plätze belegt.« Finley winkte sie die steilen Stufen hinunter in den Schiffsbauch in einen Saal, der ebenfalls mit Tischen und ein paar Sofas bestückt war. Dahinter, im Schiffsbug, hantierte bereits der Koch in einer Bordküche.

Nachdem auch Mrs Claus zur Fuzzy Gray gerudert war, kamen alle an Deck zusammen. »Herzlich willkommen zum dritten Trimester«, rief die Schulleiterin in die diesige Luft über ihren Köpfen. »Erst einmal ein großes Dankeschön, dass ihr alle so kräftig mit angepackt habt. Hier werden wir uns nun viel besser gegen jegliche Angriffe schützen können als in der Nudelfabrik. Das zweite Trimester war ungewohnt kurz und wir werden überlegen müssen, wie und wann wir das Versäumte nachholen. Aber jetzt widmen wir uns erst einmal dem Thema des dritten Trimesters. Es lautet: *Wer zurückschaut, schaut gleichzeitig nach vorn.*« Mrs Claus lächelte schelmisch. »Wie gewohnt wird Mrs MacCalbat mit euch in den Höhlen die Rätsel der Vergangenheit beleuchten. Sie können euch mehr über eine mögliche Zukunft verraten, als ihr glaubt!« Mrs Claus verteilte die neuen Unterrichtspläne und übereichte jedem einen Lageplan, mit dem man sich auf dem neuen Gelände zurechtfinden würde. *Als ob das nötig ist,* dachte Jake mit einem Blick auf den Plan. Es gab das Schiff, das Wasser und die Insel. Mehr nicht.

»Das dritte Trimester wird dieses Jahr etwas anders ablaufen, als ihr es gewohnt seid«, fuhr Mrs Claus fort. »Lady Honoray hat angeordnet, dass die Insel nur in Begleitung von Mrs MacCalbat oder eines anderen Lehrers betreten werden darf. Außerhalb des Unterrichts bleiben alle Schüler in ihren Wohnwagen oder auf der Fuzzy Gray. Bleibt immer in Gruppen zusammen, keine Alleingänge!«

Finley hatte es zwar angedeutet, trotzdem traute Jake seinen

Ohren kaum. Bis zum Unterrichtsbeginn mussten wirklich alle Schüler hier auf dem Wasser bleiben? Über ihnen hing schwer der Nebel und schien nicht vorzuhaben, die Sicht freizugeben. Unter ihren Füßen schwappte das schwarze Wasser an die Holzbohlen und die feuchte Luft kroch ihnen durch jede Jackennaht.

Die Zeit verstrich quälend langsam, während sie grübelten, wie sie an das Skriptum Futurum kommen konnten. Wie sollte man nur etwas stehlen, das von seiner Besitzerin nie aus den Augen gelassen wurde?

*

Auch das dritte Trimester begann mit Lady Honoray und einer Imaginistik-Stunde. Aus Platzgründen fand der Unterricht an Deck des Segelschiffes statt. Diesmal saßen sie auf Klappstühlen um das Skriptum Futurum herum. Bevor sie alle nacheinander in den Beutel mit den Bohnen griffen, führte Lady Honoray sie in das Thema des letzten Trimesters ein. Sie sollten versuchen, sich in die »vergangene Gegenwart« der Nimmerzeit zu lesen. Jake konnte sich nicht im Geringsten vorstellen, was das für eine Zeit sein sollte, deshalb schrieb er alles ganz genau mit, was Lady Honoray dazu erklärte. Um sich in die vergangene Gegenwart zu lesen, sollten sie das Wort entziffern, das auf einer ungeraden Seite genau in der Mitte stand, und dann von dort aus immer Satz für Satz rückwärtslesen.

Heute ergatterte Jake eine der weißen Bohnen und durfte versuchen, sich in die vergangene Gegenwart zu lesen. Als er endlich als Letzter an der Reihe war, konzentrierte er sich darauf, es genau so zu machen, wie Lady Honoray es erklärt hatte. Er schlug das Buch irgendwo auf, suchte die ungerade Seite und wählte dann zwischen den vielen Symbolen und Buchstaben einen Satz aus, der genau in der Mitte stand. Mittlerweile wurde ihm nicht mehr schwindelig beim Lesen und nur ganz selten verschwammen noch die Zeichnungen und Buchstaben vor seinen Augen.

Ko…mm mit a…uf die S…uch…e …

Jake las, ohne zu zögern, den ersten Satz vor. Konzentriert versuchte er, rückwärts weiterzulesen. Die Buchstaben blähten sich auf, wackelten und vibrierten aufgeregt, bis Jake sie in Gedanken zurück auf das Papier drückte und weiterlas. Um ihn herum wuchsen Baumstämme und hohe Gräser aus den Buchseiten heraus. In Windeseile rankten und schoben sie sich um ihn herum in die Höhe, bis er darin versank. Unter seinen Füßen wuchs ein Berg. Stolz stellte Jake fest, dass er sich noch nie so schnell wie heute in die Nimmerzeit gelesen hatte.

Er trug einen Hut, unter dem ihm furchtbar heiß war. Mücken umkreisten ihn und seine Füße steckten in schweren Wanderschuhen. Inmitten einer kleinen Gruppe von Leuten, die mit Fernrohren behängt waren, schwere Rucksäcke schleppten und Westen trugen, auf die mehrere Taschen genäht waren, stieg er einen Felsen hinauf. Jake tippte, dass die Leute Wissenschaftler auf einer Expedition waren, vielleicht Archäologen oder Historiker.

Aufgeregt stellte er fest, dass es derselbe Felsen war, den er bisher nur von Weitem gesehen hatte. Über ihm kreiste ein Falke und er roch frische Bergluft.

Vor ihm erkannte er wieder diese blonde Frau. Sie trug das Skriptum Futurum unter ihrem Arm und drehte sich freudestrahlend zu einer anderen Frau um, die neben ihr ging. Jake hielt kurz die Luft an. Das war Lady Honoray! Nur sehr viele Jahre jünger – und in einer Bergsteigerausrüstung. Über ihrer Schulter trug sie ein Kletterseil.

Die blonde Frau reichte Lady Honoray das Skriptum Futurum. »Trag du es das letzte Stück bis zum Expeditionscamp«, sagte sie. »Mir werden langsam die Arme schwer.«

Woher kannte Jake die blonde Frau nur? Ihre Stimme, ihre Bewegungen, einfach alles an ihr kam ihm seltsam bekannt vor. »Ich kann es noch gar nicht richtig glauben, dass wir es wirklich wiedergefunden haben!«, sagte sie zu Lady Honoray.

Jake drehte sich um und versuchte zu erkennen, wer hinter ihm den Berg hochstieg.

Plötzlich unterbrach Lady Honoray seinen Ausflug in die Nimmerzeit und klappte ohne Vorwarnung das Skriptum Futurum zu. Alles um ihn herum löste sich augenblicklich in Luft auf.

»Das reicht für heute!«, sagte sie scharf, als hätte Jake etwas Verbotenes getan.

»Wie … Warum? … Hab ich was falsch gemacht?«, stammelte er. Jake fühlte sich, als hätte ihm jemand im Tiefschlaf einen Eimer eiskaltes Wasser ins Gesicht gekippt.

Lady Honoray atmete geräuschvoll durch ihre geweiteten Nasenlöcher aus. »Die Geschichten von damals haben immer Einfluss auf die Geschichten von heute! Einige sind mit Vorsicht zu genießen!« Lady Honorays Stimme wurde mit jedem Satz barscher. »Du solltest dich in die vergangene Gegenwart lesen, nicht einfach wild drauflos, wie es dir gerade Spaß macht, nicht wahr!«

»Aber … das habe ich versucht«, rechtfertigte sich Jake. Er hatte alles so gemacht, wie sie es ihm gesagt hatte. Doch Lady

Honoray warf ihm nur einen verärgerten Blick zu, nahm sich das Skriptum Futurum und beendete die Unterrichtsstunde mit einer Hausaufgabe, die sich gewaschen hatte. Bis zum nächsten Imaginistik-Unterricht mussten sie einen zehnseitigen Aufsatz über die exakte Zeitspanne der Vergangenen Gegenwart vorbereiten. Alle stöhnten und bedankten sich *recht herzlich* dafür bei Jake.

*

Den Rest des Tages verbrachte Jake mit Finley und Ava auf dem Segelschiff. Dort leuchteten mittlerweile Lampions in allen Farben. Jake spürte, wie die Angst und Anspannung unter ihnen auf dem Wasser nachließ. Verborgen im Nebel und mitten auf dem See fühlten sich alle ein bisschen sicherer.

Bruno, der das dritte Trimester liebte, war in allerbester Stimmung. Jake konnte sich gut vorstellen, wie schön es für ihn sein musste, einen Ort zu haben, wo alle anderen ebenso lebten, wie er es sonst überall tat. Auf dem See hielten sich die meisten an Deck auf und zogen sich nur zum Schlafen in ihre Wohnwagen zurück. Im Gegensatz zur Nudelfabrik und der alten Burgruine war Bruno hier nur selten allein. Er war so voller Tatendrang, dass er ein weißes Laken aufhängte und Mr Brookstone einen alten Projektor abschwatzte. Sobald es dunkel genug wurde, lud er alle zum Kinoabend ein. Und so nahm die Aussicht auf endlose Langeweile, die sich in den Wagen rasch ausgebreitet hätte, ein schnelles Ende. Zumindest für den heutigen Abend.

# 25

Der Sagenkunde-Unterricht bei Mrs Elsa MacCalbat entpuppte sich als endloses Durchforsten der Höhlen auf der nebligen Insel. Ihre Lehrerin hatte sie heute auf der Fuzzy Gray erwartet. Mit ihrem breitkrempigen Hut, den Gummistiefeln und dem weiten Arbeitsanzug erinnerte sie irgendwie an eine Gärtnerin.

Nachdem Mrs MacCalbat sie kurz darauf zum Holzsteg der Insel schipperte, verstand Jake auch ihre Kleidungswahl. Der Nebel hing so dicht über dem feuchten Gras, dass sie keine drei Meter weit sehen konnten. Deshalb entdeckten sie die Höhle auch erst, als sie bereits davorstanden. Der Eingang sah gewaltig aus und erinnerte eher an einen römischen Tempeleingang. Ihre Lehrerin hielt sich ihren Zeigefinger vor die Lippen und warf ihnen der Reihe nach einen warnenden Blick zu. Gemeinsam betraten sie die Höhle.

Mühselig mussten sie im Gänsemarsch hinter Mrs MacCalbat herlaufen und dabei mithilfe der Stirnlampen an ihren Helmen die Felsenwände absuchen. Überall auf die Steine waren großflächige Wandgemälde gemalt, die sie nach alten Zeichen und Symbolen absuchen und in ihre Projekthefte abzeichnen mussten.

Finley hasste Sagenkunde wie die Pest und hielt es für die größte Zeitverschwendung überhaupt. Ganz im Gegensatz zu Ava, die begeistert vor ihnen die Höhlenwände ablief und nicht verstehen konnte, wie jemand die alten Zeichnungen nicht spannend finden konnte.

Nach gefühlten hundert Jahren sammelte Mrs MacCalbat die Projekthefte wieder ein und brachte sie endlich zurück zum Segelschiff.

Doch auch danach verlief die Zeit auf den schwimmenden Wohnwagen langsam und zäh. Es gab so wenig zu tun, dass sich Finley sogar, ohne zu murren, im Sportunterricht bei Mr Randy einfand. Der kratzte sich über Finleys unkompliziertes Erscheinen nur verwundert unter seinem Cowboyhut den haarlosen Kopf.

Vor ihnen im Wasser schaukelten die Ruderboote. Randy teilte sie in kleine Gruppen auf, die sich zusammen jeweils eines davon teilten. Ihr Lehrer erklärte ihnen die überschaubaren Regeln einer Regatta und schon ruderten sie um die Wette auf den See hinaus. Völlig aus der Puste und mit bleischweren Armen und schmerzenden Hinterteilen entließ er sie nach einer Stunde wieder. Erschöpft schleppten sie sich zum Abendessen und schaufelten alles, was vor ihnen auf den Tellern lag, ohne groß nachzudenken, in sich hinein.

Als sie wieder einigermaßen bei Kräften waren, ließen sie ihre Füße von der Reling der Fuzzy Gray baumeln.

»Fühlt sich an wie Hausarrest«, sagte Jake in die diesige Luft, »nur ohne dass man was ausgefressen hat.«

Ava nickte. »Wieso, glaubt ihr, dürfen wir eigentlich nicht mehr allein auf die Insel?«

»Lady Honoray hat das angeordnet«, sagte Finley gewichtig, als würde diese Tatsache schon alles erklären.

Ava hob eine ihrer Augenbrauen. »Und was sagt uns das?«

»Nichts, das ist es ja«, gab Finley zurück. »Wo steckt sie überhaupt? Habt ihr sie gesehen seit unserer letzten Imaginistik-Stunde? Also ich nicht.«

»Bestimmt sitzt sie wie immer in ihrem Wagen.«

»Der hat doch gebrannt!«, widersprach Finley. »Dadrin ist es jetzt sicher nicht übermäßig angenehm. Ich wette, das Buch ist schon längst woanders. Schließlich hat sie schon vor dem Brand versucht, damit den Wagen zu verlassen. Erinnert ihr euch?«

Jake strich sich seine Haare zurück. »Finley hat recht. Seit wir hier sind, brennt nie Licht im Orakel-Wagen. Ich kann mir nicht vorstellen, dass das Orakel immer im Dunkeln sitzt.«

»Bei normalen Leuten wäre so etwas komisch, stimmt«, antwortete Ava. »Aber nicht bei Lady Honoray.«

»Finde ich schon«, beharrte Finley.

Neben ihnen lehnte sich Sherwin an die Reling. »Na, ihr drei«, grüßte er sie. »Die erste Hokuspokus-Stunde überstanden?« Er zwinkerte Jake zu. »Warum Mrs Claus an diesem Mystikquatsch mit Mrs MacCalbat festhält, habe ich schon als Schüler nie verstanden.«

Finley kicherte leise.

»Ich habe gerade mit einem halben Ohr mitbekommen, dass ihr euch wundert, wo Lady Honoray ist«, sagte Sherwin und sah dabei auf den See hinaus.

Jake nickte. »Weiß denn jemand von den Lehrern, wo sie gerade ist?«

Sherwin hob die Schultern. »Na ja, es ist nicht so unnormal, dass sie auch mal wegfährt. Ein Orakel hat ja viele verschiedene und wichtige Aufgaben. Aber … ehrlich gesagt, ich frage mich, wieso sie ausgerechnet jetzt wegmusste.« Sherwin seufzte schwer.

»Wieso denn?«, hakte Ava nach.

»Na ja …« Ihr Illusionslehrer machte eine Pause und lächelte sie an. »Nach allem, was passiert ist, sollte sie hier bei euch sein und den Schülern zeigen, dass sie sich um Mount Caravan und das Skriptum Futurum kümmert. Gerade jetzt einfach wegzufahren, wirft kein gutes Licht auf unser Schulorakel.«

Finley nickte. »Ja, als wäre es ihr egal, oder? Wir finden das auch komisch!«

Gedankenverloren kratzte sich Sherwin übers Kinn. »Lady Honoray ist ein bisschen verbohrt, wenn es darum geht, wie man das Skriptum am besten beschützt. Da lässt sie außer ihrer eigenen Meinung nichts gelten. Manchmal glaube ich, sie vergisst leider, dass es ihr nicht allein gehört, sondern uns allen. Es ist schon ein bisschen komisch, dass nur sie allein mit dem Skriptum vertraut ist. Ich verstehe auch nicht, warum Mrs Claus Lady Honoray nicht bremst bei ihren Alleingängen.«

Jake fiel wieder ein, wie Lady Honoray ihm in der letzten Imaginistik-Stunde das Skriptum fast aus der Hand gerissen hatte, nachdem sie der Meinung war, er hätte genug gelesen.

Sherwin atmete geräuschvoll aus. »Hoffen wir mal«, lenkte er ein, »dass Lady Honoray bald mit einer guten Erklärung für ihr Verhalten zurück ist.«

# 26

Auch in den nächsten Tagen tauchte Lady Honoray nicht auf. Das Orakel von Caravan schien wie vom See verschluckt. Zwar hatte sie auch früher nur selten an den gemeinschaftlichen Abendessen teilgenommen, doch mittlerweile vergaß man fast, dass sie zur Schule gehörte. Sherwin hatte recht: Irgendetwas stimmte nicht.

»Vielleicht sind sie und das Skriptum gar nicht mehr in der Schule?«, überlegte Finley.

Ava schüttelte den Kopf. »Quatsch, es wird im Safe liegen. Wie immer.«

»Na ja«, warf Jake ein. »Der Orakel-Wagen ist total angekohlt und Lady Honoray ist ja auch nicht da. Meinst du wirklich, sie würde das Skriptum in dieser Situation da drinlassen? In der Nudelfabrik saß sie jedenfalls wie eine Henne auf dem Buch.«

»Ich glaub trotzdem nicht, dass sie es aus der Schule weggebracht hat«, gab Ava zurück. »Wieso sollte sie auch? Sie will das Buch doch beschützen. Und die Ehemaligen werden ja bald ankommen, dann ist das Buch sowieso viel sicherer!«

»Ich weiß nicht …«, sagte Jake. »Ich finde, wir sollten die Gelegenheit nutzen und uns einmal im Orakel-Wagen umsehen.

Versuchen wir, das Skriptum Futurum zu finden, bevor es ein anderer tut!« Jake überlegte einen Moment. »Nur wie kommen wir an den blöden Schlüssel?«

Ava lächelte. »Kein Problem.«

Jake und Finley sahen Ava verwundert an. »Du hast einen Schlüssel für den Wagen?«

»Nein, natürlich nicht«, winkte sie ab. »Aber ich weiß, wo der Schlüssel versteckt ist. Und außer Lady Honoray – und meiner Wenigkeit – hat wirklich niemand eine Chance, da dranzukommen. Deshalb habe ich auch für Carson heimlich den Schlüssel für die Mutproben besorgt.« Ava hob gewichtig ihre Augenbrauen. »Das ist ein Geheimnis, verstanden? Niemand außer mir weiß davon! Wenn ihr versprecht dichtzuhalten, zeige ich es euch.«

*

Die drei warteten, bis die Nacht über den See hereinbrach und alle in Mount Caravan in ihren Betten schliefen. So geräuschlos wie möglich ruderten sie zwischen den Wohnwagen hindurch. Dabei machten sie einen weiten Bogen um Brunos Wagen. Schließlich schlief er nicht nur auf seinem Wagendach, er hatte auch den leichtesten Schlaf von allen und wachte bei der kleinsten Bewegung um ihn herum auf.

Dunkel und still wippte der Orakel-Wagen im Wasser. Man roch immer noch das Feuer der verkohlten Holzplanken. Die drei drückten ihre Ohren an die frei liegenden Stahlwände. Es war ruhig im Inneren. Nicht das leiseste Geräusch war darin zu hören. Aber das hieß natürlich noch lange nicht, dass Lady Honoray nicht doch nur schlief.

»Geht mal etwas zurück!«, sagte Ava und winkte Sir Lancelot zu sich.

Als Finley den Kater sah, ging er so weit rückwärts, dass er um ein Haar ins Wasser gefallen wäre. »Unterschätz nie Sir Lancelot!«, flüsterte er Jake zu. »Der Terror-Kater ist der schlimmste Wachhund weit und breit. Der zerkratzt dir schneller das Gesicht, als du weglaufen kannst. Warum das krasse Vieh bei Ava eine Ausnahme macht, versteht niemand.«

Sir Lancelot sprang vom Dach. Als er Jake entdeckte, stellte er sein Fell auf und fauchte böse. Ava ging eilig auf den Kater zu und sofort wirkte er wie ausgewechselt. Er strich ihr um die Beine, ließ sich von ihr auf den Arm nehmen und fing an zu schnurren. Vorsichtig grub Ava ihre Finger unter Sir Lacelots Kopf ins Fell und ließ das Halsband des Katers sichtbar werden. Mit einem Klack öffnete sie es. Jakes und Finleys Hälse wurden immer länger, während sie Ava staunend dabei zusahen, wie sie aus dem Verschluss des Halsbandes einen Schlüssel herauslöste. Den hätte Jake beim besten Willen dort nicht entdeckt, so unscheinbar war er in die Schnalle eingearbeitet worden. Außerdem war er ungewöhnlich klein und sah ziemlich kompliziert aus.

Ava nickte, hielt den Schlüssel in die Höhe und winkte sie zur Tür. Sir Lancelot fauchte kurz, als die beiden Jungen näher kamen, ließ sich aber durch ihren gebührenden Sicherheitsabstand beruhigen.

So lautlos wie möglich schob Ava den Schlüssel ins Schloss und drehte. Klack, machte es. Und klack, klack, klack und KLACK folgten, während sich hinter der Tür die Verriegelungen geräuschvoll öffneten. Bei jedem einzelnen Geräusch zuckten sie zusammen. Aber im Wagen blieb es weiterhin ruhig und so schlichen sie sich auf leisen Sohlen hinein. Nein, ganz sicher – hier war niemand.

»Moment«, flüsterte Finley und zog sein Emometer aus der Hosentasche. Trotz aller Wundertechnik sah es immer noch wie eine ganz normale Taschenlampe aus – und funktionierte auch wie eine. Kurzerhand schob Finley es sich unter den Pullover. Durch die dunklen Fasern verwandelte sich das Licht in ein schummriges Glimmen. Dunkel genug, um niemanden zu wecken, aber hell genug, um die groben Umrisse ihrer Umgebung zu erkennen. Geniale Idee, fand Jake.

Gemeinsam schlichen sie sich zum Wandteppich und schoben ihn vorsichtig beiseite. Dahinter lag der Safe. Ava versuchte, den Schlüssel ins Schloss zu stecken, aber er passte natürlich nicht.

»Das wäre ja auch zu schön gewesen«, flüsterte Finley und stöhnte. »Und was machen wir jetzt?«

Ava kniff ihre Lippen aufeinander. »Suchen wir den Schlüssel, der da reinpasst. Ich dachte, das Schwierigste ist, in den Orakel-Wagen reinzukommen. Ich dachte, wenn wir es erst mal bis hierhin geschafft haben, dann …«

»Schon gut«, sagte Jake und begann, den Wagen zu durchstöbern. »Hoffen wir einfach, dass Lady Honoray den Safeschlüssel irgendwo hier drin aufbewahrt.«

Finley verzog genervt die Mundwinkel, machte sich aber genau wie Ava daran, den Wagen nach einem möglichen Versteck für den Tresorschlüssel zu durchsuchen. Sie schauten in alle möglichen Ecken und Winkel des Wagens, aber leider fanden sie nichts.

Nachdem Jake das Gefühl hatte, schon alles einmal hochgehoben zu haben, ging er zum Safe und betrachtete das Schlüsselloch. Es war seltsam schmal und lang gezogen. »Wie müsste der Schlüssel aussehen, der da reinpasst?«, murmelte er.

»Hm?«, Finley kam zu ihm und betrachtete ebenfalls das Schloss. »Jedenfalls nicht wie ein gewöhnlicher Schlüssel. Eher wie ein sehr langes gezacktes Geldstück.«

Jake drehte sich zu Ava, die am anderen Ende des Wagens suchte. »Zeig uns noch mal den Türschlüssel.«

Ava kam herüber, wobei sie versuchte, mit Sir Lancelot ausreichend Abstand zu den Jungs zu halten. Sie zog ihn aus ihrer Hosentasche und reichte ihn herüber.

Jake drehte den eigenartigen Schlüssel in seinen Händen hin und her. Anders als bei normalen Schlüsseln sah er dort, wo man ihn ins Schloss steckte, wie ein aufwendig gezacktes Kreuz aus. Dort, wo man ihn in die Hand nahm, war der Schlüssel übermäßig fein verziert, mit einer geriffelten Kante. In seiner Ratlosigkeit versuchte er, ihn noch mal ins Schloss zu schieben.

»Der kann nicht passen«, sagte Finley nur.

»Okay, die Form müsste einer Münze ähneln«, wiederholte Jake Finleys Worte von vorhin. Wieder drehte er den Schlüssel. »Oder … vielleicht …« Jake beendete seinen Satz nicht, sondern versuchte stattdessen, den zackigen und aufwendig verzierten Griff, der wie ein sehr großes Geldstück halb gebogen war, ins Schloss zu schieben.

»Ach Quatsch!«, rief Finley nur, während hinter der Tresortür ein Klack zu hören war.

Jake drehte den Griff des Schlüssels dreimal und unter weiteren Geräuschen schoben sich die Metallstreben, die den Safe verschlossen, auseinander. Die Tür öffnete sich.

Jake beugte sich vor und lugte in den Tresor hinein.

»Nichts«, stöhnte er. »Der Safe ist leer!«

Die drei sahen sich zwei Sekunden lang nur an. Bis Ava ihr Schweigen brach.

»Ich hab übrigens das hier im Wagen gefunden«, sagte sie und hielt ihnen einen Zettel hin, während Jake den Safe wieder verschloss. Sie winkte Finley näher, damit er die Handschrift darauf mit seinem Emometer beleuchtete. Flüsternd las sie ihnen vor:

*Wichtig! Treffen nächsten Donnerstag. 21 Uhr. An der Hütte im nahe gelegenen Waldstück.*

»Das ist doch seltsam, oder?«, sagte Ava und schob sich den Zettel zurück in ihre Hosentasche. »Aber vielleicht verschwinden wir besser erst mal, bevor uns noch jemand erwischt.« Sie winkte die zwei Jungs hinter sich aus dem Orakel-Wagen, verschloss ihn und ließ den Türschlüssel wieder in Sir Lancelots Halsband unsichtbar werden.

Schweigend ruderten sie zurück zu ihren Wagen. Keiner der drei wusste einen Rat.

»Vielleicht hat Lady Honoray das Skriptum auf die Insel gebracht?«, überlegte Ava. »Das würde auch erklären, warum niemand mehr außer den Lehrern die Insel allein betreten darf. Ist das nicht das perfekte Versteck? An einem Ort wie diesem, zu dem nie jemand fährt und der sich im Nebel versteckt?«

Finley runzelte die Stirn. »Wieso sollte das Buch auf der Insel sicherer sein? Befox kennt die Insel doch noch von seiner Schulzeit.«

Jake seufzte und warf Ava einen fragenden Blick zu. »Und dieser Zettel …?«

»Es ist eine Verabredung zu einem Treffen«, sagte sie und holte ihn wieder hervor. »In fünf Tagen. Mehr steht da nicht.«

Ihr Ruderboot stieß an die Veranda von Jakes und Finleys Wohnwagen.

»Vielleicht will sie das Skriptum verkaufen? Oder sie steckt mit Befox unter einer Decke?«, sagte Finley, stieg aus dem Boot und band es fest.

Ava lachte ungläubig. »Wieso sollte sie das tun? Dieses Buch ist ihr Leben!«

»Weil sie vielleicht nicht die ist, für die sie alle halten«, antwortete Finley. »Alles, was wir wissen, ist, dass das Buch nicht mehr hier ist – genau wie Lady Honoray. Und ich wette, niemand weiß darüber Bescheid.«

»Ich finde, wir sollten mal nachsehen, was auf der Insel los ist«, schlug Jake vor.

»Wir dürfen nicht allein auf die Insel«, erinnerte Ava ihn und stieg ebenfalls aus dem Ruderboot.

Jake grinste breit. »Genau deshalb sollten wir es ja auch tun!«

*

Am nächsten Tag hatten sie wieder bei Mrs MacCalbat Sagenkunde in der Höhle. Die drei nutzten sofort die Gelegenheit, sich von der Gruppe abzuseilen und sich durch die Höhlengänge auf die Suche nach dem Skriptum Futurum zu machen. Es war unheimlich, auf eigene Faust durch die finsteren Gänge unter der Erde zu schleichen, doch zum Glück hatten sie Finley dabei. Er prägte sich jedes einzelne Gemälde auf den Wänden ein und konnte sich so den Weg ohne Probleme merken.

Je weiter sie in die Höhle hineinliefen, desto dunkler wurde es. Nur ihre Helmlampen und das Emometer beleuchteten die Höhlenwände wie die Lichter einer Christbaumkette. Ständig spalteten sich die Wege und Jake war sich nach der dritten Gabelung sicher, hier nie wieder allein hinauszufinden. Immer weiter liefen sie unter die Erde, hinein in ein scheinbar endlos verzweigtes unterirdisches Labyrinth. So tief waren sie im Unterricht nie in die Höhle vorgedrungen.

Über ihren Köpfen nahm Jake plötzlich hektische Bewegungen war. Ein Flattern – oder Rascheln?

»Iihh!« Finleys plötzlicher Schrei ging Jake durch Mark und Bein. Fast panisch wischte er sich etwas von der Schulter.

Ava, die neben ihm stand, leuchtete Finley an und brach in

schadenfrohes Gelächter aus. »Das ist nur Vogeldreck!« Doch als sie selbst hoch zur Decke leuchtete, verging ihr augenblicklich das Lachen. Die Decke war schwarz und bewegte sich in unregelmäßigen Wellen. Jake wurde sofort klar, dass Finley kein Vogel auf die Schulter gemacht hatte, sondern eine Fledermaus. In Scharen hingen sie von der Decke, so dicht, dass man die einzelnen Tiere kaum erkannte.

Ava legte warnend ihren Zeigefinger auf die Lippen und flüsterte: »Wenn wir sie aufschrecken, ist hier der Teufel los. Dann starten die alle gleichzeitig und wir stecken in einem Fledermausgewimmel. Kommt! Weiter!«

Das ließen sich die Jungs kein zweites Mal sagen und schlichen geradeaus über den sandigen Boden.

»Wie groß ist die Höhle eigentlich?«, flüsterte Jake.

»Keine Ahnung«, raunte Ava zurück. »Mrs MacCalbat geht mit uns immer nur zu ausgesuchten Stellen. Die ganze Höhle hat noch niemand von uns gesehen.«

»Und nach was genau suchen wir?«, fragte Finley. »Das Skriptum liegt bestimmt nicht irgendwo im Staub rum.«

»Vielleicht gibt es hier einen geheimen Raum? Einen Tresorraum? So etwas in der Art«, überlegte Ava.

Manche Gänge waren breiter, andere schmaler. Aber von den Wandgemälden mal abgesehen, waren sie kaum auseinanderzuhalten. Bei ihrer Suche vergaßen sie völlig die Zeit. Als ihnen wieder auffiel, dass sie schleunigst zurück zu Mrs MacCalbat sollten, war der Unterricht gerade vorbei. Schleunigst rannten sie durch die endlosen Höhlengänge zurück. Hätten sie Finley und sein außergewöhnliches Gedächtnis nicht dabeigehabt, wären sie sicher in den Untiefen des Labyrinths verloren gegangen.

Schnaufend erreichten sie endlich den Raum, in dem sie Mrs

MacCalbat und ihre Mitschüler zurückgelassen hatten. Weit und breit war niemand mehr zu sehen.

Auf Avas »Los, schnell!« rasten die drei aus der Höhle und auf den Steg zu, in der Hoffnung, die Fähre noch zu erwischen. Doch der Anlegeplatz war leer und die Fähre bereits im Nebel verschwunden. Mrs MacCalbat war ohne sie abgefahren und hatte sie auf einer Insel zurückgelassen, die sie unter gar keinen Umständen allein betreten durften.

Jake wurde mulmig zumute. »Meint ihr, es könnte noch einen anderen Grund geben, warum wir die Insel nicht allein betreten dürfen? Was, wenn es nicht am Skriptum liegt, sondern an etwas ganz anderem …?«

Ava und Finley sahen sich mit geweiteten Augen um.

»Lasst uns mal den Strand ablaufen, vielleicht liegt noch irgendwo ein altes Floß oder Paddelbot«, schlug Ava vor.

Gemeinsam liefen die drei am Ufer der Insel entlang. Doch nichts. Um sie herum zog nur der Nebel seine Runden. Finley setzte sich und wollte einen Moment ausruhen, als plötzlich ein Boot am Steg anlegte. Finley holte schon Luft und wollte schreiend darauf zulaufen, doch Ava drückte ihm augenblicklich ihre Handfläche auf die Lippen und erstickte sein freudiges Gebrüll. Mit strenger Miene zeigte sie auf das Boot und schüttelte den Kopf.

»Schau doch mal.«

Aus dem Boot stieg Lady Honoray. Ihre sonst so farbenfrohe Kleidung hatte sie gegen ein schwarzes Wollkleid mit Kittelschürze und grauem Halstuch eingetauscht. Mit erhobenem Kopf betrat sie den hölzernen Steg, der bei jedem Schritt, den sie darauf tat, ein knarzendes Geräusch von sich gab. Ava wies die Jungs an, sich mit ihr hinter einen der Büsche in der Nähe zu ducken. Von dort aus beobachteten sie, wie Lady Honoray mit wehenden Locken auf die Insel lief. Energisch stieg sie den Hügel hinauf, auf dem die drei zuvor noch ausgeruht hatten.

Jake, Finley und Ava warfen sich fragende Blicke zu und folgten ihr so unauffällig wie möglich. Immer in ausreichendem Abstand, um nicht gesehen zu werden. Dabei verloren sie Lady Honoray fast aus den Augen. Oben angekommen, duckten sie sich hinter eine hüfthohe Steinmauer, die sich über den Hügel schlängelte. Etwas weiter entfernt saß jemand auf der Mauer und Jake stockte der Atem: Es war Sherwin Domsdale. Wie immer wirkte er völlig entspannt. Aber was machte er hier und wieso stampfte Lady Honoray so wütend auf ihn zu?

Der Wind wehte nur Wortfetzen von dem, was die beiden miteinander besprachen, zu ihnen hinüber, aber nach einem netten Plausch über das Wetter sah es nicht gerade aus.

»Unsinn!« – »schon gar nicht jemand wie du« – »ernsthaft glauben, er könnte das Buch« – »nicht wahr!« – »So etwas schlägt ein Lehrer in Mount Caravan nicht vor! Schon gar nicht immer wieder.«

Lady Honoray zeterte wie eine alte Hexe vor sich hin. Doch Sherwin schien das Donnerwetter ohne Probleme über sich ergehen zu lassen. Gelassen reagierte er auf den Streit, den Lady Honoray vom Zaun brach. Wild gestikulierte sie und redete dabei barsch auf ihn ein. Jake fühlte sich an alte Zeiten zurückerinnert. Er kannte solche Situationen. Auch er war schon häufig in seinem Leben angebrüllt worden. Ihm war es nie so gut gelungen, ruhig zu bleiben und den Gleichgültigen zu spielen. Er bewunderte Sherwin dafür. In Zukunft, beschloss Jake, wollte er versuchen, auf Ärger ähnlich gelassen zu reagieren.

Während sich die drei hinter der Mauer aneinanderdrückten und versuchten, mehr herauszufinden, zog Finley das Emometer aus seinem Anorak und richtete es auf die beiden Erwachsenen.

»Was soll das?«, schimpfte Ava. »Willst du, dass sie uns hier entdecken?«

»Das geht auch ohne Licht!«, knurrte Finley und konzentrierte sich weiter auf das Gerät.

»Ach so.« Ava hob ihre Augenbrauen. »Und was genau willst du jetzt damit?«

»Herausfinden, was in Lady Honoray vorgeht.«

»Und was hilft uns das?« Ava sah Finley ungläubig an. »Wir sehen doch, dass sie schlecht gelaunt ist.«

»Es misst auch Gefühle, die derjenige nicht so offen zeigt.« Finley knipste weiter am Emometer herum. »Wir sind aber zu weit weg. Ich muss näher heran, damit es überhaupt etwas messen kann.« Finley schlich langsam hinter der Mauer auf Lady Honoray und Sherwin zu.

»Es ist fahrlässig, das Buch noch länger im Orakel-Wagen aufzubewahren!« Sherwins ruhige Stimme war leichter zu verstehen als die schrillen Worte von Lady Honoray. »Es sollte wirklich an einen neuen Ort gebracht werden, einen, an dem Befox es nicht vermutet! Ich könnte doch –«

»Das Skriptum Futurum gehört zu mir!«, schrie Lady Honoray. »Und *niemand* anderes wird sich – solange ich lebe – darum kümmern!«

Vom Hügel aus sah Jake ein zweites Boot am Steg anlegen. Jake schlich sich vor, um mehr zu sehen. Unten legte Mrs MacCalbat an und rief lauthals ihre Namen in die feuchte Nebelluft. Sie wartete einen Moment, dann stieg sie fluchend aus dem Boot und betrat polternd den Steg.

Mist, ausgerechnet jetzt.

Jake wurde heiß. Das war nicht gut. Wenn sie weiter lauthals ihre Namen brüllte, bemerkten Lady Honoray und Sherwin noch, dass sie lauschten. Damit sie aufhörte, nach ihnen herumzubrüllen, rannte er ihr gemeinsam mit Ava und Finley eilig entgegen.

»Was macht ihr noch hier?«, donnerte Mrs MacCalbat und Jake beeilte sich noch mehr, damit sie ihre Lautstärke dämpfte.

Jake überlegte. Vielleicht konnte er ihr den Ball zurückspielen, schließlich war ihre Lehrerin ohne sie abgefahren. »Wir haben uns in der Höhle verlaufen, und … und als wir zurückgefunden haben, waren Sie schon weg.«

Ava nickte mit großen traurigen Augen. »Wir hatten furchtbare Angst.«

Mrs MacCalbat schluckte und wirkte plötzlich sehr betroffen. »Wie konntet ihr euch verlaufen? Ihr solltet nicht durch die Höhle wandern, sondern eure Aufgaben machen!«

Kleinlaut stiegen Ava, Finley und Jake auf das Boot und ließen sich zurück zu den anderen fahren. Hoffentlich hatte das kein allzu großes Nachspiel.

# 27

Wieso war Lady Honoray so wütend?«, überlegte Jake laut. »Sherwin hat doch recht, es wäre besser, das Skriptum Futurum irgendwo vor Befox zu verstecken.«

»Das Buch ist sowieso nicht mehr im Orakel-Wagen«, warf Ava ein. »Lady Honoray wird sich schon darum kümmern, dass es keiner stiehlt.«

»Keiner außer ihr?«, fragte Finley und sah Ava an.

Die drei saßen auf der Veranda vor Avas Wohnwagen und Finley versuchte, ihnen das Ergebnis seines Emometers zu zeigen. Ava und Jake verstanden zwar nur Bahnhof, doch Finley erklärte ihnen, dass die erhöhten Stresswerte anzeigten, dass jemand log. Zumindest schloss er darauf. Nur leider zeigte das Emometer noch lange nicht an, worin genau Lady Honorays Lüge bestand.

Finley rieb sich über die Stirn. »Ich glaube, Lady Honoray will das Skriptum behalten – für sich selbst. Warum ist sie sonst bei Sherwins Vorschlag so ausgeflippt? Außerdem: Wenn Befox das Buch gestohlen hätte, hätten wir es mitbekommen. Dann wüsste nämlich Mrs Claus auch davon. Nur das Orakel selbst kann das Verschwinden des Skriptums vertuschen …«

*

In den kommenden Tagen wurde der See immer voller. Es waren alles Ehemalige, die angereist waren – frühere Mount-Caravan-Schüler. Mrs MacCalbat karrte ein Hausboot nach dem anderen heran, in die sie die Gäste einquartierte. Auf dem Segelschiff liefen die Lehrer hektisch hin und her. Niemand schien zu wissen, was wohl als Nächstes passieren würde. Es fühlte sich an, als säßen sie auf einem Pulverfass, das jeden Moment hochgehen konnte.

Mrs Claus rief eine Versammlung ein. Mit all den zusätzlichen Menschen wurde es langsam eng auf der Fuzzy Gray und täglich reisten mehr an. Jake, Ava und Finley versuchten genau wie alle anderen, ein paar Blicke auf die Ehemaligen zu werfen und tatsächlich erkannten sie ein paar berühmte Gesichter. Direkt neben Mrs Claus stand ein Musiker, den Jake aus der Zeitung kannte, und weiter hinten entdeckte er einen Philosophen, der wegen seiner ungewöhnlichen Thesen immer mal wieder ins Fernsehen kam. Finley boxte Jake aufgeregt auf den Arm und zeigte auf eine Frau, die sich mit Mr Brookstone unterhielt. Laut Finley war es eine berühmte Physikerin, die vor ein paar Jahren irgendeinen wichtigen Preis erhalten hatte. Jake hatte von ihr noch nie gehört.

Mrs Claus trat vor und ihre Stimme hallte über den See. »Ich begrüße ganz herzlich den engsten Kreis ehemaliger Mount-Caravan-Schüler und Ratsmitglieder. Es tut gut, euch alle bei uns zu wissen, in dieser schwierigen Situation!«

Die Mienen der Erwachsenen waren so angespannt, dass sie fast einschüchternd wirkten.

Mrs Claus zog sich ihre dunkle Kostümjacke straff. Dann verkündete sie etwas, das Jake, Ava und Finley bereits ahnten:

»Meine Freunde, ich muss euch leider sagen, dass das Orakel von Caravan unerwartet die Schule verlassen hat. Wir wissen leider noch nicht, ob freiwillig oder aus uns noch unbekannten Gründen.« Mrs Claus hob ihre Hände, um das entsetzte Raunen unter den Schülern zu unterbrechen. »Die Situation ist ernst, dennoch bitte ich euch alle, Ruhe zu bewahren. Noch wissen wir nichts Genaues. Vielleicht gibt es für Lady Honorays Verschwinden auch ganz harmlose Gründe. Das Orakel von Caravan war in letzter Zeit etwas durcheinander und verwirrter als üblich. Zudem hat sie sich immer häufiger über die große Bürde ihrer Aufgabe beklagt.«

Ein aufgebrachtes Tuscheln brach erneut aus und Mrs Claus machte eine lange Pause, bevor sie weitersprach. »Leider habe ich eine noch viel besorgniserregendere Nachricht für euch. Nicht nur Lady Honoray ist verschwunden, auch das Skriptum Futurum liegt nicht mehr an seinem Platz ...«

Jetzt breitete sich die von allen unterdrückte Panik aus. Die Schüler riefen fassungslos durcheinander. Fragen über Fragen bombardierten die Schulleiterin, der es nur mit Mühe gelang, alle Schüler zur Ruhe aufzurufen.

»Kinder! Freunde! Ich bin mir sicher, wir werden das Skriptum Futurum finden und zurück in die Schule bringen können! Alle der nicht hier anwesenden Mitglieder des Rates sind bereits auf der Suche nach Lady Honoray und dem Buch oder befinden sich auf dem Weg hierher. Wir lassen uns weder einschüchtern noch in Angst und Schrecken versetzen. Seid unbesorgt, diese Angelegenheit wird bald der Vergangenheit angehören.« Mrs Claus winkte Sherwin Domsdale nach vorne. »Solange Lady Honoray abwesend ist, wird sich Mr Domsdale um den Orakel-Wagen und die anfallenden Aufgaben des Orakels von Caravan kümmern. Obwohl er noch jung ist, fällt meine Wahl auf ihn, weil sein GZBE unter uns Lehrern der bislang höchste ist.«

GZBE. In Jakes Kopf ratterte es. *Gelesene Zeichen bei Einschulung*, hatte Ava damals erklärt. Je höher der GZBE, desto besser las man im Skriptum Futurum.

»Außerdem ist er ein geschätzter und zuverlässiger Kollege«, fuhr Mrs Claus fort. »Sherwin, vielen Dank für deinen Einsatz.«

Jake atmete erleichtert aus. Einen besseren Ersatz für die unheimliche und seltsame Lady Honoray hätten sie gar nicht finden können. Mit Sherwin als Orakelvertretung würde es sicher einfacher werden.

Nachdem sich die Krisenversammlung auf dem Segelschiff aufgelöst hatte, winkte Ava die zwei Jungs zu sich in ihren Wohnwagen. Es war wie immer total chaotisch im Inneren. Überall lagen Klamotten und Bücher herum. Jake stellte sich vor, wie Finley ausflippen würde, wenn er seine Sachen in ihrem Wagen herumliegen lassen würde. Neben seinem fotografischen Gedächtnis hatte Finley nämlich auch einen ziemlichen Ordnungsfimmel.

Ava schob ein paar T-Shirts vom Sofa, damit Jake und Finley sich setzen konnten. Aus ihrer Hosentasche zog sie den Zettel hervor, den sie in Lady Honorays Wagen gefunden hatte. »Der Termin für das Treffen ist am Donnerstag, um 21 Uhr. Heute ist Mittwoch.«

»Und wenn der Zettel alt ist und es um den Donnerstag letzte Woche ging?«

»Dann können wir sowieso nichts mehr machen«, sagte Ava. »Was schlägst du denn vor?«

Finley hob die Schultern.

»Erinnert ihr euch noch an meine erste Imaginistik-Stunde?«, fragte Jake und sah Ava an. »Bevor du den Fluch gelesen hattest, habe ich doch von einem Donnerstag gelesen, einem wolkenverhangenen Donnerstag, auf den ich achten sollte. Und ich sollte in den Wald gehen.«

Finley klappte der Mund auf. »Hier ist es immer neblig, also quasi wolkenverhangen?«

»Genau«, sagte Jake. »Nur wissen wir nicht, wo dieses mysteriöse Treffen stattfindet. Auf dem Zettel steht nur *Hütte im nahe gelegenen Wald*, richtig?«

Ava strich den Zettel glatt. »Stimmt.«

Finley nahm den Zettel in die Hand. »Wenn meine Mutter mich hier früher besucht hat, bin ich mit ihr oft in dem Wald, der an den See grenzt, spazieren gegangen. Ich kenne den ziemlich gut, er ist auch nicht sehr groß. Es gibt dort eine einsame verfallene Hütte.«

Die drei dachten noch lange über den Zettel nach. Es war ein eigenartiger Treffpunkt, den Lady Honoray sich notiert hatte. Warum verabredete man sich nachts im Wald? Das klang nicht nach einem harmlosen Treffen. Nachts im Wald traf man sich doch nur, wenn man etwas zu verheimlichen hatte. Ob das Orakel von Caravan sich wirklich mit Befox traf? Was hatte sie vor und wo hatte sie nur das Buch hingebracht?

# 28

Am nächsten Morgen liefen Jake, Ava und Finley gleich nach dem Aufwachen zu Mrs Claus' Wohnwagen, um ihr den Zettel zu zeigen. Jetzt, wo Lady Honoray verschwunden war, musste sie ihnen glauben. Doch leider war ihre Schulleiterin bereits im Morgengrauen nach Edinburgh aufgebrochen, um sich dort mit den Ratsmitgliedern der anderen Nimmerzeit-Schulen zu beratschlagen.

Jake machte sich auf die Suche nach Sherwin, um wenigstens ihm den Zettel zu zeigen, aber der hatte sich wie die meisten anderen Lehrer bereits auf die Suche nach Lady Honoray und dem Skriptum Futurum gemacht.

Ihnen blieb also nichts anderes übrig, als sich alleine auf den Weg zu machen, wenn sie herausfinden wollten, was das für ein Treffen war. Wegen der Aufregung und der vielen Gäste im Internat achtete niemand auf sie. Sie brauchten sich nicht mal davonzuschleichen. Ungeduldig ruderten sie über den See, bis die Stille sie jenseits des Segelschiffes einhüllte. Nur die Lichter der schwimmenden Wohnwagen spiegelten sich auf dem Wasser.

Finley führte sie vom Ufer des Sees über hügelige Wiesen. Eine ganze Weile marschierten sie nebeneinanderher, mit Tausenden von Fragen in ihren Köpfen, was sie wohl erwarten würde. Mittlerweile brach der Abend an. Unter den dichten Baumkronen war es so dunkel, dass die drei ohne Finleys Emometer kaum sahen, wohin sie traten. Vorsichtig liefen sie zwischen alten und knorrigen Baumstämmen hindurch, unter ihren Füßen das knackende Geäst.

Nach einer Weile hielt Finley inne und wies sie an, sich zu ducken. Auf allen vieren kroch er vor ihnen auf einen Baumstamm zu. Jake und Ava folgten ihm und schoben sich dicht dahinter. Gemeinsam spähten sie durch die Dunkelheit. Etwas entfernt stand eine mit Moos überzogene Holzhütte. Die Fensterscheiben waren gebrochen und das Dach sah löchrig aus.

»Die muss es sein«, flüsterte Finley. »Soweit ich weiß, ist das die einzige Hütte hier im Wald.«

Jake schaute auf seine Uhr. Es war 20 Uhr 45. Sie hatten also noch etwas Zeit. Leise und bewegungslos hockten sie in ihrem Versteck und warteten auf das, was gleich in der Hütte passieren würde. Der Wald rauschte und knackte und kühle Luft kroch den dreien die Hosenbeine hinauf. Ein Uhu rief durch die Nacht und Ava zuckte zusammen.

»Was ist?«, flüsterte Jake.

»Es heißt, wenn eine Eule ruft, stirbt ein Mensch«, hauchte sie.

Finley verdrehte die Augen. »Wieso glaubst du immer diesen ganzen Hokuspokus? Das ist nur ein alter Aberglaube!«

Etwas entfernt knackten Äste auf dem Boden und die drei erstarrten zu Salzsäulen. Sie wandten sich in die Richtung, aus der das Geräusch gekommen war, doch alles blieb still. Offensichtlich hielt der oder das, was durch den Wald auf sie zukam, plötzlich inne.

Doch dann trat eine hohe Gestalt zwischen zwei Bäumen hervor und bewegte sich auf die Hütte zu. Das war ganz sicher nicht Lady Honoray. Ein Knarren unterbrach die Stille im Wald. Die Tür der Hütte öffnete sich und die Gestalt trat hinein. Jake atmete seine Anspannung in einem langen Atemzug aus und beobachtete, was im Inneren passieren würde. Es blieb still, nur ein schwaches Licht, vielleicht das einer Kerze, flackerte hinter einem Fenster. Trotzdem erkannte er rein gar nichts, was in der Hütte vor sich ging. Unschlüssig sahen die drei sich an. Vom Orakel von Caravan war weit und breit nichts zu sehen und auch sonst näherte sich niemand, also schlichen sich Jake und Finley zur Hinterseite der Hütte. Ava behielt solange die Umgebung im Auge und gab Jake und Finley Rückendeckung.

Es war schwer, etwas in der Hütte zu erkennen, ohne dabei selbst entdeckt zu werden. Jake und Finley drückten ihre Ohren an die Holzbretter der Wände. Doch dahinter war es still. Vorsichtig hob Jake den Kopf und spähte durch das Fenster. Im flackernden Licht erkannte er einen Mann, der mit dem Rücken zu ihnen saß. Er beugte sich vor, als ob er jemandem etwas zuflüsterte.

Jakes Puls raste. Er musste den Kopf höher heben, um zu erkennen, ob noch jemand in der Hütte war. Aber dann würde er das Risiko eingehen, von dem, der dem Mann vielleicht gegenübersaß, entdeckt zu werden. Unschlüssig verharrte Jake in seiner Position.

Plötzlich packte ihn jemand unsanft von hinten und riss ihn samt Finley zurück. Sie hingen nebeneinander im Schwitzkasten. Ein fremder Arm zog sich eng um Jakes Kehle. Er schnappte nach Luft. Neben ihm keuchte Finley in der anderen Armbeuge. Er konnte den Mann nicht erkennen, fühlte aber an den Muskeln der Arme, dass dieser nicht sehr alt sein konnte.

»Was macht ihr hier?«, erklang eine wütende Stimme.

»Wir … ähm, haben uns verlaufen!«, stotterte Finley, während sie beide ins Innere der Hütte geschleift wurden. Knarzend fiel die Tür ins Schloss und Jake landete neben Finley auf den erdigen Holzdielen. Jakes Herz raste. Er hob den Kopf und sah vor sich den Mann sitzen, den er gerade noch von hinten beobachtet hatte. Er saß zurückgelehnt mit überschlagenen Beinen. Jake sah als Erstes Turnschuhe mit matschverschmierten Sohlen. Die Beine steckten in einer Jeans und er trug sein schulterlanges schwarzes Haar zu einem Zopf zusammengebunden.

Prüfend fixierte er sie. »Wer seid ihr?«

Bevor Jake antworten konnte, knarrte hinter ihm die Holztür aufs Neue und Ava stand auf der Schwelle. Es war seltsam, keiner der beiden Männer tat etwas. Im Gegenteil. Mit einem Mal hing eine angespannte Stille in der Luft. Avas Augen funkelten und Jake war sich nicht sicher, ob es Wut oder Freude war, die darin glänzte. Sie starrte den Mann an, der sie gepackt und in die Hütte geschleift hatte. Jake folge ihrem Blick. Der Mann war noch gar kein richtiger Mann, eher ein sehr großer Teenager, vielleicht siebzehn.

»Ava!«, hauchte er da plötzlich und ging auf sie zu.

»Bennett?« Ava klang genauso wütend wie vorwurfsvoll.

Neben Jake rappelte sich Finley auf und rieb sich die Schulter. Auch er schaute sich ärgerlich um.

Der Junge ging langsam auf Ava zu. Er lächelte. Jake glaubte sogar, ein feuchtes Glänzen in seinen Augen zu sehen. Bennett? Noch während der Name in seinem Kopf rotierte, wurde es ihm klar: Bennett Foxworth! Vor ihnen stand Befox. Er hatte sie erwischt und in seine Hütte gesperrt. Und er hatte einen Komplizen an seiner Seite, der ihm half.

Jake spürte, wie sein Herz immer schneller schlug. Warum waren sie so dumm gewesen, im Internat nicht wenigstens eine Nachricht zu hinterlassen? Hätten sie es nicht so verbockt, dann wären bald Hunderte aus Mount Caravan auf dem Weg hierher und würden ihnen zu Hilfe kommen.

»*Warum?*«, sagte Ava und ihre Stimme klang hart. »Wie konntest du das alles tun?«

Einen Moment sah Befox sie nur an, bevor er mit erstickter Stimme antwortete: »Glaub mir, es ist alles ganz anders. Ich war das nicht.«

Befox ging zwei schnelle Schritte auf Ava zu und packte sie. Aber er warf sie nicht zu Boden, wie Jake erst befürchtet hatte, sondern umarmte sie so fest, dass sie kurz darauf nach Luft schnappte. Trotz ihrer Wut erwiderte sie seine Umarmung und vergrub ihren Kopf in seiner Schulter. Jake hörte ein gedämpftes Schluchzen. Ihm kam es wie eine halbe Ewigkeit vor, in der die beiden sich gegenseitig festhielten. Sollte er etwas tun? Ratlos sah er zu Finley, in dem es zu brodeln schien.

»Wieso hast du das Skriptum Futurum gestohlen?«, platzte es da auch schon aus ihm heraus.

Hinter ihnen knarrte das alte Sofa, auf dem immer noch der Mann mit dem Zopf saß. Jake hatte ihn für einen Moment fast vergessen. »Wie kommst du darauf, dass *Bennett* das Skriptum Futurum gestohlen hat?«, fragte der Fremde mit rauer Stimme.

»Warum? Haben *Sie* es etwa gestohlen?«, sagte Finley.

Der Mann lachte tief. Aber es klang traurig und hoffnungslos.

Befox ließ Ava los und setzte sich neben den Mann. Erst jetzt fiel Jake auf, wie müde und abgekämpft er aussah. Und seine Kleidung hatte ganz offensichtlich längere Zeit keine Waschmaschine mehr von innen gesehen. Seine dunklen Haare waren kurz geschnitten, aber nicht besonders gut. Eher so, als hätte er selbst mit einer Nagelschere Friseur gespielt.

»Ihr habt keine Ahnung, wer das hier ist, stimmt's?«, fragte Befox mit einem schiefen Lächeln.

Finley lehnte sich gegen die Wand und räusperte sich. »Spielt es eine Rolle, ob wir das wissen? Sie lassen uns doch hier eh nie wieder weg.«

Der Mann, der neben Befox auf dem Sofa saß, lächelte und genau in dem Moment hatte Jake das Gefühl, dass er diesen Mann von irgendwoher kannte. Er konnte sich nur nicht erinnern, woher. Dieses Lächeln war Jake nicht nur vertraut, er *mochte* es auch.

»Ich heiße Nathan Domsdale«, stellte sich der Mann ihnen vor.

»*Domsdale?*«, wiederholte Finley ungläubig.

»Jaja, ich weiß: Ihr kennt meinen Bruder Sherwin.« Er seufzte und blickte unschlüssig zu Befox. »Meinst du, wir können ihnen vertrauen?«

Befox hob die Schultern. »Ich hab doch eh nichts mehr zu verlieren, oder?«

»Also gut.« Nathan Domsdale nickte mehrmals. »Was ich euch jetzt erzähle, wird euch erst mal durcheinanderbringen. Es ist so, eigentlich sollte ich auch in Mount Caravan sein. Mein GZBE hat damals alle Erwartungen der Schule übertroffen. Ich war natürlich irre stolz und so aufgeregt, dass ich es einfach nicht bemerkt habe …« Seine Stimme verklang unentschlossen.

»Was haben Sie nicht bemerkt?« Jake starrte den Mann an, der in Gedanken verloren den Kopf schüttelte.

»Es wird schwer werden, euch das zu erzählen. Ihr werdet mir nicht glauben.«

»Versuchen Sie es«, forderte Jake ihn auf.

Nathan setzte sich auf und räusperte sich. »Ich konnte es damals nicht beweisen. Ich habe es versucht, aber niemand hat mir geglaubt. Sherwin ist in solchen Dingen einfach besser. Wie gesagt, ihr werdet es nicht glauben, aber … mein Bruder kann überhaupt nicht im Skriptum Futurum lesen.«

Finley schnappte nach Luft und Jake glaubte, sich verhört zu haben.

»Er kann andere Dinge gut, *unglaublich* gut sogar und besser als jeder andere«, fuhr Nathan fort. »Er kann Menschen beeinflussen. Er kann ihnen etwas vorspielen, ohne sie merken zu lassen, dass er das tut. Ich kenne niemanden, der darin besser ist. Sherwin kann dafür sorgen, dass du etwas glaubst, das du bis vor Kurzem für unmöglich gehalten hast. Versteht mich nicht falsch, er hat eine ganz außergewöhnliche Begabung. Aber im Skriptum lesen kann er trotzdem nicht.«

Finley hatte seine Arme verschränkt und musterte Nathan mit feindlicher Miene. »Und woher wollen Sie das wissen? Ob jemand im Skriptum liest oder nicht, können doch nur die Nimmerzeit-Orakel wirklich erkennen.«

Nathan nickte zustimmend. »Ich weiß trotzdem hundertprozentig, dass Sherwin es nicht kann. Ich habe nämlich seinen Test anstelle von meinem zurückbekommen. Glatt durchgefallen. Zu meiner Zeit gab es nämlich noch keine Einzelprüfungen so wie jetzt. Damals haben immer mehrere bei der Aufnahmeprüfung gleichzeitig ins Skriptum gesehen. Danach musste man einen schriftlichen Test beantworten, der darüber entschied, ob man aufgenommen wird oder nicht. Dabei kann natürlich viel leichter gemogelt werden. Erst vor ein paar Jahren hat Mrs Claus die Aufnahmeprüfungen verändert. Sherwin wollte unbedingt in das Internat und hat einfach unsere Namen vertauscht. Fragt mich nicht, wie er das gemacht hat. Aber auf seinem Aufnahmetest stand mein Name. Hätte ich nicht gewusst, welche Antworten ich in den Test geschrieben habe, ich hätte es selbst nicht geglaubt.«

Das war einfach unmöglich. Nathan hatte recht, Jake glaubte ihm nicht. Sherwin war immer so nett zu allen gewesen. »Aber das hätte doch spätestens bei der Vergabe der Jahresaufgabe auffallen müssen. Lady Honoray hätte das doch mitbekommen, wenn Sherwin nicht im Skriptum Futurum lesen kann.«

Nathan zuckte die Schultern. »Keine Ahnung, wie er das geschafft hat. Ich war ja nie in Mount Caravan. Wie gesagt, Sherwin hat eine nicht zu unterschätzende Fähigkeit. Er kann Leute an Dinge glauben lassen. Er kann sie an *ihn* glauben lassen.«

»Eins steht fest«, schaltete sich Befox ein. »Beste Freunde sind Lady Honoray und Sherwin noch nie gewesen. Schon zu meiner Zeit nicht.«

»Sherwin muss geahnt haben, dass er nicht im Skriptum Futurum lesen kann. Sonst hätte er nicht unsere Tests vertauscht. Er muss das schon lange vor der Prüfung vorbereitet haben.«

»Das ist doch totaler Schwachsinn!« Jake schüttelte den Kopf. »Wie soll man davon wissen, wenn man es noch nie erlebt hat?«

Nathan lehnte sich zurück. »Unser Vater ist einer der wichtigsten Ehemaligen aus Mount Caravan, wisst ihr das nicht? Er hat uns seit Kindheitstagen auf diese Schule vorbereitet. Nichts im Leben war ihm wichtiger. Es hat ihn nie interessiert, ob wir gut rechnen, musizieren oder was auch immer konnten. Alles, was für ihn zählte, waren die Ergebnisse, die wir beim Nimmerzeit-Lesen erzielen würden.«

»Und wie toll sich das auf den Charakter seines jüngsten Sohnes ausgewirkt hat«, sagte Befox trocken.

Nathan lachte kurz und nickte. »Wie auch immer … mein Vater und ich haben seit meinem offiziellen Versagen bei der Prüfung keinen Kontakt mehr.« Nathan machte eine Pause und strich sich über das Kinn. »Er hat uns in allem immer wieder gegeneinander antreten lassen. Sherwin ist mein jüngerer Bruder, aber er hat mich gehasst, von klein auf. Immer hat er nur darum gekämpft, in den Augen unseres Vaters der Bessere zu sein. Wir hatten nie die Chance, Freunde zu werden. Wir waren immer nur Rivalen.«

Es war still in der Hütte. Niemand wusste, was er sagen sollte.

# 29

Ava lehnte immer noch am Türrahmen und sah erwartungsvoll zu Befox hinüber. »Hast du jetzt das Skriptum Futurum oder nicht?«

»Nein«, antwortete er knapp. »Und ich hab auch noch nie versucht, es zu stehlen. Ich würde das Skriptum nicht mal nehmen, wenn es mir jemand schenken wollte. Ich bin doch nicht bescheuert und überhaupt, was sollte ich allein damit?«

»Aber du hast Ella verletzt und damals diesen Jungen in Maisie MacNaughtons Keller eingesperrt!«, rief Finley.

Befox rieb sich über die Stirn und sah verzweifelt aus. »Oh nein, Ella ist auch in einen Keller gesperrt worden? Wenn ihr wüsstet, was eigentlich in Mount Caravan los ist! Ihr habt ja keine Ahnung …«

Ava griff sich einen Stuhl, setzte sich und nahm Befox' Hand in ihre. »Na los, erzähl es uns.«

Befox seufzte und sah seine Schwester an. »Du kennst mich doch, Ava. Hast du wirklich geglaubt, dass ich einen Jungen mit Absicht schwer verletze und ihn danach sich selbst in einem Keller überlasse?«

Ava blickte zu Boden und Jake sah ihr an, wie unwohl sie

sich plötzlich in ihrer Haut fühlte. »Alle Beweise … einfach *alles* hat dafür gesprochen, dass du es warst«, flüsterte sie. »Du … du hast es ja nicht mal abgestritten. Und dann bist du einfach verschwunden! Nicht mal verabschiedet hast du dich von mir. Sherwin war der Einzige, der über die Situation im Keller gesprochen hat. Und glaub mir, es war nicht schön, was er erzählt hat.«

Nathan schnaubte nur abschätzig.

Befox' Miene wurde immer dunkler. »Der Typ hat mir mein ganzes Leben versaut. Er hat alles kaputt gemacht. Alles, was ich hatte, hat er mir weggenommen. Meine Schwester, mein Zuhause, alle meine Freunde.«

Jake konnte es immer noch nicht fassen. »Aber *wieso* sollte Sherwin das tun? Okay, er wollte unbedingt in Mount Caravan aufgenommen werden, von mir aus, aber was hätte er davon, dich anzuschwärzen?«

»Tja!« Befox verschränkte die Arme vor der Brust. »Sherwin hat meinen Rauschmiss aus Mount Caravan lange vorbereitet, da bin ich mir heute sicher. Ich hab den Fehler gemacht und ihm vertraut. Ich hab sogar mal gedacht, wir wären befreundet. Sherwin war zu meiner Zeit einer der ältesten Schüler und … ihr wisst ja, wie er ist. Man mag ihn einfach. Ich war damals stolz, dass sich einer der Älteren mit mir anfreundet und dann noch so ein beliebter Schüler wie Sherwin Domsdale. Ich hab erst zu spät gemerkt, dass er überhaupt kein Interesse an mir hatte, sondern nur an meiner Fähigkeit.« Befox rieb sich erneut über die Stirn und sah zu Ava hinüber, die unruhig auf ihrem Stuhl herumrutschte. »Es war ja kein Geheimnis in der Schule, dass ich zu den wenigen gehöre, die im Skriptum weit in der Zeit voraus lesen können. So etwas passiert nicht oft und wenn, dann sind alle ganz aus dem Häuschen. Alle haben mich immer ›Wunderkind‹

genannt und von da an ging mein Leben den Bach runter. Ich hatte plötzlich eine Rolle in Sherwins Plan, ohne es zu wissen.«

»Er wollte, dass du ihm daraus vorliest …«, dämmerte es Jake plötzlich. Sofort musste er an die Unterhaltungen mit Sherwin denken und daran, wie nett er zu Jake gewesen war.

Befox lächelte, als wüsste er genau, was gerade in Jakes Kopf vorging. »Genau. Ich hab mich natürlich geweigert. So etwas kann furchtbar enden. Jeder, der in der Lage ist, einen Blick in die Zukunft zu werfen, weiß, was das für ein Grauen sein kann. Du siehst dich scheitern, altern und vor allem aber siehst du die sterben, die du liebst. All das liegt für jeden von uns in der Zukunft bereit und keiner wird jemals irgendetwas daran ändern können. Das Skriptum zeigt dir alles, was in dir starke Gefühle hervorruft, alles Gute, aber auch alles Schlechte.« Er warf Jake einen bedeutungsschweren Blick zu. »Glaub mir, es klingt am Anfang verlockend, aber in die Zukunft schauen zu können, ist manchmal der blanke Horror.«

»Und Sherwin wollte deine Fähigkeit nutzen, weil … warum, weil er dann die Zukunft beeinflussen kann?«, fragte Finley.

»Genau«, stimmte Befox zu. »Man besitzt natürlich sehr viel Macht, wenn man die Zukunft kennt.«

»Nicht ganz«, schaltete sich Nathan ein. »Ich vermute, Sherwin will das Skriptum Futurum unserem Vater bringen. Unser alter Herr ist, seit ich denken kann, scharf auf das Buch. Dass es in einer Schule aufbewahrt wird und von allen gelesen wird, findet er unmöglich. Er meint, ein so kostbares Artefakt gehört nicht in *naseweise Kinderhände.*« Nathan seufzte. »Und Sherwin schafft es einfach nicht, darüber hinwegzukommen, dass unserem Vater leider nicht viel an uns liegt. Er konnte den Gedanken daran noch nie ertragen und will es wahrscheinlich bis heute nicht wahrhaben. Vielleicht glaubt er ja, wenn er unserem

Vater das Buch bringt, würde sich etwas daran ändern.« Nathan schüttelte den Kopf. »Als könnte man Liebe durch Geschenke erzwingen, selbst wenn sie noch so groß sind.«

»Kann euer Vater denn im Skriptum lesen?«, fragte Finley.

Nathan lachte auf. »Ach Quatsch, aber Ivy, unsere Mutter konnte es, als sie noch lebte.«

»Dann bringt Sherwin das Skriptum Futurum allein überhaupt nichts, oder?«, sagte Ava.

Befox nickte. »Genau, er braucht jemanden wie mich dazu. Deshalb hat er damals den Jungen in den Keller gesperrt. Nur um mir danach den Angriff in die Schuhe zu schieben. Sherwin wollte, dass man mich aus Mount Caravan rausschmeißt. Und sein Plan ging perfekt auf. Mich hat danach keiner mehr vermisst. Ich hatte niemanden mehr. Für Sherwin wäre es kinderleicht gewesen, mich zu allem zu zwingen, was er wollte. Nur eine Sache hat seinen Plan durchkreuzt: Er kennt das Skriptum Futurum nicht. Die Nimmerzeit-Bücher sind gleichzeitig das Anstrengendste und Hilfreichste, was der Menschheit je passieren konnte. Sie können dir, wenn du Pech hast, deine schlimmsten Erlebnisse noch einmal zeigen. Aber sie zeigen dir auch einen Ausweg, wenn du ihn brauchst. Bevor ich aus der Schule geflogen bin, habe ich im Skriptum von Nathan gelesen und bin sofort zu ihm geflüchtet. Ich wollte eigentlich zurückkommen, aber Sherwin hat alles dafür getan, dass man mich nie wieder aufnimmt. Meinen angeblichen ›Angriff‹ auf diesen Jungen hat er so schrecklich ausgeschmückt, dass mir niemand mehr geglaubt hat. Selbst als ich versucht habe, meine Unschuld zu beweisen … Lady Honoray wollte mir zwar eine zweite Chance geben, aber sie konnte gegen die Einsprüche der vielen Ehemaligen nichts ausrichten. Sie ist überstimmt worden.«

»Und wieso hast du mir nie eine Nachricht geschrieben … irgendetwas, das alles erklärt hätte?«, fragte Ava mit tränenerstickter Stimme.

Befox ließ die Schultern hängen und sah seine kleine Schwester an. Ein paar Sekunden vergingen, ohne dass er antwortete. »Was hätte ich denn tun sollen?« Er klang voller Zweifel. »Mir war klar, dass es für dich schrecklich werden würde, und ich dachte, je weniger du mich verteidigen musst, desto leichter hast du es.«

»Ich habe gedacht, du hast das alles wirklich getan!« Avas Augen waren tellergroß. »Es wäre tausendmal leichter gewesen, wenn ich nicht so schlecht von dir hätte denken müssen. Außerdem hätte ich dir geholfen!«

Befox stand auf und ging auf Ava zu. »Ich weiß, Schwesterchen. Ich weiß.« Bevor Ava irgendetwas antworten konnte, nahm er sie in seine Arme und drückte sie so fest an sich, als hätte er Angst, jemand könnte sie ihm plötzlich wegnehmen.

»Weißt du … Lady Honoray hat mich manchmal besucht und mir das eine oder andere von dir erzählt«, flüsterte Befox und ließ Ava wieder los. »Sie hat mir versprochen, auf dich aufzupassen. Ein paarmal hat sie sogar das Skriptum zu mir gebracht und es mich lesen lassen. Mittlerweile weiß ich mehr über Sherwin, als er wahrscheinlich selbst über sich weiß.«

»Lady Honoray hat dich … besucht?«, wisperte Ava.

Befox nickte. »Sie war die Einzige, die immer zu mir gehalten hat.«

»Wo ist sie eigentlich?«, fragte Finley mit einem Stirnrunzeln. »Du bist doch heute mit ihr verabredet.«

Ava schaute auf ihre Armbanduhr. »Stimmt. Ungefähr seit einer Viertelstunde.«

»Ich bin … was?« Befox blickte irritiert zu seiner Schwester. »Wie kommt ihr denn darauf?«

Jake zog den Notizzettel aus seiner Hosentasche und reichte ihn Befox. »Das haben wir in Lady Honorays Wagen gefunden.«

Befox legte den Kopf schief und betrachtete den Zettel. »Oh … Das ist weder Lady Honorays Handschrift noch meine. Das Orakel hat eine Sauklaue, die man kaum entziffern kann. Und verabredet waren wir auch nicht. Sind wir nie. Sie kommt einfach, wie es ihre Zeit zulässt.«

»Eins steht jetzt jedenfalls fest«, sagte Finley, »mit Sherwin steckt sie nicht unter einer Decke. Und das Buch will sie wahrscheinlich auch nicht klauen.«

Nathan sah Finley belustigt an. »Dachtet ihr das wirklich?«

»Die beiden haben sich dauernd gestritten. Lady Honoray war total wütend auf Sherwin«, sagte Jake. »Wir dachten, dass Lady Honoray irgendwie verrückt geworden ist und das Buch für sich allein haben will.«

Nathan und Befox sahen immer amüsierter aus.

»Sherwin ist mittlerweile Lady Honorays Vertretung«, sagte Jake. »Er hat die Aufgaben des Orakels übernommen, so lang bis Lady Honoray wieder auftaucht.«

Befox' und Nathans Grinsen fror augenblicklich ein und wich Sorgenfalten.

»Tja, wenn Sherwin die Aufgaben des Orakels übernommen hat, dann läuft gerade alles nach seinem Geschmack«, sagte Befox. »Er braucht nur noch mich oder einen mit meinen Fähigkeiten, der ihm im Skriptum von der Zukunft vorlesen kann.«

Nathan räusperte sich. »Sherwin wird sicher demnächst jemandem den Diebstahl des Skriptums in die Schuhe schieben. Jemandem, den er selbst als Vorleser gebrauchen kann und den er deshalb versuchen wird, aus der Schule zu werfen.« Als wäre ihnen plötzlich etwas Schreckliches eingefallen, sahen sich Nathan und Befox an. »Ihr drei müsst sofort zurück nach Mount

Caravan. Niemand darf merken, dass ihr weg wart, sonst kann er euch beschuldigen! Los! Verlieren wir keine Zeit.«

Eilig winkten Nathan und Befox die drei aus der Hütte durch den Wald. Noch einmal erklang der Ruf eines Uhus und schallte über ihnen durch die Nacht. Mittlerweile war es stockdunkel, aber Befox bewegte sich so zielsicher über das Geäst, als würde ihm jemand den Weg weisen. Etwas entfernt parkte ein blauer Kombi, übersät mit Rostflecken, die halbherzig mit schwarzem Lack überpinselt waren. Befox wies sie hinein und Nathan nahm hinter dem Steuer Platz. Er startete den Motor und der Wagen raste über die Landstraße. Jake kauerte eingequetscht zwischen Finley und Ava auf der Rückbank. Vor den Autofenstern verschwammen die grünen Steinhügel.

Nach einigen Minuten lehnte sich Finley zu Jake. Sein Gesichtsausdruck war ernst. »Wenn Sherwin seine Zeit als Lehrer nur dazu genutzt hat, um herauszufinden, wer außer Befox noch für seine Zwecke geeignet ist ... An dir war er echt interessiert, oder? Das ist mir aufgefallen.«

»Hm«, machte Jake und starrte aus dem Fenster. Ihm wurde langsam richtig übel und er hatte wirklich keine Lust, darüber nachzudenken, ob Sherwin sich nur für ihn interessierte, weil er vielleicht in der Nimmerzeit vorwärtslesen konnte. Dieser Gedanke war einfach zu deprimierend.

# 30

Die Welt rings um sie herum hatte sich schwarz gefärbt, als der Kombi am Ufer der nebligen Insel zum Stehen kam. Nathan und Befox überlegten angestrengt, wie sie die drei unauffällig zurück zu ihren schwimmenden Wagen auf den See bringen könnten, ohne dass Sherwin ihr Fehlen bemerken würde.

Während Befox und Nathan noch grübelten, rief Ava sie zu sich. Sie war in die andere Richtung am Ufer entlanggegangen und zeigte auf Spuren im Gras, die zu Autoreifen gehörten. Die matschige Erde war zu Haufen aufgeworfen und die Reifen hatten ihre Muster darin hinterlassen. »Die Spuren sind ganz frisch. Verdammt! Mount Caravan ist abgereist!«, rief Ava.

Finley ging neben den Autospuren entlang. »Aber … warum so plötzlich?«

Nathan wurde blass und Befox winkte die drei eilig zurück zum Kombi. »Wenn Mount Caravan wirklich abgereist ist, dann wissen jetzt alle, dass ihr außerhalb des Schulgeländes wart. Sicher hat Sherwin die Gelegenheit genutzt. Mist!«

»Aber die können doch nicht einfach ohne uns abfahren!« Finley sah entsetzt von Nathan zu Befox. »Wir gehören doch trotzdem zur Schule.«

»Wenn Sherwin gerade das Orakel vertritt, dann kann er eine ganze Menge durchdrücken«, sagte Befox. »Glaubt mir, das kommt ihm mehr als gelegen. Und wenn zusätzlich sogar der halbe Mount-Caravan-Rat anwesend ist, dann seid ihr jetzt wahrscheinlich offiziell diejenigen, die das Skriptum Futurum gestohlen haben. Willkommen bei den Ausgestoßenen.«

Hinter ihnen brummte ein Motor. Jake drehte sich ruckartig mit den anderen um und starrte aufs schwarze Wasser. Das Brummen kam näher und aus dem Nebel tuckerte Mrs MacCalbat auf sie zu. »Da seid ihr ja endlich! Alle suchen euch!«

Die Fähre stieß ans Ufer. Mrs MacCalbat stand an der vordersten Spitze ihres Bootes. Die Laterne, die sie in der Hand hielt, beleuchtete die vielen Sorgenfalten in ihrem Gesicht. »Sherwin erzählt, dass ihr das Buch gestohlen und zu Befox gebracht habt. Die Ehemaligen sind auf der Suche nach euch und sie sind *sehr* wütend.«

»Aber das stimmt überhaupt nicht!«, protestierte Jake. »Wir wollten das Buch beschützen! Muss so etwas nicht bewiesen werden, bevor man als schuldig gilt?«

Mrs MacCalbat öffnete den Mund, um etwas zu sagen, doch im nächsten Moment hielt sie schockiert inne. Zuerst landete ihr Blick auf Nathan, doch dann starrte sie fassungslos Befox an, der instinktiv ein paar Schritte zurückwich.

»Ich wollte Sherwin nicht glauben, dabei stimmt es! Alles!« Mrs MacCalbat schüttelte wütend den Kopf und kam mit schweren Schritten auf Jake und die anderen zu. »Was habt ihr mit dem Skriptum gemacht?«

»Nichts!«, rief Ava panisch. »Mrs MacCalbat, Sie müssen uns glauben! Wir haben das Buch nicht gestohlen. Und mein Bruder hat es auch nicht!«

Mrs MacCalbat fixierte Befox. »Und was ist mit dem Brand,

mit Ella und Ruby oder den vielen Warnungen? Das warst du auch nicht?« Ihre Stimme überschlug sich fast.

»Wir würden doch nicht hierher zurückkommen, wenn wir das Buch gestohlen hätten!«, beteuerte Ava. »Das ergibt gar keinen Sinn!«

»Es war Sherwin«, sagte Finley. »Von Anfang an. Er will das Buch für sich nutzen!«

Mrs MacCalbat sah nicht überzeugt aus. »Ihr könnt mir viel erzählen, Kinder. Es wird ohnehin eine Abstimmung darüber geben, ob ihr Schüler von Mount Caravan bleiben dürft oder nicht. Der Rat ist einberufen worden und wird entscheiden, ob ihr die Wahrheit sagt.«

»Dann müssen wir dorthin und mit ihnen reden!«, sagte Jake.

»Wo sind sie jetzt?«, fragte Finley.

Mrs MacCalbat zog sich ihren Hut noch tiefer ins Gesicht. »Sie reisen zur Burgruine zurück und machen sie dicht. Völlige Verriegelung. Aller Unterricht muss bis auf Weiteres ausfallen.«

Ava zog scharf die Luft ein. »Dann haben wir keine Chance, mit ihnen zu reden.«

»Wieso denn nicht?«, fragte Jake.

»Es gibt einen elektrischen Schutzwall in der Burgmauer.« Ava kaute auf ihrer Unterlippe. »Der wird nur im absoluten Notfall hochgezogen und da kommt niemand durch!«

»Es würde auch sonst nichts bringen, mit ihnen zu reden.« Befox' Stimme klang heiser. »Sie werden uns nicht glauben. Ich weiß, wovon ich rede.«

»Wir müssen das Orakel finden!«, sagte Jake plötzlich. »Ihr würden alle glauben, oder?«

»Und wo sollen wir sie suchen?«, fragte Ava.

Mrs MacCalbat rieb sich nachdenklich die Stirn. »Also gut, solange noch kein Urteil gefällt ist, helfe ich euch. Suchen wir zuerst auf der nebligen Insel. Wo, wenn nicht dort, kann man jemanden unbemerkt festhalten.« Sie winkte alle auf ihr Boot und startete den Motor.

Die Bootslaternen leuchteten ihnen durch die Dunkelheit. Langsam glitten sie am alten Segelschiff vorbei. Dunkel und verlassen wie ein Geisterschiff lag es auf dem Wasser. Schließlich legten sie am Steg der Insel an.

»Wir sollten uns aufteilen.« Mrs MacCalbat reichte jedem von ihnen eine Stirnlampe und eine Trillerpfeife. »Ich schlage vor, Ava geht mit mir in die Höhle und der Rest geht zu zweit die Insel ab. Wir treffen uns in einer Viertelstunde wieder am Steg. Wer sich verirrt, benutzt seine Trillerpfeife.«

Nathan und Finley beschlossen, den rechten Teil der Insel abzusuchen, und Befox und Jake liefen in die entgegengesetzte Richtung. Die diesige Dunkelheit zwang sie, sich zu konzentrieren, um nicht die Orientierung zu verlieren. Jake ging neben Befox am Ufer entlang. Regelmäßig riefen sie nach Lady Honoray.

Als sie die Insel halb umrundet hatten, hörte Jake ein leises Klopfen. Etwas schlug rhythmisch auf Metall. Jake gab Befox ein Zeichen und sie lauschten in die Nacht. Sie gingen weiter in die Richtung, aus der das Geräusch gekommen war. Ein zweites Mal hörten sie es blechern klopfen, doch es klang weit entfernt. Jake gab Befox ein Zeichen. Es kam vom See, aber es war zu diesig, um etwas zu erkennen.

»Haallooo?«, rief Jake. »Ist hier jemand?«

Das Klopfen erklang erneut.

»Ich glaube, da ist jemand auf dem See«, rief nun auch Befox.

Wieder klopfte es und die beiden rannten zurück zum Steg und auf das Motorboot zu. Dabei pfiffen sie in ihre Trillerpfeifen, um die anderen zusammenzutrommeln. Als sie am Steg ankamen, warteten Finley und Nathan schon auf sie. Kurz darauf stießen Mrs MacCalbat und Ava dazu.

»Was ist, habt ihr sie gefunden?«, rief Ava.

»Nein«, sagte Jake. »Aber da ist etwas auf dem See, das mit einem Klopfen antwortet!«

Mrs MacCalbat startete den Motor und ließ sich von Befox lenken. Knatternd fuhren sie im Zickzack über das Wasser, um alles im Nebel erkennen zu können. Nach einer Weile stoppte Mrs MacCalbat und rief mit ihrer tiefen Stimme über den See: »Lady Honoray?«

Diesmal erklang kein Klopfen als Antwort. Immer wieder stoppte Mrs MacCalbat und rief nach dem Orakel. Es dauerte eine Weile, bis Jake endlich wieder das blecherne Geräusch hörte. Langsam fuhren sie darauf zu. Die Bootslaterne beleuchtete ein rostiges hellblaues Bootswrack, das verloren auf dem See schaukelte.

»Lady Honoray!«, rief Mrs MacCalbat. Langsam steuerten sie auf das Wrack zu und erneut schlug etwas auf Metall. Laut, regelmäßig und immer schneller. Befox und Jake sprangen an Deck und leuchteten mit ihren Stirnlampen umher. Eine Treppe führte ins Unterdeck. Sie quietschte wenig vertrauenserweckend, als Jake sie betrat. Unter ihm klopfte es lauter. Er sprang die letzten Stufen und sah sich um.

»Lady Honoray!«, rief er. Es klopfte hinter ihm. Dort war eine verrostete Tür. Jake rüttelte daran, aber sie ließ sich nicht öffnen. Selbst als Befox mit anpackte, blieb die Tür verschlossen. Hinter ihnen eilte Mrs MacCalbat mit einem Brecheisen heran. Mit ihren kräftigen Armen brauchte sie nur wenige Handgriffe und das Schloss sprang quietschend auf.

Lady Honoray blickte ihnen mit einem Knebel im Mund und zusammengebunden Händen entgegen. Sie sah furchtbar aus.

Ihre Kittelschürze hatte die Farbe des Rosts angenommen und ihre weißen Locken hingen wirr in alle Richtungen.

»Um Gottes willen!«, rief Mrs MacCalbat und löste die Fesseln. Gemeinsam halfen sie Lady Honoray hinüber aufs Motorboot.

»Was ist genau passiert?«, fragte Mrs MacCalbat und goss dem Orakel einen Kaffee aus ihrer Thermoskanne ein.

»Sherwin! Er hat mich mit einem Trick auf die Insel gelockt. Ich war dumm, weil ich so leicht darauf reingefallen bin. Er hat mir seit Beginn des Schuljahres immer wieder gedroht. Gesagt, dass ich zu alt sei, um auf das Buch aufzupassen. Und wenn ich kein Einsehen habe, dann bringt er das Skriptum Futurum auch ohne meine Zustimmung an einen seiner Meinung sicheren Ort. Ich war natürlich außer mir, nicht wahr, und hatte mir vorgenommen, dem jungen Kerl gehörig den Kopf zu waschen. Stattdessen hat er mich hier im Schiffswrack eingesperrt.« Lady Honoray sah auf und jetzt kochte sie vor Wut. »Es wird Schlimmes passieren, wenn keiner Sherwin stoppt. Das Skriptum Futurum darf nicht von so jemandem beherrscht werden!«

Mrs MacCalbat nickte betreten und warf Jake und den anderen einen entschuldigenden Blick zu. Sie startete den Motor und diesmal raste das Boot über den See, sodass das Wasser zu ihren Seiten spritzte. Gemeinsam stürmten sie kurz darauf zum Kombi und quetschten sich zu sechst hinein. Ohne Mrs MacCalbat sausten sie über die Landstraße Richtung Burgruine. Die Autofahrt war lang. Angespannt saßen sie nebeneinander und starrten auf die von den Scheinwerfern beleuchtete Straße.

Ava zog den Zettel, den sie in Lady Honorays Wagen gefunden hatten, aus ihrer Hosentasche. »Ist der von Sherwin?«

Lady Honoray nickte und lächelte Ava zu. »Ja. Er sagte, wenn ich nicht verrate, wo Befox ist, verbrennt er das Skriptum. Mit einem Feuerzeug hat er über unserem Buch rumgefuchtelt! Ich konnte nicht anders, als die Hütte im Wald zu verraten. Es war eine Falle, damit sie euch bei Befox finden, wenn Sherwin den Ehemaligen-Rat zur Hütte führt. Damit wollte er beweisen, dass ihr mit Befox gemeinsame Sache macht. Gut nur, dass Mrs Claus den sofortigen Umzug zur Burg angeordnet hat. Damit hat Sherwin nicht gerechnet und ist zu spät gekommen, nicht wahr!«

*

Der Morgen brach an, als sie endlich an derselben Landstraße hielten, an der der Taxifahrer Jake abgesetzt hatte. Jake fühlte das eigenartige Gefühl von damals in sich aufsteigen, als er in Mount Caravan angekommen war und nicht wusste, was auf ihn zukommen würde. Er war sich nicht sicher gewesen, ob er in dieses seltsame Internat wollte. Jetzt wäre es die größte Strafe, kein Teil mehr von Mount Caravan zu sein.

Gemeinsam rannten sie durch den Wald Richtung Burgruine. Die Äste unter ihren Füßen brachen so geräuschvoll entzwei, dass sich aus den Baumwipfeln Vögel erhoben und es hinter den Büschen immer wieder rappelte. Als sie an der Ruine ankamen, versteckten sie sich gemeinsam hinter den Bäumen und spähten auf die Lichtung. Die Wagen waren nirgends zu sehen. Wahrscheinlich parkten sie dicht gedrängt im Burghof hinter der Mauer.

Lady Honoray trat aus dem Schutz der Bäume heraus und ging über die Lichtung auf die Burgmauer zu. Jake und die anderen folgten ihr mit weichen Knien und trockener Kehle. Was passierte wohl gerade in der Burg und wie würden die Ehemaligen reagieren, wenn sie mit Befox hier auftauchten?

Als sie an die Burgmauer kamen, nahm Finley eine Handvoll

Sand und warf sie gegen die Steine. Augenblicklich zischte es und Funken stoben aus der Mauer auf. Finley hielt sie zurück. »Der Schutzwall ist aktiv. Berührt auf keinen Fall die Steine, von dem elektrischen Schlag erholt sich keiner so schnell!« Finley winkte sie weiter um die Mauer herum zum Tor. Die Mauer knisterte leise, während sie davorstanden. Mit einem Finger tippte Finley auf das Tastenfeld. Er seufzte, dann tippte er mit schnellen Bewegungen weiter. »War ja klar, sie haben unsere Codes gelöscht. Keiner funktioniert mehr.«

»Woher willst du das wissen? Du kennst meinen Code doch gar nicht«, warf Ava ein, aber Finley antwortete ihr nur mit einem müden Blick.

»*Natürlich* kenne ich deinen Code. Ich würde ihn sogar kennen, wenn du ihn nicht schon tausendmal vor mir eingetippt hättest.«

»Hey! Man darf nicht gucken, wenn jemand seinen Code eintippt!« Ava sah Finley empört an.

»Jaja, darf man nicht, ich weiß.« Finley zuckte mit der Schulter. »Sei froh, dass ich es trotzdem gemacht habe. Und nicht nur bei dir. Sollen wir jetzt Piets, Ellas oder Barts nehmen?«

Ein hämisches Lächeln stahl sich auf Avas Gesicht. »Nataschas!«, sagte sie und Finley tippte, ohne einen Moment überlegen zu müssen, ein paar Zahlen ein. Brummend schob sich das schwere Eisentor in der Burgmauer auseinander.

# 31

Das Brummen des Schutzwalls verstummte und sie betraten das Schulgelände. Vor ihnen im Hof der Burg standen die Wohnwagen Wand an Wand. Lady Honoray schritt mit fest entschlossener Miene voraus und führte sie durch die Wagenreihen auf die Burg zu. Außer ein paar Schülern, die ihnen erschrockene Blicke zuwarfen, war niemand im Hof unterwegs. Ruby schien die Einzige zu sein, die sich freute, sie zu sehen.

Lady Honoray zeigte auf das verschlossene Eingangstor der Burghalle. »Ich schlage vor, wir beide gehen voraus.« Sie winkte Befox lächelnd neben sich. »Ich bin gespannt, wie Sherwin reagiert. Mit uns rechnet er am wenigsten, nicht wahr. Überaschen wir ihn!«

Nathan trat hinter Befox, als wollte er ihm Rückendeckung geben, und Lady Honoray drückte die hölzerne Flügeltür zur Burg auf. Um den runden Tisch in der Burghalle saßen die Lehrer und Ehemaligen dicht gedrängt und diskutierten wild. Augenblicklich verstummten alle, als Befox neben Lady Honoray im Türrahmen stand.

»Ihr beschuldigt den Falschen!« Lady Honorays Stimme hallte gebieterisch in den Burggewölben. Neben ihr sank Befox unter den finsteren Blicken in sich zusammen, doch Nathan legte ihm aufmunternd seine Hand auf die Schulter.

Sherwin, der weit entfernt am Tisch saß, ergriff als Erster das Wort und baute sich breitbeinig vor ihnen auf. »Dass Lady Honoray Befox in unsere Schule führt, beweist, dass das Orakel von Caravan verrückt geworden ist! Wie kann man jemandem noch trauen, der so etwas tut?«

Jake bekam eine Gänsehaut. Die Stimme seines Lieblingslehrers klang das erste Mal unangenehm in seinen Ohren. Jake stand von allen am weitesten vom Eingang entfernt, weshalb er nur einen Bruchteil von dem erkannte, was in der Halle gerade passierte.

»Sie muss sofort abgesetzt werden!«, brüllte Sherwin barsch, während Lady Honoray seelenruhig auf ihn zuging.

Keine Sekunde ließ sie ihn dabei aus den Augen. »Wollen wir heute einmal die Wahrheit erzählen, Sherwin?« Diesmal klang ihre Stimme ruhig. Und bedrohlich.

Jake spähte über Avas Kopf hinweg zu Sherwin. Wie konnte jemand nur so gerissen sein? Absolut nichts in seiner Mimik verriet ihn. Kein Zucken, keine angespannten Mundwinkel, kein Rümpfen der Nase. Jake musste zugeben, das war neu für ihn. Irgendetwas verriet sonst jeder.

Ringsherum erhoben sich die Ehemaligen, sprachen aufgebracht durcheinander und bauten sich vor Lady Honoray und Befox auf. Jake fiel ein, dass es Befox offiziell immer noch verboten war, eins der Schulgelände zu betreten oder sich einem Mitglied von Mount Caravan zu nähern. An keins von beidem hatte er sich gehalten.

Im nächsten Moment brach Tumult aus. Lauter Leute, die Jake noch nie gesehen hatte, umzingelten Befox. Sie griffen und zerrten an ihm. »Diebe!«, riefen einige und zeigten mit dem Finger auf ihn. Ein wildes Durcheinander aus Worten und Handgreiflichkeiten herrschte in der Burghalle und Jake verlor sofort den Überblick. Lady Honorays Stimme wechselte wieder in eine schrille Tonlage, während sie versuchte zu erklären, warum Befox unschuldig war. Mrs Claus stellte sich zwischen Befox und die aufgebrachten Ehemaligen und versuchte, alle zu beruhigen, aber es führte nur dazu, dass noch heftiger gestritten wurde.

In dem ganzen Durcheinander versuchte Jake, Sherwin im Auge zu behalten. Der stahl sich an der Wand entlang immer weiter Richtung Ausgang. Als Sherwin Nathan zwischen den dicht drängelnden Körpern entdeckte, rief er plötzlich: »Der Schwarzhaarige mit dem Zopf hat das Skriptum Futurum!« Sherwins Worte hallten zwischen den Burgmauern hin und her und sofort stürmte ein Pulk aus Ehemaligen auf Nathan zu und hielt ihn fest. In dem ganzen Chaos flüchtete Sherwin aus der Halle. Außer Jake achtete niemand mehr auf ihn, alle Aufmerksamkeit lag nur noch auf Nathan und Befox, die sich mit Händen und Füßen versuchten zu verteidigen.

Jake rannte hinterher, durch die dicht gedrängten Wohnwagen. Leider verlor er Sherwin in den schmalen Gängen sofort aus den Augen. Instinktiv rannte er zum Orakel-Wagen. Sein Gefühl hatte ihn richtig geleitet. Hinter Sherwin fiel gerade die Wagentür zu. Aber warum hielt Sir Lancelot ihn nicht auf? Normalerweise war der schwarze Kater sofort auf hundertachtzig, wenn sich jemand dem Wagen nur näherte.

Jake zog sich am Dachfirst hinauf, um einen Überblick über das Gelände zu bekommen. Der Kater lag zu Jakes Füßen und rührte sich nicht. Nicht mal, als Jake auf ihn zukroch und ihm übers Fell strich. Was hatte Sherwin nur getan? Jake legte dem Kater seine Hand auf den Bauch. Sir Lancelot atmete tief und gleichmäßig und war zum Glück nirgends verletzt. Da öffnete sich unter Jake die Tür des Wagens und Sherwin glitt hindurch. Das Skriptum Futurum unter seinen Arm geklemmt, lief er davon. Jake sprang vom Dach und folgte Sherwin, der ihn jetzt bemerkte.

»Oh, du bist es, Wunderkind. Na los, lauf schneller. Komm mit!«, rief Sherwin und rannte durch das geöffnete Burgtor über die Lichtung in den Wald hinein.

# 32

Jake stöhnte, als er sah, was Sherwin vorhatte. Er rannte zum Hochseilgarten. Aber nicht in irgendeinen Teil des Hochseilgartens, er steuerte auf »Irre Höhen für Fortgeschrittene« zu. Diesen Teil hatte Jake bislang nur von Weitem zu Gesicht bekommen. Ihm wurde augenblicklich schlecht bei der Vorstellung, dort hochzumüssen.

Da dämmerte Jake, warum Sherwin ausgerechnet in diesen Teil des Klettergartens hinaufwollte. Der Fortgeschrittenen-Parcours war riesig und endete kurz vor einem Parkplatz, so viel wusste Jake. Ava hatte ihm einmal von den »tollen Herausforderungen« dort oben vorgeschwärmt. Sie konnte es gar nicht erwarten, bis sie endlich in diesen Teil des Parcours durfte. Ganz besonders freute sie sich schon auf irgendeine »Todessprungbrücke«.

Sherwin war nicht dumm, so viel war klar. Ganz sicher hatte er seine Flucht mit dem Skriptum vorbereitet und irgendwo ein Auto geparkt. Clever, dachte Jake, rieb sich die Hände an seiner Jeans trocken und sah Sherwin hinterher, der sich gerade an einem Seil hochzog. Ihn schien die Höhe weniger zu belasten. Jake biss die Zähne zusammen, griff sich eins der Seile und kletterte ebenfalls daran hinauf. Sherwin war schon über ihm auf der Startplattform angelangt. Er lachte, als er sich nach Jake umdrehte.

»Komm schon, Kleiner, ich warte auf dich!«, rief er zu Jake nach unten. »Lass uns Partner werden. Du weißt doch noch gar nicht, zu was du alles in der Lage bist. Komm mit mir mit, gemeinsam könnten wir die Welt verändern – zum Besseren!«

»Wir können die Welt auch verändern, wenn wir alle im Skriptum lesen«, schnaufte Jake als Antwort. »Schon vergessen?«

»Sei doch nicht so blöd! Du darfst nur so weit im Buch lesen, wie es dir in Mount-›Wir wissen alles besser‹-Caravan erlaubt wird. Hast du es nicht satt, immer nach der Pfeife anderer zu tanzen? Diese Leute halten absichtlich die Macht des Skriptums zurück, dabei könnte man so viel Gutes bewirken! Überleg doch mal, mit dir als Vorleser könnten wir so weit in die Zukunft blicken, dass wir alles verändern könnten, noch bevor es passiert!« Sherwin sah ihn eindringlich an. »Das ist deine Chance, Jake Roberts! Eine zweite bekommst du nicht!«

Jake lief ein Schauer über den Rücken. Was für ein grauenhafter Gedanke, für Sherwin die Zukunft zu verändern. Der Typ war ja total größenwahnsinnig. Als ob er damit »Gutes« tun würde! Jemand, der alleine die ganze Welt verändern wollte – der dachte sicher nicht übermäßig viel an das Wohl der anderen.

Mit entschlossener Miene kletterte Jake weiter am Seil hinauf. Er musste Sherwin unbedingt das Skriptum Futurum abnehmen.

»Du willst also nicht?«, rief Sherwin.

»Weißt du … eher würde ich Dreck essen!«, rief Jake. »Und ohne mich hilft dir das Buch allein gar nichts. Was bringt ein Zukunftsbuch, wenn man es nicht lesen kann?«

Sherwin grinste und jetzt sah er richtig fies aus. »Ach, ich finde auch noch einen anderen. Glaub mir, du bist nicht der Letzte, der das kann! Und Mount Caravan ist nicht die einzige Schule mit Wunderkindern wie dir!« Über ihm zog Sherwin ein Messer aus seinem Gürtel hervor. Die Klinge blitzte auf und pumpte Jake Adrenalin in die Adern.

Sofort wurden ihm zwei Dinge schmerzlich bewusst: Er hing an einem Seil in vielleicht zwanzig Metern Höhe. Und zweitens: Einen Fall wie diesen würde er nicht überleben.

Über ihm ritzte Sherwin das Seil ein. Jake musste schneller nach oben, damit er sich irgendwo an der Plattform festklammern konnte. Durch die Bewegungen des Messers schwang das Seil hin und her.

»Schade um dich und deine Fähigkeit, Kleiner. Ich hätte gewettet, dass du schlauer als Foxworth bist«, rief Sherwin ihm zu, während das Messer immer weiter in das Seil schnitt.

Jake musste sich etwas einfallen lassen. Das Seil würde reißen, bevor er oben ankam, und selbst wenn nicht, würde Sherwin ihn sicher von der Plattform stoßen, noch bevor er sie betreten hatte. Jake versuchte, eines der anderen Seile zu greifen, aber der Abstand war größer als seine Armlänge. Er schaukelte sein Seil von rechts nach links, über ihm rissen bereits die Fasern, bald würde er nur noch an ein paar Fäden hängen. Sein Schaukeln nahm Sherwin die Hälfte der Arbeit ab.

»Jake!« Unter ihm hörte er Finley keuchend seinen Namen durch den dunklen Wald rufen. Jake fühlte, wie die Stimme seines Freundes ihm ein Lächeln ins Gesicht schob.

»Hier oben!«, rief er zurück, ohne seinen Blick von den Seilen abzuwenden. Er musste weiterschaukeln, wenn er das hier überleben wollte. Innerlich hörte er mehrmals das Ratschen des Seils, bevor es wirklich über ihm erklang. Im nächsten Moment durchzog das Kletterseil, an dem er hing, ein kräftiger Ruck.

»JAAAAKE!«, schrie Finley entsetzt.

Blind griff Jake nach links zum anderen Seil und packte zu. Doch seine Hand blieb leer. Er hörte nur ein Klacken, während die Bilder im Zeitraffer an ihm vorbeirasten. Ihm blieb nichts, als zu hoffen, wenigstens ein einziges Mal Glück im Leben zu haben. Sein Seil sauste in die Tiefe und knallte auf den Waldboden.

Doch Jake selbst hing immer noch weit oben in der Luft. Jemand hatte ihn gepackt und hielt ihn fest. Seine Schulter schmerzte von dem Ruck und in seinen Ohren rauschte die Aufregung. Jake drehte sich um. Direkt hinter ihm klebte Ava. Sie trug einen Klettergurt und hing an einer Sicherungsleine. Den Karabiner, an dem sie hing, hatte sie zusätzlich in Jakes Gürtel eingeklinkt und ihn so vorm Sturz gesichert. Ihr Gesicht war fleckig rot und verschwitzt, trotzdem lächelte sie. »Mannomann! Das war aber knapp!«

Unter ihnen hörten sie Finley jubeln. »Versuch, dich hochzuziehen«, rief er Jake zu.

Mit Avas Unterstützung kletterte er zur Holzplattform über ihnen. Sein Herz hämmerte in seiner Brust, als er sich neben Ava aufrichtete.

»Wo bist du denn auf einmal hergekommen?«, war das Erste, was Jake dazu einfiel.

»Gern geschehen!«, lachte Ava. »Ich kann nicht nur gut klettern, sondern auch schnell, schon vergessen?« Sie klinkte ihren Karabiner aus seinem Gurt und schwang sich wie Tarzan zur nächsten Plattform. »Warte hier einfach, ich helfe dir gleich wieder runter.«

Hier warten? Und Ava allein Sherwin verfolgen lassen? Auf keinen Fall! Jake sah sich um. Das Balanceseil vor ihm schwankte noch leicht von Sherwins Bewegungen. Wo war er hin? Unter normalen Bedingungen war der Hochseilgarten schon schlimm genug, aber jetzt hatte Jake nicht mal etwas, womit er sich in die Sicherungsleinen einklinken konnte. Er hatte nur den Gürtel seiner Jeans, aber keinen Karabiner mehr. Ein falscher Schritt und er war mausetot. Jake atmete tief ein bei diesem aufmunternden Gedanken und sah auf das Seil vor ihm. Vorsichtig rutschte er vor und setzte sich darauf. Er konnte nur auf seinem Hintern darüberrutschen. Alles andere war viel zu riskant. Wie weit oben er schon war, konnte er auch nicht mehr sagen. Eilig zog er sich weiter zur gegenüberliegenden Plattform. Von ihr ging eine wackelige Brücke ab. Über die einzelnen weit voneinander liegenden Holzstücke gelangte man nur mit Sprüngen von einem zum anderen Tritt. Jemand hatte in die erste Holzlatte »Todessprungbrücke« geritzt.

Na großartig.

Jake hatte damals schon an Avas Verstand gezweifelt, als sie ihm von dieser Brücke erzählt hatte. Jetzt stand er direkt davor und war sich sicher, dass Ava einen Schuss hatte. Niemand sprang freiwillig von einem wackelnden Holzstück zum nächsten in fast 40 Metern Höhe. Niemand!

Mitten auf dieser Brücke stand Sherwin und verharrte in seiner Bewegung. Unter seinem Arm klemmte das schwere Skriptum Futurum, aber sonst war da nichts, was ihn vom Weitergehen abhielt.

Oder doch! Jakes Herz machte einen Satz. Am anderen Ende auf der Holzplattform der Todessprungbrücke stand Ava. Sie hielt einen Ast wie ein Schwert in der Hand und hinderte Sherwin daran, auf die Plattform zu springen. Unschlüssig wackelte Sherwin an Ort und Stelle. An einem Seil unter ihnen entdeckte Jake Befox, der dabei war, nach oben zu klettern. Er wackelte an den Seilen, auf die die Holzplanken der Todessprungbrücke ge-

zogen waren. Sherwin verlor fast das Gleichgewicht und brüllte vor Wut.

»Ist nicht schön, wenn einem der Boden unter den Füßen weggezogen wird, oder?«, rief ihm Befox zu.

»Geben Sie auf, Mr Domsdale!«, befahl plötzlich Mrs Claus von unten. »Lassen Sie das Skriptum sofort fallen!«

Jake blickte nach unten und sah in die Gesichter der gesamten Schüler- und Lehrerschaft.

Als Jake in der nächsten Sekunde wieder aufsah, kam Sherwin auf ihn zu und versuchte, auf die Plattform zurückzukommen. Mist! Jake hatte keinen dicken Ast wie Ava und vor allem kein Messer wie Sherwin.

»Mach Platz!«, brüllte ihn sein ehemaliger Lehrer an. Jake sah ihm direkt ins Gesicht und konzentrierte sich auf Sherwins Mimik. Normalerweise verriet er sich nicht, doch jetzt hatte auch er Angst. Todesangst. Und die war unmöglich zu kontrollieren.

»Wieso sollte ich das tun?«, rief Jake zurück. Nur ein einziges Holzstück trennte sie noch voneinander.

»Weil ich ein Messer habe und stärker bin als du.« Sherwins Blick huschte unauffällig nach rechts. »Geh zurück, Jake, bitte, dann verschone ich dich. Sonst kann ich für nichts garantieren!«

Jake schüttelte den Kopf. »Ich hab beide Hände frei und stehe fest auf einer Plattform. Selbstüberschätzung ist gefährlich!«

Genau in dem Moment, als Sherwin sein Messer zog und mit einem gekonnten Satz auf ihn zusprang, wich Jake nach links aus. Er hatte genau gesehen, was Sherwin vorhatte. Sherwin stolperte, stach ins Leere und blieb mit seinem Messer in einer Holzbohle der Plattform stecken. Ava warf ihren Karabiner zu Jake und so nutzte er Sherwins Schrecksekunde. Er klinkte den Karabiner blitzschnell an ein Sicherungsseil und hakte ihn kurz darauf in Sherwins Gürtel fest, genau wie Ava es zuvor bei ihm selbst gemacht hatte. Im nächsten Moment gab er seinem Illusionslehrer einen kräftigen Schubs. Sherwin taumelte und sauste von der Plattform. Dabei rutschte ihm das Skriptum Futurum aus dem Arm und fiel nach unten.

»Das Buch!«, schrie Jake.

Keine Sekunde später hörte er unten Finley stöhnen. »Hab's!«

Zappelnd hing Sherwin an einem Sicherungsseil über der Todessprungbrücke. Schnell zog Jake das Seil straff und hob ihn weiter in die Luft hinauf, sodass er sich an nichts mehr festhalten konnte. Jake sah zu seinem ehemaligen Lieblingslehrer hinauf, der nun wie eine Mücke im Netz gefangen hing und verzweifelt versuchte, sich zu befreien.

# 33

Sherwin Domsdale hing noch eine Weile oben in den Baumwipfeln, bevor Dan Randy und ein paar weitere ihn aus seinem luftigen Gefängnis hinunterließen und der Polizei übergaben. Wegen versuchten Mordes, Diebstahl und Entführung wurde er schließlich abgeführt.

Natürlich musste auch Lady Honoray erklären, wie sie all die Jahre nicht bemerken konnte, dass Sherwin überhaupt nicht in der Lage war, im Skriptum zu lesen. Kleinlaut gab sie zu, jedes Mal eingenickt zu sein, während Sherwin im Wagen aus dem Skriptum las. Sie konnte sich dieses Missgeschick nie erklären und nahm sich ein fürs andere Mal vor, besser achtzugeben. Jake war nicht der Einzige, der Lady Honoray darauf aufmerksam machte, dass sie wahrscheinlich zuvor von Sherwin ein Schlafmittel in ihren Tee untergejubelt bekommen hatte. Sicher das gleiche, das auch Ella und Sir Lancelot außer Gefecht gesetzt hatte.

Mrs Claus und der Rest der Lehrerschaft entschuldigten sich zerknirscht bei Befox und boten ihm als Wiedergutmachung eine Stelle als Lehrer an. Bevor Mount Caravan das restliche Schuljahr zu Ende brachte, richtete Mrs Claus ein rauschendes

Fest aus, um Lady Honorays Rettung und die des Skriptum Futurums zu feiern. Die Burg wurde bunt wie ein Rummelplatz geschmückt. Es wurde gesungen und neben einem üppigen Buffet loderte das höchste Lagerfeuer, das Jake je gesehen hatte. Marshmallows und Stockbrot rösteten darin. Endlich fühlte Jake so etwas wie Geborgenheit. Er fühlte sich zu Hause angekommen.

Nach dem Essen winkten Bart und Bruno sämtliche Schüler in den Wald. Das Baumhaus erhellten Kerzen und Teelichter. Carson spielte seinen Dudelsack und unter großem Applaus betraten Jake, Ava und Finley das Gemeinschaftshaus hoch oben in den Baumkronen. Alle lachten, sangen und baten die drei immer wieder zu erzählen, wie sie Sherwin in »Irre Höhen für Fortgeschrittene« überwältigt hatten.

Endlich legte Carson seinen Dudelsack beiseite, griff nach seiner Gitarre und stimmte eine Hymne an, die Jake neu war. Ella trug etwas auf Jake zu und Bart begann seine Standardrede über die Krönung des diesjährigen King Caravan. In einer kurzen Zeremonie wurden Jake, Ava und Finley als die Sieger der diesjährigen Mutproben mit den Titeln King Jake, Queen Ava und King Finley von Mount Caravan gekürt. Sogar Natascha klatschte, als Ava die Krone aufgesetzt wurde.

Es wurden Fotos für die Galerie gemacht und sofort aufgehängt. Jake betrachtete die vielen goldenen Bilderrahmen, die um sie herum hingen. Er kannte die Fotos mit den strahlenden Gesichtern darauf und den Kronen über den Köpfen mittlerweile in- und auswendig. Er erinnerte sich daran, wie oft er sie im Baumhaus schon angeschaut und sich heimlich gewünscht hatte, ebenfalls auf einem der Bilder zu sein. Nun war er es.

Als sie gemeinsam mit den letzten Schülern das Baumhaus verließen, war es bereits stockdunkel. Während Finley ihnen mit dem Emometer den Weg durch die schwarzen Bäume hindurch zur Lichtung leuchtete, gähnten sie um die Wette. Über ihnen rief ein Uhu durch die Nacht.

Finley stieß Ava spielerisch in die Seite. »Siehst du, es stirbt niemand, nur weil eine Eule Geräusche macht!«

»Na, zumindest bis jetzt nicht«, gab Ava lachend zurück und hakte sich zwischen den beiden Jungen ein.

Jake sah Ava von der Seite an. Das schwache Licht vom Emometer erhellte ihre hochgezogenen Mundwinkel, die sich gar nicht mehr senken wollten. »Weißt du, da fällt mir ein: Du hast uns immer noch nicht erzählt, was deine Jahresaufgabe eigentlich war.«

Ava kicherte. »Durfte ich dir nicht sagen. Lady Honoray hat mir gedroht, mich von der Schule zu werfen, wenn ich es tue.«

»Was?«, kam es fassungslos aus Jakes und Finleys Mund gleichzeitig. »Was hast du denn gesehen?«

»Ich habe im Skriptum gelesen, dass ich in diesem Schuljahr einen gewissen Herrn Jake Roberts vor einem tödlichen Sturz an der Todessprungbrücke retten muss. Lady Honoray meinte, wenn ich es dir erzähle, könnte sich alles ändern und ich wäre vielleicht nicht da, wenn es passiert.« Ava lachte. »Ich hab ja gewettet, dass du da niemals freiwillig hochkletterst. Ich dachte, das ist ein Scherz. Aber als Sherwin und du plötzlich weg waren, wusste ich sofort, wo ihr seid und dass ich mich besser schnell um meine Jahresaufgabe kümmere.«

Die drei liefen über die Lichtung auf die Burgruine zu. Über ihnen leuchteten die Sterne und vor ihnen die vielen bunten Lampen der Wohnwagen.

Finley klopfte sich auf seinen Bauch. »Also, wenn ich bei unserem ganzen aufgeregtem Rumgerenne in der letzten Zeit nicht locker fünf Kilo abgenommen hab, fresse ich einen Besen!«

Ava prustete los und Jake stimmte mit ein. Er konnte sich gar nicht mehr vorstellen, wie er sein Leben vor Mount Caravan gemeistert hatte. Wie hatte er es geschafft, ohne die zwei an seiner Seite zu überleben? Jake schüttelte den Gedanken aus seinem Kopf und war froh, dass das nicht mehr sein Problem war. Er war endlich zu Hause.

# Epilog

Es war einer der letzten Tage des Schuljahres. Aus Lady Honorays Wagen strömte herrlicher Keksduft. Jake winkte Sir Lancelot zu, der ihn wie immer fauchend begrüßte. Zum Glück hatte der Kater die Schlaftabletten, die Sherwin ihm in seinen Futternapf gemischt hatte, verdaut und war wieder aufgewacht. Allerdings schielte er noch tagelang benebelt.

Vor Jake öffnete sich die Tür. Mit einem Lächeln bat Lady Honoray ihn hinein. In der Hand hielt sie ihm einen Teller mit Keksen entgegen. »Setz dich und greif zu!«

Jake bedankte sich und nahm im Korbsessel vor dem Skriptum Futurum Platz. Der Keks, den er sich in den Mund schob, war noch warm. Lady Honoray öffnete das Skriptum Futurum und ließ die Seiten liebevoll durch ihre Finger gleiten. »Putz dir zuerst deine Hände, Jake Roberts, nicht wahr!«

Jake nahm sich eins der bereitliegenden Handtücher und wischte sich die Kekskrümel von den Händen. Lady Honoray nickte zufrieden und winkte ihn zu sich.

»Ich hoffe, du findest eine Antwort auf die Frage, die dich schon so lange verfolgt.« Sie lächelte erneut und verließ den Wagen.

Irgendwie rührte es Jake. So etwas tat das Orakel von Caravan sonst nicht. Normalerweise war sie bei jeder Lesung anwesend und sorgte dafür, dass alles nach ihren Regeln verlief. Jake blätterte vorsichtig in den Seiten des Skriptum Futurums. Sie raschelten leise, als könnten sie vor Ungeduld nicht stillhalten. Zur Sicherheit zog sich Jake den Korbstuhl näher heran. Nur für den Fall, dass ihm doch wieder schwindelig werden würde. Inzwischen hatte er das Lesen im Skriptum ganz gut unter Kontrolle, aber man konnte ja nie sicher genug sein.

Vorsichtig begann er, im Buch zu blättern. Welche Seite sollte er aufschlagen? Er blätterte von hinten nach vorn, so wie man es machen musste, wenn man sich in die vergangene Nimmerzeit lesen wollte. Wie immer verschwamm alles vor ihm auf dem Papier, allerdings nur kurz. Im nächsten Moment stoben einzelne Buchstaben zu Bildern auf. Der mächtige Berg, den er schon so oft gesehen hatte, erhob sich erneut aus den Seiten. Jake erkannte klar und deutlich eine einsame Burg auf dem Gipfel. Die zwei Menschen, die er jedes Mal im Buch sah, liefen darauf zu. Jake beugte sich näher heran. Ja, kein Zweifel: Sie trugen das Skriptum Futurum.

Wieder hörte Jake leise seine Oma Edith flüstern: »Ich habe immer versucht, solange ich gelebt habe, dich zu beschützen. Lies besser nicht weiter. Es hilft nicht immer, alles zu wissen.«

Jakes Herz schlug schneller. Warum sah er nur immer wieder diesen Berg und diese zwei Menschen? Er konnte jetzt nicht einfach aufhören zu lesen, er wollte unbedingt wissen, was es damit auf sich hatte. Meistens tauchten die zwei Menschen nur kurz und undeutlich auf, dafür so eindringlich wie ein Blitzschlag. Langsam erkannte er sie deutlicher. Je mehr sich Jake auf das Bild konzentrierte, desto weiter breitete es sich aus. Immer wieder unterbrochen von Buchstaben, die sich zu neuen Bildern dazwischenschoben.

»Erkennst du sie wirklich nicht?«, flüsterte Edith.

Plötzlich begriff Jake. »Mum?«, hauchte er leise. »Dad?«

Wie eine Welle schwappten die Gefühle über ihm zusammen. Sein Magen verkrampfte sich und eine unbestimmte Angst schnürte ihm die Kehle zu. Gleich würde etwas Schreckliches passieren, das spürte er genau.

Jake schlug die Seite um und der Felsen löste sich in Luft auf. Auf dem Papier erkannte er die Burg, die er gerade noch von Weitem gesehen hatte. Es war eine dieser einsamen schottischen Hochlandburgen, mitten im Niemandsland. Immer weiter drückte sie sich von den Seiten in die Höhe, so als wäre ihr das Buch zu eng. Schließlich füllte sie den ganzen Orakel-Wagen aus und Jake stand mitten darin, in einem Kaminzimmer.

Ein paar Leute diskutierten wild miteinander und sofort erkannte Jake sie: Dort standen seine Eltern. Ein hochgewachsener schlanker Mann mit Vollbart und eine zierliche blonde Frau. Beide trugen noch die Hälfte ihrer Bergsteigerausrüstung und … Jake stockte. Er erkannte wieder Lady Honoray neben ihnen. Ihre Locken waren nicht weiß, sondern noch zur Hälfte rot und anstelle ihrer Kittelschürze trug sie eine Expeditionsausrüstung.

»Endlich haben wir es nach all den Jahren wiedergefunden. Die Arbeit hat sich tatsächlich gelohnt! Wir sind am Ziel!« Jake hörte einen fremden Mann sprechen, der ebenfalls im Kaminzimmer stand. Er trug einen Tweedanzug und einen strengen Scheitel. Zu seinen Füßen saßen zwei Windhunde. »Lesen Sie schon!«, drängte er Lady Honoray.

»Sie können es nicht einfach für sich behalten«, widersprach Jakes Vater. »Es muss zurück in eine Schule. Es muss von allen gelesen werden können, die dazu in der Lage sind. Das wissen Sie genau.«

»Unsinn!«, dröhnte der Mann, woraufhin seine zwei Windhunde aufschreckten. »Ich habe doch nicht aus dümmlicher Gutmenschelei mein Vermögen in die Suche nach dem Skriptum Futurums gesteckt! Ich werde nicht zulassen, dass freche Rotzgören mit ihren Schmierfingern sich damit ihre Langeweile vertreiben! Das Skriptum Futurum ist von unschätzbarem Wert!«

»Und genau deshalb kann es nicht einfach hierbleiben«, sagte nun Jakes Mum. Jetzt erinnerte sich Jake an ihre Stimme. Sie war warm und fest.

Hinter dem Mann öffnete sich eine Tür und ein Junge steckte den Kopf herein. »Dad, äh, ich meine, Sir?«

»Jetzt nicht, Sherwin!«, donnerte er als Antwort. »Siehst du nicht, dass ich beschäftigt bin? Zum Teufel! Geh, spiel mit deinem Bruder oder mach zur Abwechslung *einmal* etwas Sinnvolles!«

Der Junge schloss kleinlaut die Tür. Im nächsten Moment geschah etwas, das Jake nicht erwartet hätte. Der fremde Mann zog eine Pistole. »Niemand außer mir entscheidet über das Skriptum Futurum!«

»Du wirst niemals im Skriptum lesen können, so wie Ivy es konnte. Egal, was du auch versuchst.« Lady Honoray griff sich plötzlich eine der feinen Porzellanvasen und warf sie dem Mann entgegen. Noch während sie flog, griff sie sich das Skriptum Futurum und stürmte aus dem Kaminzimmer hinaus.

»Ich versuche nicht, meiner Frau nachzueifern. Ich sorge mich allein um den Erhalt des Buches!«, hörte Jake den Mann noch brüllen, bevor sich die Burg um ihn herum in Luft auflöste. Mit zittrigen Fingern strich Jake über die Buchseiten, aber die Bilder verblassten.

»Edith?«, flüsterte Jake dem Skriptum zu. »Was ist mit meinen Eltern passiert?«

Die Stimme seiner Oma drang leise zu ihm: »Deine Eltern waren Archäologen, mein Junge. Ohne sie würde es Mount Caravan heute nicht geben. Sie haben den Kampf um das Buch gewonnen, aber gegen den alten Mr Domsdale verloren. Verstehst du nun, warum ich dich vor dem Buch beschützen wollte?« Ediths Stimme brach ab und Jake blätterte um. Diesmal stieg nichts aus dem Buch auf. Nur einzelne Buchstaben waberten unscharf auf den Seiten.

Das Bu...ch be...gleite...t di...ch und führt di...ch in die Ve...rgang...enheit und Z...ukunft.

Jake las den Satz zu Ende, den er bei seiner Aufnahmeprüfung nicht hatte entziffern können. Erschöpft legte er den Kopf auf die unruhigen Seiten und schloss die Augen. Langsam füllten sie sich mit Wasser.

Seine Eltern waren keine Ungeheuer gewesen, die ihn einfach weggegeben hatten. Oma Ediths Gesicht erschien vor seinem inneren Auge. Wie er sie vermisste. Wie er sie alle vermisste.

Endlich schlug sein Herz wieder ruhiger. Jake hob den Kopf und atmete erleichtert aus. Für einen Moment noch ließ er die Augen geschlossen und lächelte. Seine Eltern hatten ihn geliebt und dieses Gefühl gab ihm all das, was ihm immer gefehlt hatte. Es war gut zu wissen, was gewesen war.

Er klappte das Buch zu und verließ den Orakel-Wagen. Draußen auf der Veranda saß Lady Honoray und lächelte ihn an. Jake nickte ihr dankbar zu, ohne zu wissen, was er sagen sollte.

Aber er musste nichts sagen. Lady Honoray zeigte auf Finley und Ava, die bereits draußen auf ihn warteten und ihn in ihre Mitte nahmen. Wenn sich Jake einer Sache sicher war, dann der, dass nichts im Leben jemals so verlief, wie man es erwartete. Nur zwei Dinge waren ab jetzt für immer sicher: Er würde seinen Eltern in der Nimmerzeit begegnen und er hatte eine neue Familie gefunden.

Jetzt war es endlich Zeit für die Zukunft.

Anna Ruhe

## Seeland
### Per Anhalter zum Strudelschlund

Max will raus aus dem öden Kaff Bittie Cross und seinen Vater finden, der seit Jahren verschwunden ist. Zusammen mit der seltsamen Emma gerät er auf der Suche in eine unglaubliche Welt: Seeland! Hier gibt es Städte auf Stegen und Häuser wie Eisberge, kauzige Pilzsammler, Unterwasserpiraten, freundliche Riesenquallen und echte Meerjungfrauen. Und ausgerechnet in Seeland entdeckt Max eine Spur seines Vaters. Wie kann das sein? Zusammen mit Emma taucht Max ab in das größte Abenteuer seines Lebens.

Arena

Auch als E-Book erhältlich

288 Seiten • Klappenbroschur
ISBN 978-3-401-50694-4
www.arena-verlag.de

Katja Brandis

# Woodwalkers

978-3-401-60196-0

978-3-401-60197-7

978-3-401-60198-4

978-3-401-60199-1

Katja Brandis

## Seawalkers

### Gefährliche Gestalten (1)

Für den 14-jährigen Tiago ist es ein Schock, als er herausfindet, dass er ein Seawalker, eine Art Gestaltwandler, ist. Und was für einer: In seiner zweiten Gestalt als Tigerhai wird er sogar von seinesgleichen gefürchtet. Auch an der Blue Reef Highschool, einer Schule für Meereswandler, findet er nur schwer Anschluss. Während die beiden sich anfreunden, taucht plötzlich Puma-Wandler Carag mit einem Spezialauftrag an der Schule auf. Ein Notruf aus den Everglades hat ihn erreicht. Tiago und Shari sollen ihn auf der Suche nach den seltenen Florida Panthers begleiten. Ein Tigerhai und ein Puma in den gefährlichen Sümpfen? Ob das gut geht?

Arena

Auch als E-Book und als Hörbuch
bei Arena audio erhältlich

296 Seiten
Gebunden
ISBN 978-3-401-60444-2
www.arena-verlag.de

Kim Forester

## Clans von Cavallon

### Der Zorn des Pegasus

Die erbitterten Feindschaften zwischen den Clans von Cavallon kennt Sam Quicksilver nur aus alten Legenden. Mit seinen Einhorn- und Zentaurenfreunden lebt er friedlich in der Freien Stadt. Kriegerische Einhornherden oder gar einen blutrünstigen Pegasus hat er noch nie gesehen. Unvorstellbar, dass sich die Einhörner der Schwarzhornwälder Menschen als Sklaven halten! Doch am Jubiläumstag des Friedenspakts kommt es zur Katastrophe: Albtraumhafte Kreaturen attackieren die Stadt! Sie sehen aus wie Pegasus – dabei gelten diese als ausgestorben …